베케트 읽기

세창사상가산책 4

베케트 읽기

초판 1쇄 인쇄 2014년 5월 20일
초판 1쇄 발행 2014년 5월 25일
–
지은이 김소임
펴낸이 이방원
기획위원 원당희
편집 조환열 · 김명희 · 안효희 · 강윤경
디자인 손경화 · 박선옥
마케팅 최성수
–
펴낸곳 세창미디어
출판신고 2013년 1월 4일 제312-2013-000002호
주소 120-050 서울시 서대문구 경기대로 88 냉천빌딩 4층
전화 02-723-8660
팩스 02-720-4579
이메일 sc1992@empal.com
홈페이지 http://www.sechangpub.co.kr/
–
ISBN 978-89-5586-205-8 04800
       978-89-5586-191-4 (세트)

이 도서의 국립중앙도서관 출판시도서목록(CIP)은 서지정보유통지원시스템 홈페이지(http://seoji.nl.go.kr)와
국가자료공동목록시스템(http://www.nl.go.kr/kolisnet)에서 이용하실 수 있습니다.
CIP제어번호: CIP2014015538

세창사상가산책 | SAMUEL BARCLAY BECKETT

베케트 읽기

김소임 지음

4

세창미디어

머리말

새삼 왜 베케트인가를 물을 필요는 없다. 베케트가 세상을 떠난 지 24년, 베케트에 대한 전 세계적인 관심은 여전히 뜨겁고, 베케트 작품은 인터넷, 특히 유튜브란 매체를 통해서 현재진행형으로 재생산되고 있다. 하지만 우리나라 현실은 베케트에게 그렇게 우호적이지 않다. 취업과 실적 위주의 대학 교육은 교실에서 베케트를 가르치기 미안하게 만들었다. 의도적으로 지루한, 인위적으로 무의미한, 휴지와 침묵이 범람하는 베케트의 작품은 오로지 앞으로 달려가 저 깃발을 남보다먼저 쟁취해야 하는 한국의 대학과는 참 동떨어져 있다. 베케트는 시종일관 당신이 간절히 기다리는 영어 점수와 합격 통지서가 진정한 고도인지를 묻는다. 과연 기다리던 합격통지서가 도착한다고 해서 고도와의 인연을 깨끗이 정리해도 되는 것인지를 묻는다. 이제 전쟁터로 나가야 한다며 군가를 불러야 하는 교실에서, 전의를 상실하게 하는 베케트의 작품을 가르치기란 참 어렵다. 끝은 없이 오로지 새로운 시작만을 요구하는 우리나라 현실에서 하염없이 '끝나기'만을 기다리는 베케트의 인물들은 좋은 역할 모델이 되지 못한다. 속전속결 대신 무한 반복을 요구하는 베케트의 연극은 우리나라 청년들이 지향하는 삶의 모습은 결코 아니다. 그래서인지 베케트에 대한 우리나라 연극계의 관심 또한 가장 명성이 높은 『고도를 기다리며』에 집중되어 있지, 그 외의 극들, 특히 짧은 후기작들은 주목을 받지 못했다.

하지만 베케트는 여전히 유효하다. 베케트는 우리 삶이 분주해지면 질수록, 치열해지면 질수록, 더 절박하게 요구되는 지성과 감성 그리고 영성의 인프라를 구축하는 데 꼭 필요한 작가이다. 베케트 작품에 빈번히 등장하는 휴지와 침묵처럼 무한 경쟁시대에 우리에게 필요한 것은 긴 호흡과 함께 우리의 삶이 어디로 가고 있는지를 점검할 수 있는 여유이다. 또한 베케트의 인물들이 부조리한 상황 속에서도 결코 멈추지 않는 삶에 대한 질문이다. 또한 베케트의 작품 전체가 몰두하고 있는 죽음이란 무엇인가에 대한 성찰이다.

이 책은 영문학, 프랑스 문학을 전공하는 학생, 연극인뿐 아니라 베케트에 관심을 갖는 일반인도 쉽게 읽을 수 있도록 기획되었다. 익숙한 세상, 인물, 언어와 의도적으로 결별하는 난해한 작품과 당혹스러운 무대 위 이미지들 때문에 멀게 느껴질 수 있는 베케트가 뜨겁게 사랑하고 치열하게 살아간 인간이란 것을 보여주기 위해서 제법 긴 삶의 이야기를 붙였다. 베케트의 작품 세계 또한 이론보다는 연극의 기본 요소를 활용하여 쉽게 이해할 수 있도록 구성하였다. 작품으로는 우리나라에서 비교적 알려지지 않고, 공연되지 않은 후기 소품들을 많이 소개하기 위해 노력하였다. 여러모로 부족하지만 이 작은 책이 독자와 만나 사무엘 베케트가 천착해온 삶의 비밀들을 공유할 수 있게 된다면 더할 나위 없는 기쁨이겠다.

2014년 5월
김 소 임

1

베케트의 삶*

* 베케트의 삶 부분은 디어드리 베어(Deirdre Bair), 제임스 놀슨(James Knowlson) 등의 전기 작가의 도움을 많이 받았음을 밝힌다. 직접 인용을 제외하고는 인용 표시를 하지 않았다. 필자의 졸저 『사무엘 베케트: 고뇌와 실험의 현장』(건국대출판부, 1995), 공저 『아일랜드, 아일랜드』(이화여대출판부, 2009)도 참고하였다.

사무엘 베케트라고 하는 작가의 작품 세계를 이해하기 위해서는 그의 삶에 대한 이해가 전제되어야 한다. 아일랜드에서 태어났으나 아일랜드를 떠나 파리에 정착하고 파리에서 50년 가까이 살았음에도 아일랜드 국적을 버리지 않았던 베케트는 태생적인 이방인이었다. 고향을 견딜 수 없어 떠났으나 고향을 버릴 수 없었던 베케트에게 인간 세상 자체가 바로 버릴 수도 받아들일 수도 없는 이율배반적인 존재였다. 모순과 갈등이 관통하는 베케트의 삶을 통해서 그의 사상과 작품 세계에 한 발 다가갈 수 있다.

1
아일랜드에서 이방인으로 성장하다(1906-1923)

사무엘 바클레이 베케트Samuel Barclay Beckett, 1906-1989는 50년 넘는 창작 활동을 통해서 인류의 소외와 이웃과의 단절, 자아의 분열의 문제를 천착해왔다고 해도 과언이 아니다. 베케트가 그런 주제들에 몰두했다는 것은 어쩌면 운명적일 수도 있다. 아일랜드는 서기 1117년 영국의 헨리 2세가 점령한 이후 1000년 가까이 국가적 차원의 정체성 갈등을 겪어왔다. 그런 나라에서 태어나고 성장한 베케트의 작품에서 소외와 단절 문제가 대두된다면, 그것은 당연한 일이다. 주민의 90퍼센트 이상이 가톨릭 신자인 아일랜드에서 신교 중류가정에서 출생했다는 것 또한 그런 운명을 예시하는 것이다. 1906년 4월 13일, 베케트는 아일랜드의 수도, 더블린의 남쪽, 폭스록에서 윌리엄과 메이 베케트William and May Beckett의 둘째 아들로 태어났다. 베케트가 출생할 즈음 아일랜드는 1801년 영국과 합병된 이후 속국의 지위를 벗어나지 못한 상황이었고 자치권을 요구하는 민족주의 운동은 계속되고 있었다. 하지만 선조가 18세기에 프랑스에서 이주해 온 베케트의 부모는 영국 왕당파도 아니었으며 아일랜드의 공화파도 아니었다. 베케트가 태어나서 자란 곳은 프로테스탄트 커뮤니티였으며, 프로테스탄트들은 아일랜드 주류문화에서는 이질적인 존재였다. 한 국가와 민족의 운명을 좌우할 격변기에 베케트 가족은 아일랜드에도, 영국에도, 유럽에도 완전하게 속하지 않은 일종의 사회적, 문화적 진공상태 속에 살고 있는 셈이었다Kiberd 531.* 비록 건축 측량사였던 부친과 전직 간호사였던 모친과 함께한 베케트의 어린 시절은 경제적으로 풍요로웠고 가족과의 관계도 원만한 편이었으나 그를 둘러싼 사회적, 문화적 배경은 그의 고독한 문학적 행보를 예고한다.

베케트의 유년시절은 겉으로는 평온했다. 그는 쿨드라이나라고 불렸던 넓은 전원주택에서 4살 터울의 형 프랭크Frank와

---

* 인용문헌은 저자의 이름과 인용 페이지 수를 적는 것으로 표기한다. 동일 저자의 저서가 여러 권 있을 경우, 제목의 요지를 저자 이름 옆에 병기하기로 한다. 실존인물의 생몰연도는 작가와의 관계 등을 고려해서 꼭 밝혀야 할 필요가 있을 경우에만 밝혔다. 빈번한 외국어 병기는 자제하고, 베케트 작품 인용 시에는 독자의 이해를 돕기 위해서 원문을 병기하였다. 인용문헌의 상세한 서지정보는 이 책의 참고문헌에서 찾아볼 수 있다.

아일랜드에서 받을 수 있는 최고의 교육을 받으며 성장했다. 건강하고 원만한 편이었던 형과 달리 베케트는 병약하고 예민한 아이였다. 베케트의 정기 교육은 5세 되던 해부터 시작되었다. 그는 미스 아이다 엘스너 아카데미를 거쳐, 9살 때인 1915년 얼스포트 학교에 입학한다. 이 학교는 프랑스인 르 페통이 세운 곳으로 이곳에서 베케트는 게일어 대신 불어를 배우게 된다. 그의 어린 시절은 독서, 피아노 레슨 및 크리켓, 수영, 하이킹 등 여러 가지 스포츠로 가득 차 있었다. 그렇지만 베케트는 자신의 어린 시절을 그렇게 행복하게 기억하지는 않는다. 베케트는 기본적으로 자신에게는 행복할 수 있는 능력이 거의 없으며, 자주 외로웠다고 토로한다Bair 14 재인용. 비록 집에는 외숙모가 세상을 떠난 후 같이 살게 된 사촌들까지 다섯 아이들로 북적였지만, 베케트는 군중 속의 고독을 느끼고 또한 혼자만의 시간을 필요로 했다.

　베케트의 나라의 상황은 베케트의 성장기처럼 순탄하지는 못했다. 아일랜드에서는 자치권을 주장하며 여러 형태의 반영 운동이 벌어지고 있었다. 베케트 또한 역사의 사건에서 비켜나 있을 수만은 없었다. 1916년, 어린 베케트는 아일랜드의 독립의 시발점이 된 부활절 봉기를 직접 목격한다. 부활절 봉기란 의용군과 시민군 약 이천 명이 더블린, 오코넬 거리에 있는 중앙우체국을 점령하고 영국에 대항하여 무력 항쟁을 한 것을 말한다. 봉기군은 1주일도 못 되어 항복하였고 많은 사상자를 내었다. 이 사건 며칠 후 베케트의 부친은 어린 베케트와 형 프랭크를 언덕 위로 데리고 가서 불타는 더블린을 보여주었다고 한다. 아버지와 프랭크는 불타는 장면을 마치 축제의 일부인 양 바라보았지만 그들과 달리 베케트는 큰 충격을 받았으며, 60년이 지난 후에도 그 일을 공포와 두려움을 가지고 회고했다고 전기 작가들은 전한다Bair 26.

베케트는 1919년 13살 되던 해 북아일랜드에 위치한 개신교 학교인 포토라 왕립 기숙학교에 입학한다. 이 학교는 1608년 제임스 1세가 퍼마나 백작의 영토에 설립한 유서 깊은 곳으로 오스카 와일드Oscar Wilde도 수학한 곳이다. 연극계에 혁명을 일으킨 베케트가 긴 전통을 자랑하는 학교들에서 수학했다는 것은 전통과 혁신의 상관관계를 생각하게 한다. 포토라 시절의 베케트는 학문적, 문학적 성취보다는 크리켓과 럭비 대표 선수로 활약하는 등 스포츠에서 두각을 나타냈다. 친구들은 그가 내성적이고, 감정 기복이 심하며, 침울하지만 나름대로 매력이 있으며 유머감각이 있는 친구로 기억한다. 하지만 그는 남학생 그룹에 완전히 끼어들지는 못했다 Knowlson 56. 성적 또한 그렇게 뛰어나지 못했다. 3학년 때 베케트가 평균 이상을 받은 과목은 10과목 중 라틴어, 산술, 대수, 삼각법 4개뿐이었다. 그가 작품 활동을 하게 되는 언어인 불어는 중간 정도의 성적을 보였을 뿐이고 영어는 중간 이하였다 Bair 30. 1922년은 아일랜드가 분할된 해이다. 베케트는 개학이 되면 국경을 넘어서 영국령에 있는 학교를 향했고 방학이 되면 역시 국경을 넘어서 새로 독립한 아일랜드 공화국에 위치한 집으로 돌아와야 했다. 비록 이런 변혁을 겪었지만 베케트는 아일랜드 민족주의자로 성장하지는 않는다.

2
예술과 유럽으로 가는 창구, 트리니티 대학(1923-1927)

민족주의자가 되는 대신 베케트는 점점 아일랜드 바깥의 세상을 배워나간다. 1923년 베케트는 트리니티 대학에 입학한다. 이 대학은 대문호를 여럿 배출한 곳이다. 17-18세기에 활약한 극작가 윌리엄 콩그리브William Congreve, 올리버 골드스미스Oliver Goldsmith, 소설가 조너선 스위프트Jonathan Swift, 19세기에 활약한 극작가 오스카 와일드와 J. M. 싱J. M. Synge 등 문학의 선배들이 다닌 곳이다. 베케트의 선배 중 싱을 제외한 사람들은 모두 아일랜드를 떠나 영국으로 이주하였다. 베케트 또한 트리니티 대학에서 불어와 이탈리아어를 전공하며 아일랜드를 넘어서 보다 넓은 세계인 유럽을 만나게 된다.

트리니티 재학 시절, 베케트는 연극을 접하게 되고 그의 예술 세계는 확장된다. 아일랜드 작가에 대한 호감은 분명했다. 그는 배우 시릴 쿠삭에게 쓴 편지에서 조지 버나드 쇼George Bernard Shaw보다는 예이츠W. B. Yeats의 『매의 샘에서*At the Hawk's*

Well』, J. M. 싱의 『성인들의 우물*The Well of the Saints*』, 그리고 션 오케이시Sean O'Casey의 『주노와 공작*Juno and the Paycock*』에 대한 호감을 밝히고 있다Mercier 22-23 재인용. 또한 공식전기 작가인 놀슨이 가장 크게 영향을 준 아일랜드 극작가가 누구냐고 묻자 "싱"이라고 간단명료하게 대답한 바 있다Knowlson 71. 하지만 베케트의 관극 스펙트럼은 폭넓었다. 그는 션 오케이시의 사실주의 작품뿐 아니라 유럽의 실험주의 극을, 멜로드라마뿐 아니라 소가극인 보드빌Vaudeville을 즐겨 보았다. 찰리 채플린 Charlie Chaplain의 영화 또한 즐겨 보았다. 베케트 극에 등장하는 인물들의 광대와 같은 몸짓과 슬랩스틱은 그의 연극, 영화 경험에서 비롯한 것이다Bair 48. 베케트가 아일랜드 작가의 작품에 대해서 관심을 가지고 있었던 것은 분명하지만 그는 선배들의 작품과는 매우 다른 세계를 만들어낸다.

개인적으로 이 무렵 베케트는 모태신앙을 포기하게 되고, 우울하고 내성적인 성격은 더욱 확고하게 구축된다. 어릴 적부터 베케트는 또래들과 어울리다가도 혼자만의 시간을 필요로 했다. 혼자 뒤로 물러나 앉아 다른 사람들의 언행을 듣고, 관찰하고, 그들의 엉뚱함과 어리석음을 깨닫고 판단하던 성향은 작가가 되는 데 도움을 주게 된다. 술과 담배를 멀리하며, 정기적으로 교회를 찾는 신앙인이었던 베케트는 더블린의 길거리에서 인간사의 아픔을 목격하고 신앙을 포기하게 된다. 폭스로크의 안전하고 보호된 환경을 떠나서 살게 된 더블린에는 1차 세계대전에서 돌아온 상이군인과 거지들이 넘쳐났다. 여기에서 베케트의 평생을 지배하게 되는 인간의 약함과 고통에 대한 집착이 자리를 잡게 된다. 왜 무고한 사람들이 젊은 나이에 목숨을 잃어야 하는지 그의 신은 대답해 주지 않았다. 예수의 십자가의 고통은 베케트가 목격한 고통의 현장에 대한 답이 될 수 없었다Knowlson 79-80. 그렇지만 영적인 영역에 대한 관심이 사라진 것은 아니었다. 도리어 특정 신앙을 포기함으로써 베케트는 인간의 삶의 본질에 대해 보다 폭넓게 사유하게 된다.

유럽 언어를 전공하던 베케트는 언어뿐만 아니라 그 문화에도 매료된다. 베케트의 재능을 인정한 러드모스-브라운Rudmose-Brown 교수의 권유로 1926년과 1927년에 프랑스와 이탈리아를 방문한 베케트는 문화적 충격을 받는다. 아일랜드 출신의 비평가 비비안 머시에Vivian Mercier는 베케트가 아일랜드의 전통, 즉 게일 문화에 동화할 생각을 하지 못한 것을 지적인 자각이 늦게 시작되었던 것과 외국 문화의 자극에서 비롯한 탓으로 본다Mercier 32. 이 무렵 베케트의 진로는 대학의 교수가 되는 것으로 정해진 듯 보였다. 벨파스트에서의 짧은 교직 생활 후 1928년, 베케트는 파리의 고등사범학교에서 영어를 가르치는 교환 교수 생활을 시작한다. 하지만 아이러니컬하게도 이 2년 동안 베케트는 교수가 아닌 작가로서 아일랜드를 벗어날 준비를 하게 된다. 1920년대의 아일랜드는 문화 전반에 걸쳐서 민족주의가 득세하던 때였다. W.B. 예이츠를 비롯한 위대한 문인들을 탄생시켰던 아일랜드 문예부흥 운동의 이면을 베케트는 목도하고 있었던 것이었다. 파리는 베케트에게 문화적으로 경직되고 규제가 많은 아일랜드와 구별되는 해방구였다. 프랑스에서 교환 교수로서의 2년간은 여러 가지 의미에서 베케트 인생의 전환점이 된다.

3
청춘은 사랑과 함께

베케트의 첫사랑은 트리니티 대학 1년 선배인 에스나 매카시Ethana MacCarthy로 알려져 있다. 불어와 스페인어를 전공했던 에스나는 매우 아름다울 뿐 아니라 지성적이며, 독립적인 여성이었다. 비록 에스나가 연상의 다른 남자들과 심각한 만남을 이어갔어도, 그녀를 사모하는 베케트의 마음은 사라지지 않았다. 하지만 베케트는 에스나와 성적인 관계까지는 가지 않았다. 에스나는 베케트에게 절대적인 "여성성의 구현"으로 남아 있게 되며, 문학의 영감의 원천이 된다. 둘의 우정은 1959년 에스나가 후두암으로 사망할 때까지 지속되었다. 베케트의 소설 『예쁘거나 중간 정도의 여자들에 대한 꿈Dream of Fair to Middling Women』에 등장하는 독립적이고 재치가 넘치는 여인, 알바Alba의 모델이 에스나로 알려져 있다Knowlson 149. 베케트는 1928년 교환 교수로 떠나기 전 또 한 번의 사랑을 경험한다. 상대는 독일에서 방문한 다섯 살 연하의 외사촌, 페기

싱클레어Peggy Sinclair, 1911-1933였다. 부모의 반대에도 불구하고, 베케트는 활기차고 당돌한 아가씨한테 매료된다. 여러 가지 이유로 소극적이었던 베케트와 달리 페기는 육체적 관계에 대해서 적극적이었다. 하지만 파리로 떠나기로 결정한 베케트는 한 여인에게 정착한다는 것, 그것도 사촌과의 관계는 부담스러울 수밖에 없었으며, 둘은 결국 헤어지게 된다. 몇 년후 페기는 폐결핵으로 세상을 떠난다. 베케트가 사랑했던 두 여인은 젊은 나이에 세상을 등짐으로써 작가에게 큰 아픔을 남겼으나, 그의 작품을 통해 영원히 남게 되었다. 평자들은 훗날 「크랩의 마지막 테이프Krapp's Last Tape」에서 크랩이 젊은 날에 사랑했던 여인들에서 두 여인의 초상을 찾아내고 있다.

4

파리, 작가 인생을 시작하다(1928-1930)

문학 실험과 아방가르드 운동의 중심이었던 파리에서의 2년 동안 베케트는 교수로서의 성과보다는 그를 작가로 이끈 커다란 경험들을 하게 된다. 첫째로 아일랜드 출신의 대작가 제임스 조이스James Joyce, 1882-1941를 만난 일을 들 수 있다. 조이스를 만남으로써 베케트는 아일랜드를 넘어서 보다 자유롭고 다양한 대륙의 문화계와 접하게 된다. 베케트는 눈병을 앓고 있던 조이스에게 책을 읽어주고 대필해주는 등 많은 도움을 주게 된다. 베케트는 조이스의 문체나 글 쓰는 방식을 모방하기도 했으나, 곧 조이스와 다른 독자적인 길을 개척하게 된다. 베케트는 조이스가 성취한 것은 "서사적인 것, 영웅적이라고 말한다." 하지만 곧 "같은 길을 갈 수는 없다는 것을 깨달았다"고 토로한다Knowlson 111. 베케트는 조이스가 언어의 힘을 믿는 반면 자신은 존재의 허약함을 탐구함에 있어서 언어의 부적절함을 보여주려 했다고 밝힌 바 있다Knowlson 439. 글쓰기란 베케트에게 "표면 아래로 들어가" "존재의 본질적인 취약함"으로 향하는 것인데 언어는 그것을 표현함에 있어 무력하다는 것이다Knowlson 439. 조이스와의 관계는 베케트를 짝사랑한 조이스의 딸, 루시아Lucia의 우울증 발병과 함께 끝이 나지만 조이스는 여전히 그의 삶에 중요한 인물로 남게 된다.

파리에 머물면서 베케트는 최초의 비평문, 「단테… 브루노. 비코… 조이스*Dante… Bruno. Vico… Joyce*」와 최초의 단독 저작물인 「호로스코프*Whoroscope*」를 발표하게 된다. 비평문은 조이스의 12명의 추종자가 쓴 12편의 소논문을 묶은 『진행 중인 작품*Our Examination Round his Factification for Incamination of Work in Progress*』이란 책에 실리게 된다. 「호로스코프」는 베케트가 연구하던 르네 데카르트*René Descartes, 1596-1650*와 점성술을 연결시킨 98연의 시로서 우르 출판사가 주최한 시 경연 대회 우승작이 된다. 베케트의 능력을 인정한 고등사범학교의 선배 교환 교수, 토마스 맥그리비*Thomas McGreevy, 1893-1967*의 격려로 프랑스 소설가 마르셀 프루스트*Marcel Proust, 1871-1922*에 대한 비평을 쓰게 되고 출판까지 하게 된다. 같은 해 최초의 단편 소설, 「가정*Assumption*」을 『변천*Transition*』이라는 전위적 잡지에 싣게 된다.

5
책과 예술을 사랑한 남자

작가 베케트의 뒤에는 방대한 독서가 자리하고 있다. 고전들을 통해서 베케트는 인류가 고민해 온 인간 존재의 문제에 대해서 심취하며, 현대 문학을 통해서는 그것들을 어떻게 표현할 것인지를 배우고 고민하게 된다. 트리니티 대학 재학 시절 베케트는 불문학과 이탈리아 문학의 고전들을 섭렵한다. 라신 등의 고전뿐 아니라 19세기 상징주의 시인들, 프루스트와 앙드레 지드를 비롯한 현대 불문학의 대가들의 작품들도 베케트의 독서 목록에 포함된다. 이탈리아 문학 중에서 그가 가장 좋아하는 작품은 단테Dante의 『신곡』이었다. 대학을 졸업한 후, 강사와 무직자 생활을 하면서도 독서는 계속되었다. 베케트는 모국어인 영어로 쓰인 문학도 섭렵한다. 윌리엄 셰익스피어William Shakespeare, 존 밀튼John Milton을 비롯해서 18세기 소설가 헨리 필딩Henry Fielding, 조너선 스위프트, 19세기 소설가 토마스 하디Thomas Hardy의 작품도 그의 목록에 포함되었다. 그리스 철학자들의 서적, 찰스 다윈Charles Darwin의 『종의 기원On the Origin of Species』, 허만 멜빌Herman Melville의 『백경Moby Dick』 등 그의 독서 범위는 넓었다.

그는 그림을 보는 것도 즐겨했다. 그림은 그에게 문학의 영감을 제공했다. 베케트는 루비 콘Ruby Cohn, 1922-2011 교수에게 『고도를 기다리며』가 독일 낭만주의 화가 카스파르 다비드 프리드리히Caspar David Friedrich의 그림, 「달을 바라보는 남자와 여자」에서 영감을 받아 잉태되었다고 밝힌 바 있다Knwolson 342. 유럽의 미술관들을 찾아다니면서, 다양한 회화를 통해 베케트는 자기 작품 속에서 어떻게 인간의 모습을 구현해낼 것인지를 배우고 고민하게 되었다. 키르히너Kirchner, 칸딘스키Kandinsky 등 독일 표현주의 작가들의 그림은 그에게 큰 영향을 주었다. 전기 작가 놀슨은 독일 표현주의에서 볼 수 있는 "왜곡, 파편화, 고립과 소외"의 이미지가 베케트 작품과 연결된다고 지적한다Knowlson 187.

6
아일랜드에서 탈출을 꿈꾸다(1930-1937)

2년간의 고등사범학교에서의 계약도 끝이 나고 베케트는 트리니티 대학으로 돌아와 현대 언어학과의 강사로 임용된다. 파리에서 문화적 자유를 경험한 베케트에게 문화, 정치, 종교 전 분야에 걸친 아일랜드의 편협성과 경직성은 견디기 어려운 것이었다. 베케트는 검열이 살아 있고, 민족주의가 득세하는 아일랜드에서 창작 활동이 가능할지 의심했다. 교수가 되었으나 그는 가르치는 일을 즐기지도 않았다. 스트레스로 인한 정신적·육체적 고통에 시달리던 베케트는 1931년 석사학위를 받은 며칠 후 사촌이 살던 독일로 휴가를 떠나고, 그곳에서 대학에 사표를 제출하게 된다Bair 136.

대학을 사임한 후부터 1937년 프랑스에 영주하기까지 6년간은 베케트의 생애 중 가장 힘든 기간이었다. 작품의 집필도 출판도 지지부진하였으며 심한 정신적 스트레스로 인해 늘 병이 몸을 떠나지 않았다. 갈등의 핵심에는 어머니가 있었다. 트리니티 대학의 교수 자리를 포기한 것은 베케트의 부모를 크게 낙심시키는 일이었다. 어머니에게 베케트는 게으르고 무책임한 낙오자였다. 모자간의 갈등은 간헐적인 휴전은 있었으나 1950년 모친의 사망까지 지속된다. 1933년, 베케트를 사랑하고 감싸주었던 아버지 윌리엄이 심장마비로 사망하게 되자 베케트의 처지는 더욱 어려워지게 된다. 비록 아버지가 연 200파운드의 연금을 남겼으나 부족한 부분은 어머니에게 기댈 수밖에 없었고 어머니는 돈을 빌미로 베케트를 자기의 뜻대로 하려고 하였다.

불면증과 악몽, 원인을 알 수 없는 공포 등에 시달리던 베케트는 결국 1934년 런던으로 이주하여 바이온 박사Dr. Bion에게서 2년간 정신치료를 받게 된다. 베케트는 이 치료 기간을 통해서 카를 구스타프 융의 심리학 이론들에 접하게 되고, 심리학의 기본 개념들은 그의 작품에 영향을 주게 된다쿠츠 35. 그는 의사의 만류에도 불구하고 1935년 말, 고향으로 돌아간다. 돌아가기 전 1934년, 단편집 『발길질을 하느니 찔러버려라 *More Pricks Than Kicks*』를 런던에서 출판, 비평가들의 호응을 얻었지만 단편집은 아일랜드에서 출판 금지가 되었다(*More Pricks*

*Than Kicks*라는 제목은 성경 사도행전 9:5에서 비롯한 것이지만 "pricks"에는 성적인 의미도 있음을 부연한다Bair 181-12). 1935년, 그는 시집 『메아리의 유골과 다른 침전물들*Echoe's Bones and Other Precipitates*』을 자비 출판하지만 책은 팔리지도 않고 비평가들의 관심도 모으지 못했다. 결국 아일랜드출판계의 냉대는 유럽과 아일랜드 사이에서 방황하던 베케트에게 결정적인 계기를 제공했다.

고향으로 돌아온 베케트는 소설 『머피*Murphy*』의 완성에 전념하지만, 결국 조국을 떠나 파리로 이주할 것을 결심한다. 『머피』의 작업기간은 여러모로 힘든 시간이었다. 『머피』는 1937년 출판될 때까지 무려 4년이 걸렸을 뿐 아니라 42곳의 출판사로부터 거절당한 기록을 갖게 된다. 1937년 가을, 베케트는 돌연 파리로 이주할 것을 선언한다. 동료에게 보낸 편지에서 베케트는 "아일랜드에서 살기 싫었소. 신정정치, 책에 대한 검열 같은 것들 말이지요. 외국에서 사는 게 더 나았어요"라며 고향을 떠나기로 결정한 동기를 술회한다Bair 269. 그의 사촌 모리스 싱클레어는 다음과 같이 말한다.

아일랜드에 산다는 것은 사무엘에게 구금과도 같았다. 그는 아일랜드의 검열에 대항했다. 그는 예이츠처럼 아일랜드의 문학 세계나 자유국가의 정치 세계를 헤엄쳐 다니지 못했다. … 하지만 거대한 도시와 넓은 지평선은 상대적인 익명성의 자유를 제공하였다. … 그리고 더블린이 주는 억압과, 질투, 음모와 풍설 대신에 자극을 제공하였다. _Knowlson 253

어머니는 행선지를 알리지 않고 가출하며 베케트의 이주를 반대했지만 그의 확고한 결심을 바꿀 수는 없었다. 베케트는 1937년 10월 마지막 주, 파리로 영구 이주한다.

7
파리, 전쟁 그리고 레지스탕스(1937-1945)

베케트의 파리 생활은 순탄하지만은 않았다. 기쁜 소식이 먼저 찾아왔다. 파리에 이주한 지 한 달여 만인 12월 9일, 베케트는 『머피』가 마침내 루틀리지 출판사Routledge에 의해 출판될 것이라는 소식을 듣게 된다. 하지만 기쁨도 잠시, 베케트는 평생 그의 인생에 그림자를 드릴 끔찍한 사건을 겪게 된다. 1938년 1월 7일, 파리 거리를 걷던 베케트는 어떤 포주의 칼에 심장 바로 위를 찔리게 된다. 다행히 칼은 심장과 폐를 빗나갔지만, 여차하면 목숨을 잃을 수도 있는 사건이었다. 재판장에서 만난 범인은 왜 그런 짓을 했느냐는 베케트의 질문에 "모르겠습니다. 선생님. 죄송해요"라고 할 뿐이었다 Knowlson 261. 이 사건을 통해 드러난 인생의 임의성, 우연성과 부조리함은 베케트의 사고와 작품 세계에 깊은 인상을 남긴다. 이 사건의 긍정적인 면이 있다면 오랫동안 갈등관계였던 어머니와 화해하는 계기가 되었다는 것이며, 6년 연상의 '쉬잔 데슈보-뒤메닐Suzanne Deschevaux-Dumesnil'과의 연인 관계가 확실해졌다는 것이다. 피아니스트이면서 문학과 연극에 조예가 깊었던 쉬잔은 베케트의 천재성을 알아보았으며, 그의 별난 성품을 너그럽게 수용하였다. 둘은 1989년 몇 달 사이로 세상을 떠날 때까지 50여 년을 함께한다.

사고로부터 회복되는 것도 잠시, 2차 세계대전이 시작되고 베케트는 전쟁의 중심에 있게 된다. 베케트는 중립국이었던 아일랜드로 귀향할 수도 있었다. 그러나 베케트는 반대의 행보를 취한다. 잠시 아일랜드에서 어머니와 머물고 있던 베케트가 파리로 돌아간 것은 독일과 프랑스가 전쟁을 개시한 바로 다음 날이었다Knowlson 273. 베케트는 전쟁터가 된 파리에서 레지스탕스에 가담, 독일군에 대한 정보를 수집, 번역하고, 타자로 정리하고, 마이크로 필름에 보존하는 일 등에 참여한다. 이 공로로 베케트는 1945년, 드골 장군으로부터 전쟁의 십자가croix de guerre 메달을 수상하게 된다. 하지만 1942년, 베케트의 비밀 집단은 독일의 게슈타포에게 발각될 위기를 맞고 베케트와 쉬잔은 간발의 차이로 파리를 탈출한다. 베케트와 쉬잔은 그해 11월, 파리를 떠난 지 한 달이 지나서야 남불의 루시용Roussillon에 도착한다. 베케트와 쉬잔은 전쟁이 끝나는 1945년까지 루시용에 머물게 된다. 식량을 얻기 위해서 농장에서 일하는 것이 베케트의 가장 큰 임무이기도 했지만 그 기간 동안 작가는 영어로 쓴 마지막 소설 『와트Watt』를 완성한다.

8
작가인생(1945-1986)

전쟁이 끝나고 파리로 돌아온 베케트는 마치 굶주렸다는 듯이 왕성하게 작품을 생산해낸다. 특이한 점은 그가 모국어가 아닌 불어로 작품을 쓰기 시작했다는 것이다. 그가 왜 불어로 극을 쓰게 되었는지에 대해서는 몇 가지 추측이 가능하다. 가장 분명한 것은 베케트가 불어 환경에 놓여 있었다는 것이다. 쉬잔은 영어를 거의 하지 못했기 때문에, 베케트는 거의 불어로만 생활하게 된다. 루비 콘 교수는 베케트가 모국어로 쓰게 될 경우 스타일에 집착하게 될 것을 경계한 것이라고 설명한다Lyons 3. 마틴 에슬린Martin Esslin, 1918-2002은 "존재의 의식의 가장 심층에서 나오는 불안감의 가장 어두운 면"을 살펴보는 작품들이 유려한 문체를 보인다면 어울리지 않을 것이라고 지적한다Esslin 53. 외국어로 글을 쓴다는 것은 모국어이기에 가능한 화려한 수식을 최대한 자제하고 존재의 불안을 드러내기 위한 하나의 방편인 것이다. 베케트 스스로는 외국어로 쓰는 것을 스스로 절제하는 것이라고 말한다. 즉, 지나치게 화려하고 과장되고 자유롭게 쓰는 것을 절제하는 방법이라는 것이다. 그를 세계적으로 유명하게 만든 『고도를 기다리며*En Attendant Godot; Waiting for Godot*』를 완성한 1949년까지 그는 불어로 쓴 첫 소설 『메르시에와 카미에*Mercier et Camier*』를 비롯 『몰로이*Molloy*』, 『말론 죽다*Malone Meurt*』를 탈고한다. 그 외에도 『중편 소설들*Nouvelles*』이라는 작품집을 완성한다.

소설에 몰두하던 베케트는 1947년, 『자유*Eleutheria*』를 시작으로 희곡을 쓰기 시작한다. 베케트는 "산문쓰기가 몰아넣은 끔찍한 우울로부터 벗어나기 위해서 희곡을 쓰게 되었어요"라고 희곡을 쓰게 된 계기를 설명한다. 그 시절의 삶이 너무 지긋지긋해서 연극은 기분전환이 되리라고 생각했던 것이다Bair 361. 『고도를 기다리며』를 쓰게 된 것도 별로 다르지 않은 상황이었다. 『고도』*는 1948년 10월 9일에 시작하여 1949년 1월 29일 탈고될 정도로 아주 빨리 쓰였다. 희곡을 쓴다는 것은 베케트에게는 지적인 게임인 동시에 보다 통제 가능

---

* 『고도』는 『고도를 기다리며』를 줄여서 표기한 것이다.

한 세계를 구축하는 것이었다. 베케트는 "『와트』를 쓰고 있을 때 나는 보다 작은 공간을 만들어낼 필요성을 느꼈어요. 어디에 사람들이 서고, 움직이고를 조절할 수 있는 작은 공간 말이죠. 무엇보다도 조명까지도 말이죠. 그래서 『고도』를 썼어요" Worton 69라고 덧붙인다. 무대장면, 배우들의 움직임, 음향효과, 조명 등을 통해서 베케트는 막막한 언어의 세계보다 통제 가능한 세계를 만들어내었다.

하지만 『고도』가 단번에 성공을 가져다 준 것은 아니었다. 베케트는 『고도』가 상연되기까지 4년을 기다려야 했다. 획기적인 이 작품에 참여할 연출가, 배우, 극장, 출판사를 찾는 것은 쉬운 일이 아니었다. 쉬잔은 아르토Artaud의 친구로 알려진 아방가르드의 선두주자 로제 블랭Roger Blin을 만나게 되고, 블랭은 연출뿐 아니라 포조 역으로 출연까지 하기로 결정한다. 『고도』는 1953년 1월 5일, 바빌론 극장Theatre de Babylone에서 초연되었다. 비평가들은 반응은 혼란스러웠지만, 대중의 반응은 폭발적이었다. 이 작품은 바빌론 극장에서만 4백 회 공연되었고, 파리의 다른 극장으로 옮겨갔다. 마틴 에슬린에 의하면 첫 5년 동안 백만 명 이상이 이 작품을 보았다에슬린, 55. 『고도』의 성공으로 베케트는 이제 공적인 인물이 되었고 그 명성은 점점 더 커져가게 된다.

『고도』의 초창기 공연 중 가장 특이한 것은 1953년 11월, 독일의 루트링하우센 교도소에서 있었던 공연이었다. 불어판 작품을 구해 독어로 번역하고 공연 허가를 받은 한 재소자는 작가에게 편지를 쓴다. "감옥에서는 도둑들과 사기꾼들, 폭력배 등이 기다리고 또 기다리면서 누추한 삶을 보내고 있습니다. 아마도 고도를 기다리는 걸까요?"라는 편지는 베케트의 큰 관심을 불러일으켰다. 베케트는 이후 교도소와 수감자들에 대한 큰 관심을 갖게 되고 캘리포니아의 샌 쿠엔틴 교도소 공연에 대한 지원으로 이어진다Knowlson 370.

『고도』가 공연되기를 기다리는 동안 소설들도 나름대로 좋은 결실을 가져왔다. 1950년 1월, 『몰로이』와 『말론 죽다』와 더불어 삼부작을 이루게 되는 『이름을 붙일 수 없는 것L'Innommable』이 완성되었다. 누구도 선뜻 출판하려 하지 않던 위의 세 소설은 베케트와 평생의 친구가 된 제롬 랭동Jérôme Lindon, 1925-2001이라는 출판인을 통해서 세상에 나오게 된다. 랭동은 베케트의 평생 동료가 되며, 문화계의 명사로 성장한다. 1951년 3월 『몰로이』가, 10월 『말론 죽다』가 파리에서 출판되었다. 마침내 1952년 10월에는 『고도』도 출판되었다.

　작가로서는 성공의 길로 들어섰으나 개인적으로는 상실의 시간이 찾아왔다. 파킨슨병으로 고통 받던 베케트의 어머니가 1950년 8월 25일 사망한다. 베케트는 어머니의 병이 중해지자 아일랜드로 돌아가 병상을 지킨다. 어머니가 세상을 떠나자 베케트는 큰 상실감과 회한에 젖는다. 베케트의 삶을 자신의 방식대로 조정하려 한 어머니와 수시로 갈등을 빚긴 했으나, 아들은 결코 마음 깊은 곳에서부터 어머니를 버릴 수는 없었기 때문이다. 어머니의 마지막 순간은 「크랩의 마지막 테이프」에 기록되고 영원히 남게 된다. 1954년 형 프랭크마저 세상을 떠나자 베케트는 어머니의 죽음 못지않게 충격을 받는다. 자유롭게 살아온 베케트와 달리 형은 장남으로서, 가장으로서의 의무를 충실히 수행해왔다. 베케트는 형이 폐암 말기라는 연락을 받자마자 프랭크에게로 달려가 마지막까지 함께한다. 장례식 후 베케트는 어머니 때와 마찬가지로 파리 근교 우시ussy에 마련한 시골집에 달려가 칩거하며, 상실의 아픔을 달랜다. 모친과 형이 사망함으로써 베케트를 아일랜드에 묶어둘 혈연적 끈은 사라졌다. 그렇지만 기억은 사라지지 않고, 피하려고 했던 아일랜드의 사람과 풍경, 문화와 언어는 그의 작품에 그림자를 드리게 된다.

『고도』의 상연을 기다리는 동안 베케트는 불어로 그의 두 번째 성공작인 『유희의 끝Fin de partie』을 준비한다. 『고도』가 시골길을 배경으로 했다면, 『유희의 끝』은 사방이 막혀버린 실내에 갇혀 있는 사람들을 극화했다. 구원자를 기다리던 『고도』와 달리 그들은 죽음을 기다린다. 『고도』의 성공에도 불구하고 『유희의 끝』의 공연은 순탄하지는 않았다. 『고도』를 연출한 블랭과 럭키로 출연한 장 마르탱Jean Martin 등이 참여했음에도 파리에서 극장을 잡을 수가 없었다. 결국 1956년 6월에 완성된 『유희의 끝』은 열 달이 지난 1957년 4월 3일에야 비로소 런던의 로열 코트 극장the Royal Court Theatre에서 초연된다. 불어로 쓴 극이 영국에서 겨우 초연이 된 것이다. 이 작품은 파리, 런던, 미국, 독일 등에서 장기 상연된다. 파리 초연 때에는 팬터마임인 「무언극Acte sans Paroles」과 함께 공연되었으나, 1958년 영국 공연에서는 「크랩의 마지막 테이프」와 함께 공연된다. 녹음기를 이용해 한 노인의 과거와 현재가 만나게 되는 이 소품은 베케트가 다양한 매체 활용에 관심이 있음을 드러낸다.

　베케트는 연극 외의 다른 매체에도 관심을 갖게 된다. 「크랩의 마지막 테이프」를 연출한 유명 방송극 연출가 도날드 맥휘니Donald McWhinnie, 1920-1987의 권고로 베케트는 BBC 제3방송을 위해 두 편의 라디오 극을 쓰게 된다. 1957년 1월 13일 방송된 「쓰러지는 모든 것All That Fall」과 1959년 10월 28일, 방송된 「타다남은 장작Embers」이 그것이다. 소설 집필도 계속한다. 1959년, 『그것이 어떻다고Comment C'est』를 탈고하고 1961년 출판한다. 1961년 12월, 최초의 불어 라디오 극 「카스캉도Cascando」를 집필한다. 1962년 11월에는 또 다른 라디오 극 「말과 음악Words and Music」이 BBC를 통해서 초연되었다. 베케트는 영화에도 관심을 가지게 된다. 1964년, 그는 「필름Film」을 찍기 위해서 도미한다. 그와 작업을 같이한 이는 이미 여러 편의 베케트 극을 연출한 앨런 슈나이더Alan Schneider, 1917-1984였다. 영화의 플롯은 간단했다. 슈나이더의 말을 빌리면 "이 영화는 인식하는 눈, 한 사람의 양면인 인식하는 자와 인식당하는 자에 관한 것이다. 인식하는 자는 미친 듯이 인식하려 하고, 인식당하는 자는 처절하게 피하려고 한다. 그리고 결국에는 한쪽이 승리한다"Knowlson 463-464. 영화 연출을 처음하는 슈나이더가 진행하는 야외 촬영은 재난의 연속이었지만 주인공 'O'의 역을 맡은 버스터 키튼Buster Keaton, 1895-1966(본명은 Joseph Frank Keaton. 유명한 미국의 영화배우, 감독, 각본가이다. 그는 '위대한 무표정'이라는 별명으로도 유명하다)은 슬랩스틱의 대가답게 70이 넘은 뚱뚱한 몸에도 불구하고 좋은 그림을 만들어내었다. 「필름」은 대중적인 인기는 확보하지 못했지만 뉴욕 영화 페스티벌 상과 런던 영화 페스티벌에서 최고상을 비롯해서 세계 영화제에서 여러 개의 상을 수상했다. 베케트는 텔레비전이란 매체에도 관심을 갖고 1965년, 베케트는 최초의 텔레비전극 「에이 조Eh Joe」를 집필, 1966년 7월 BBC를 통해서 방송하게 된다.

베케트의 명성이 높아가고 수입이 증가하면서 공적, 사적인 영역에서도 변화가 일어난다. 1959년 베케트는 모교 트리니티 대학으로부터 명예 박사학위를 받는다. 그는 박사학위 수여식이라는 행사를 통해 대중 앞에 서야 한다는 것을 두려워했지만 기꺼이 영예를 받아들였다. 전기 작가 놀슨은 베케트가 다른 십여 개 대학의 제안은 거절했으면서 모교의 제의를 받아들인 것은 그의 과거와 관련이 있다고 해석한다. 즉 모교가 자신이 25년 전에 트리니티 대학 교수직을 팽개치고 떠난 것에 대해 용서해주는 것으로 받아들였다는 것이다Knowlson 416. 명예 박사학위 수여식에는 더블린에서 베케트가 알고 지내던 사람 전부가 행사에 참석했다고 해도 과언이 아니었다. 본인이 원하든 원하지 않든 베케트는 자랑스러운 아일랜드의 아들이 되어 있었다. 그는 또한 같은 해 라디오 극, 「타다남은 장작」으로 프릭스 이탈리아 상을 수상한다. 또한 1961년 국제 출판인상도 수상한다. 사적인 영역에서는 쉬잔과의 관계에 변화가 있었다. 1961년 3월 25일, 베케트와 쉬잔은 20여 년간의 동거 생활 끝에 마침내 결혼을 한다. 쉬잔은 61세, 베케트는 55세가 다된 나이였다. 결혼이 둘 사이의 애정이 돈독해졌음을 의미하는 것은 아니었다. 1960년 보다 넓은 집으로 이사후 베케트와 쉬잔은 더 이상 같은 침실을 사용하지 않고 있었다. 베케트에게는 다른 연인들이 있어왔고 쉬잔도 그것을 알고 있었다. 그렇지만 작가로 성장하는 과정을 함께한 쉬잔에 대한 동지애까지 사라진 것은 아니었다. 베케트는 자신이 세상을 떠난 후 자신의 자산을 쉬잔이 관리하기를 바랐으나 동거녀에게는 그런 권한이 없었다. 쉬잔의 재산권을 보장해주기 위해서 아일랜드 시민인 베케트는 프랑스가 아닌 영국에서 결혼하는 것을 감수했다. 결혼을 위해서는 2주 이상 영국에 머물러야만 했는데 그 기간 동안 베케트는 기자들을 만날까 두려워 호텔에서 『행복한 나날들Happy Days』의 집필에만 매달렸다.

영어로 집필된 『행복한 나날들』은 1961년 뉴욕에서 초연되었다. 땅속에 파묻혀 있는 중년 여성이 존재를 확인하려는 듯 쉴 틈 없이 내뱉는 독백으로 구성된 이 작품에 대해 비평가들은 혼란스러워했다. 하지만 이 극은 런던 공연에 이어 불어로 번역되어 파리 무대에도 데뷔한다. 1962년에는 삼각관계인 중산층 세 남녀의 사후세계를 다룬 「유희Play」를 집필한다. 라디오, 텔레비전 등 다른 매체에 대한 관심에도 불구하고 연극에 대한 베케트의 실험이 중단된 것은 아니다. 베케트는 연극에서 당연시되는 관례를 깨고, 사실주의의 장막을 걷어내며, 연극의 최소공배수가 무엇인지를 확인하는 작업을 지속한다.

「유희」 이후 그의 극은 「왔다 갔다Come and Go」(1966)가 보여주 듯 더욱 최소화, 단순화되어간다. 길이는 짧아지며 등장인물 도, 배경도 극소화된다. 베케트는 연극에서 꼭 필요한 요소가 무엇인지를 치열한 미니멀리즘을 통해서 확인한다. 1969년의 무인극, 「숨소리Breath」, 1973년의 입이 주인공인 「나는 아니 야Not I」에서는 시간과 공간 속의 배우의 존재라는 가장 기본 적인 연극의 전제조차 흔들린다.

베케트는 점점 더 자신의 공연에 관여하게 된다. 작품에 대 해 뚜렷한 시각적 비전을 가지고 있던 베케트는 그것을 무대 에 구현하기 위해서 가능한 한 자신이 직접 연출하려고 노력 했다. 베케트는 특히 독일의 실러 극장Schiller-Theater과 각별한 인연을 갖게 된다. 1965년 『고도를 기다리며』 공연을 도와준 것을 시작으로, 베케트는 기꺼이 배우고 수용하려는 독일 배 우, 스태프들과의 작업을 즐기게 된다. 베케트는 「유희」, 『유 희의 끝』, 『행복한 나날들』, 「크랩의 마지막 테이프」 등을 독 일에서 직접 연출하게 된다. 연출 작업을 그것도 외국에서 한 다는 것은 쉬운 일이 아니었다. 배우의 연기부터 무대, 조명, 의상, 연기까지 모든 것을 책임져야 하는 일은 완벽주의자인 베케트에게 많은 스트레스를 주었다. 공연의 경험을 통해 베케트는 작품의 출판에 대해서도 신중을 기해야 함을 알게 된다. 작품은 공연을 통해서 수정되고 비로소 완성된다는 것을 깨닫게 된 것이다. 베케트는 초연 전에는 『행복한 나날들』을 출판하지 말 것을 그로브 출판사에 요구하기도 했다.* 이는 공연으로 검증되기 전에는 작품은 미완성이라는 것을 인지했음을 의미한다.

1969년 베케트는 노벨상을 수상한다. 이 수상소식을 베케트와 쉬잔은 휴가차 가 있던 아프리카의 튀니지에서 듣게 된다. 베케트와 쉬잔은 노벨상을 수상하게 되면 자신들에게 여태까지 누려왔던 사생활이란 불가능하다는 것을 잘 알고 있었다. 두 사람은 노벨상 수상을 일종의 "재난catastrophe"으로 여겼지만 상을 거부하지는 않았다Knowlson 505. 베케트는 큰 상을 거부함으로써 사회적인 논란거리를 만들고 싶지 않았으며, 자신의 작품을 인정하고, 추천해준 이들을 실망시키고 싶지 않았다. 비 내리는 튀니지로 많은 기자와 사진사가 모여들

* http://en.wikipedia.org/wiki/Happy_Days_(play)

었다. 베케트는 인터뷰는 거절했지만 사진 촬영만은 허용했다. 상금으로 받은 7만 2800달러는 곧 소진되었다. 가장 큰 수혜자 중 하나는 트리니티 대학 도서관이었다. 그 외에 여러 작가, 연출가, 화가들에게 수혜가 돌아갔다.

베케트의 명성은 점점 더 커져갔고 그의 창작 활동 또한 꾸준히 계속된다. 1989년에 사망하기 4-5년 전까지 베케트는 매년 작품을 발표하고 연출한다. 1976년에는 베케트 탄생 70년을 기념하는 학술제와 공연이 대대적으로 개최되었다. 런던의 왕립 코트 극장은 베케트 기념 공연을 계획했다. 베케트는 자신의 생일을 축하하는 행사에 대해 노벨상 수상만큼이나 당혹해했지만 기꺼이 참여한다. 「그때*That Time*」와 「연극」, 「발소리*Footfalls*」의 초연이 런던의 왕립 코트 극장에서 있었다. 「발소리」는 베케트가 총애하는 배우 빌리 화이트로 Billie Whitelaw, 1932- 가 주연을 맡았고 베케트 자신이 연출을 하였다. 방송국도 축하에 동참하였다. 생일 축하 행사의 일환으로 「라디오를 위한 초고*Rough for Radio*」가 BBC를 통해 방송되었다. 이 작품은 라디오국에 근무하고 있던 마틴 에슬린이 기획한 대로 베케트와 친분이 두터운 극작가 해럴드 핀터Harold

Pinter, 빌리 화이트로, 패트릭 매기Patrick Magee, 1922-1982의 목소리로 녹음되었다. BBC TV 또한 축하에 동참하고 싶어 하며 새로운 TV 극을 원했다. 베케트는 빌리 화이트로 주연으로 「나는 아니야」를 TV용으로 만드는 데 동의한다. 그뿐만 아니라 1인극이 아닌 극을 원하는 방송국을 위해서 「유령 트리오 Ghost Trio」와 「…하지만 구름들……but the Clouds…」을 집필, 방송하게 된다.

1981년에는 그의 75회 생일 기념행사가 대서양 양쪽에서 개최되었다. 뉴욕 주립 대학 버펄로 캠퍼스에서 「자장가 Rockaby」의 초연이, 오하이오 주 베케트 심포지엄에서 「오하이오 즉흥극Ohio Impromptu」이 초연되었다. 베케트는 건너 미국에서 벌어지는 행사에 대해서는 크게 상관하지 않았으나 그의 앞마당인 파리에서 연극 축제가 벌어지는 것에 대해서는 당황할 수밖에 없었다. 톰 비숍Tom Bishop과 미셸 가이 Michel Guy는 베케트 탄생을 기념하여 그해 가을 베케트의 작품 13개를 6개의 극장에서 상연하는 축하 행사를 기획한다. 25개의 TV, 영화 필름을 모아 상연하고 더불어 대대적인 학술대회까지 추진한다. 대중의 관심을 견디지 못한 베케트는 파리 행사에는 결국 불참하게 된다. 행사에 불참하는 것과는 무관하게 베케트는 자신의 작업을 꾸준히 지속해나갔다. 1981년 10월에는 베케트 자신이 연출을 맡은 텔레비전극「쿼드Quad」가 독일의 SDR을 통해 방송되었고, 1982년에는「파국Catastrophe」이 초연되었다. 1983년에는 텔레비전극「낮과 밤Naught and Traume」이 SDR을 통해 방송되었는데 역시 연출은 베케트 자신이었다. 또한「무엇을 어디서What Where」의 초연이 있었다.

베케트는 생전에 자신의 작품이 고전이 되는 것을 볼 수 있었다. 일련의 산문집과 단편집, 시집, 희곡집도 출판되었다. 1970년에는 『사무엘 베케트 작품집Collected Works of Samuel Beckett』이, 1984년에는 『사무엘 베케트의 짧은 극 모음Collected Shorter Plays of Samuel Beckett』이, 1986년에는 『사무엘 베케트 희곡 작품 전집Samuel Beckett: The Complete Dramatic Works』이 출판되었다.

9
베케트의 사람들

여기서 베케트의 작품 세계에 직간접으로 영향을 준 사람들에 대해 살펴보는 것이 그의 문학 세계를 이해하는 데 도움이 될 것으로 판단된다. 무척 내성적인 성격에 "고독이 천국이다"Knowlson 591라고 부르짖던 베케트였으나 그는 많은 사람을 만나 영향을 주고받았다. 아일랜드에서 만난 친구 중에 베케트에게 가장 큰 영향을 준 사람은 W.B. 예이츠의 동생인 잭 B. 예이츠Jack B. Yeats, 1871-1957를 들 수 있다. 파리에서 돌아와 우울한 나날을 보내고 있던 1930년, 베케트는 화가였던 예이츠를 만나 문화적 자극과 영감을 얻고 평생 우정을 이어간다. 예이츠는 아일랜드의 땅과 사람들을 깊이 사랑하였다. 어린 시절을 아일랜드의 서북부에 위치한 슬라이고에서 보내고 J. M. 싱과 함께 코네마라 지역을 여행한 적이 있는 예이츠는 그 경험을 〈아일랜드 서부의 삶〉이라는 초기 작품전에서 표현하였다. 베케트는 예이츠의 그림에서 인간과 자연 간의 소외, 자연 안의 인간의 고독, 인간과 인간 간의 소외 등에 큰 인상을 받았다. 베케트가 예이츠에게 그렇게 매료되었던 것은 공통의 예술적 관심사를 발견했기 때문이었을 것이다. 베케트의 트리니티 대학 선배이면서, 파리의 고등사범학교의 선임 교환교수였던 토마스 맥그리비는 베케트를 문학의 길로 이끈 은인이라고 할 수 있다. 베케트가 "살아 있는 백과사전" Knowlson 98이라고 불렀던 맥그리비는 시인, 수필작가, 문학, 예술 비평가이기도 했다. 음울하고 내성적인 베케트와 달리 밝고 재치가 넘쳤던 맥그리비는 아일랜드, 영국, 프랑스 문화계에 넓은 인맥을 가지고 있었다. 베케트를 제임스 조이스에게 소개해준 사람이 바로 맥그리비이다. 그뿐 아니라 조이스의 결별 선언으로 낙심해 있는 베케트에게 시 경연대회에 나가도록 격려해 우승을 하게 하는 견인차 역할을 한다. 프루스트에 대한 비평을 쓰도록 격려한 사람도 맥그리비이다. 시인이면 아일랜드 국립미술관의 관장을 역임한 맥그리비는 베케트가 속내를 터놓을 수 있는 친구로 남게 된다.

파리에 정착하게 된 베케트는 문화 관련 인사들을 만나게 된다. 『고도를 기다리며』 초연의 연출과 포조 역할을 맡았던 로제 블랭도 그 사람 중에 하나이다. 아르토와 가까웠던 블랭은 아르토, 베케트, 쥬네의 작품을 연출하면서 명성을 얻는다. 베케트는 『사무엘 베케트 희곡 작품 전집』에서 단 3명에게만 헌정의사를 밝히고 있는데 『유희의 끝』은 블랭에게 헌정되었다.* 그 외의 연출가로는 『고도를 기다리며』의 미국 초연과 영화 「필름」을 연출한 앨런 슈나이더를 들 수 있다. 1984년 베케트에게 편지를 붙이기 위해서 런던의 길을 건너다 달려오는 차에 치어 세상을 뜨기까지 슈나이더는 미국뿐 아니라 유럽에서도 베케트의 좋은 동료요, 조언자 역할을 하였다. 연극을 넘어서 라디오, 텔레비전 분야에서도 베케트는 동료들을 확보한다. BBC 라디오국에서 일했던 도날드 맥휘니는 베케트의 라디오 작품이 세상에 나오게 되는 데 일조한다. 라디오 드라마의 혁신을 실천한 맥휘니와 함께 베케트의 「쓰러지는 모든 것」, 「타다남은 장작」, 「카스캉도」 등이 방송을 탄다. 라디오뿐 아니라 TV, 연극 분야에서도 활약한 맥휘니는 베케트의 텔레비전 드라마 「유령 트리오」의 연출을 맡기도 했다. 마

* http://en.wikipedia.org/wiki/Endgame

틴 에슬린은 BBC 라디오국을 총괄하면서(1963·1977) 베케트의 라디오 극 제작에 긴밀하게 관여한다. 베케트의 책의 출판에는 제롬 랭동이 기여한다. 랭동은 실험적 글쓰기에 대한 안목을 가지고 베케트뿐 아니라, 데리다, 들뢰즈의 책을 출판한 출판인이다. 1951년, 여러 출판사에서 거절당한 베케트의 소설 『몰로이』를 출판해 준 이가 바로 랭동이다. 그 후 랭동은 베케트 작품의 출판에 관여했을 뿐 아니라 베케트 사후 저작권 문제까지 관리하는 신뢰하는 친구가 된다. 그는 20세기 후반 프랑스 지성사에 큰 족적을 남긴 인물로 평가받는다.

베케트가 사랑한 배우로는 『고도를 기다리며』 초연에 참여한 프랑스 배우 장 마르탱, 『고도』에서 럭키 역을 맡았던 아일랜드 출신의 잭 맥고런 Jack MacGowran, 1918-1973, 『유희의 끝』에서 햄 역할을 한 패트릭 매기 등을 들 수 있다. 베케트는 맥고런을 위해서 「에이 조」를 집필한다. 맥고런은 베케트의 69회 탄생해가 되는 1966년 「맥고런, 베케트를 말하다」는 LP 판을 발매하기도 했으며, 오프 브로드웨이에서 1인극인 「베케트 작품 속의 맥고런 MacGowran in the works of Beckett」을 공연, 오비상을 수상하기도 하였다.[*] 베케트는 매기의 목소리에 매료되어 그를 위해 「크랩의 마지막 테이프」를 집필하기도 한다. 하지만 베케트의 말년, 그의 작품의 중심이 된 배우는 영국 여배우 빌리 화이트로이다. 베케트와 처음 만난 1963년부터 베케트가 세상을 뜬 1989년까지 25년간 작가와 배우는 강렬한 관계를 유지해간다. 베케트는 화이트로와 함께 「유희」, 「에이조」, 『행복한 나날들』, 「나는 아니야」, 「발소리」, 「자장가」 등에서 호흡을 맞추면서 완벽한 대사와 이미지 구축을 시도하였다. 화이트로에 의하면 베케트는 그녀가 하는 동작 하나하나를 보고 작품을 쓰고, 수정해갔다는 것이다. 그녀는 베케트가 자신을 "적절한 모양이 나올 때까지 만들어가는 반죽처럼 활용했다"고 회고한다.** 베케트와의 작업은 쉽지 않았고, 화이트로는 스트레스를 호소하기도 하였으나 둘은 서로를 인정하며 완성도 높은 작품세계를 펼쳐 보인다.

　베케트는 그의 작품에 학문적 관심을 가지고 모여든 교수들과도 친밀한 관계를 유지한다. 미국 캘리포니아 주립대학 교수였던 루비 콘도 그중의 하나였다. 베케트와 콘은 학자와 작

* http://en.wikipedia.org/wiki/Jack_MacGowran
** http://en.wikipedia.org/wiki/Billie_Whitelaw

가로 만나 친구가 되었다. 소르본 대학에 유학 중이던 콘은 베케트의 『고도를 기다리며』의 초연을 본 후, 베케트에 큰 관심을 갖게 된다. 콘은 베케트를 주제로 워싱턴 대학교 박사 학위 논문을 쓰게 되고, 논문은 단행본으로 출판된다. 그 후 본격적으로 베케트 학자로 활약하게 된 콘은 베케트 책에 나타난 인쇄 오류를 그로브 출판사에 지적한 것을 계기로 베케트와 친구가 된다. 콘은 베케트에 대한 다수의 저서를 출판한 베케트의 대가로 자리매김한다. 베케트는 60년대에 미국의 다트머스 대학의 로렌스 하비Lawrence Harvey 교수와도 친분 관계를 구축하였다. 베케트는 프랑스 고전과 이탈리아 회화에 박식한 하비와의 만남을 즐겼으며 수십 차례의 만남 끝에 하비는 『사무엘 베케트, 시인이며 비평가Samuel Beckett, Poet and Critic』를 출판하게 된다. 미술을 좋아하고 화가와 친분을 맺었던 베케트의 가장 가까운 화가 친구는 큐비즘과 사실주의를 넘나들던 헨리 하이덴Henri Hayden, 1883-1970이다. 그 외에도 베케트는 많은 문화계, 언론계 인사들과 교분을 쌓았으며 경제적으로 어려운 친구들에게는 거액의 도움도 서슴지 않았던 것으로 알려져 있다.

10
마지막: 1989

　1980년대 중반을 지나면서 베케트는 친구들의 죽음과 자신의 마지막과 직면하게 된다. 1984년 『고도를 기다리며』의 초연을 연출한 블랭과 미국인 연출가 슈나이더가 몇 달 간격으로 세상을 떠났다. 나이에 걸맞지 않은 왕성한 창작활동에도 불구하고 여든이 넘어서부터 베케트의 건강은 급격히 악화되고 있었다. 애연가였던 베케트는 결국 폐기종을 얻게 된다. 그의 형 프랭크도 폐암으로 세상을 떠난 바 있으며 베케트 또한 60년대 후반 폐종양으로 고생한 경력이 있던 터였다. 자꾸 넘어지는 증세도 나타났다. 길을 걷다가 넘어지는 일이 반복되더니 1988년 여름, 자신의 집 부엌에서 의식을 잃고 쓰러져 있는 것이 발견된다. 병원에서는 결론을 내리지 못했으나 그의 어머니를 괴롭혔던 파킨슨병이 의심되었다. 결국 베케트는 쉬잔과 살던 아파트를 나와 양로원으로 이주하게 된다. 쉬잔의 건강도 급속도로 나빠지고 있는 상황에서는 최선의 선택이었다. 양로원은 소박하기 이를 데 없는 곳이었다. 친구들은 베케트의 양로원이 너무 초라한 것에 안타까워했지만, 베케트는 꼭 필요한 것 이외에는 원하지 않았다. 오스카 와일드의 전기와 카프카의 작품 그리고 어린 시절부터 읽던 단테의 『신곡』이 그의 곁을 지켰다. 작은 텔레비전을 빌려서 젊은 날에 즐겨하던 크리켓 경기를 보았다. 폐기종으로 인해 정기적으로 산소호흡기를 사용해야 함에도 베케트는 친구들을 만나고, 오후에는 위스키 한두 잔을 마시곤 했다. 1989년 7월, 아내 쉬잔이 사망한다. 그해 12월 중순 그는 머물던 양로원에서 쓰러진 채 발견된다. 곧 병원으로 옮겨졌으나 베케트는 12월 22일 사망한다. 가족들은 장례식을 조용히 치르기로 결정했다. 베케트는 몽파르나스 공동묘지, 쉬잔의 곁에 묻혔다. 그의 죽음은 장례식이 끝난 후 세상에 알려졌다. 베케트의 묘지에는 그와 그의 작품을 사랑했던 많은 사람들의 발길이 오늘날까지도 이어지고 있다.

2

베케트의 작품 세계

1
베케트의 위치

베케트에 관한 에피소드 중 가장 대중의 흥미를 끄는 것은 1957년 샌 쿠엔틴 교도소에서 있었던 샌프란시스코 액터즈 워크숍 앙상블의 『고도를 기다리며』 공연이었다. 관극 경험도, 지적, 문화적 소양도 부족한 재소자들은 훈련된 관객에게도 지루할 수 있는 『고도』에 몰입하고, 감동했다. 그들은 기다림이 무엇인지 진정으로 아는 사람들이었고 따라서 고도를 기다리고 있던 이들이었다. 이 에피소드가 시사하듯이 난해하기 짝이 없는 베케트의 작품에는 분명 대중에게 호소하는 어떤 원형적인, 본질적인 요소들이 자리하고 있다. 그런 호소력은 그의 사후에 더욱 증폭되고 있다. 탄생 100주년을 맞은 2006년에는 전 세계에서 학술대회, 연극 공연, 페스티벌이 개최되었다. S.E. 곤타르스키S.E. Gontarski는 베케트가 인터넷에서도 뜨거운 스타임을 지적한 바 있다. 곤타르스키는 구글에서 대충만 찾아보아도 베케트에 대한 글이 25만 건이 넘게 검색되며, 유튜브에서만 관련 영상이 10만 건이 넘게 검색된다며 앞으로 베케트의 영향력이 얼마나 커질지 예측해 보아야 한다고 주장한다"Introduction" 1-2. 플롯과 인물, 언어 등 기본적인 연극의 요소들까지 해체해버린 작품들이 어떻게 학문적인 인정과 대중적인 사랑을 동시에 쟁취할 수 있었을까? 베케트의 작품 세계를 이해하기 위해서는 역시 통시적인 방법과 공시적인 방법이 함께 필요하다. 근현대 연극사의 흐름 안에서 그를 점검하며, 주제와 언어, 스타일 그리고 장르적 특성을 검토해 보도록 한다.

가장 분명하게 베케트는 19세기 후반에 시작되어 20세기 전반까지도 주류 연극계를 지배하고 있던 사실주의와 결별한다. A. 콩트A. Comte가 주장한 실증주의에 근거해 객관적 사물을 있는 그대로 재현하며, 특히 중산계층의 거실에서 벌어지는 사실주의적 삶의 조감도에 베케트는 전혀 관심이 없었다. 도리어 베케트는 확실한 시간과 공간, 인물들의 명확한 사회적, 생물학적 신분, 동시대에 뿌리를 두고 있는 가치관 등 사실주의가 구축한 여러 전제를 해체하였다. 유럽의 전통 안에서 보자면, 베케트는 영국이나 아일랜드보다는 프랑스 쪽 연극 전통에 근접한다. 예를 들면 베케트는 20세기 전반기의 영국 연극계를 풍미했던 같은 아일랜드 출신의 작가 조지 버나드 쇼 식의 공공연한 메시지를 제공하는 사실주의나 자연주의 사상극과는 전혀 다른 세계의 연극을 만들어내었다. 그의 연극은 사르트르Sartre와 카뮈Camus의 실존주의 철학과 프랑스 소설가 마르셀 프루스트의 시간관에 기대어 있으며, 1920년대 초현실주의, 다다이즘, 독일의 표현주의 등 아방가르드의 영향을 드러내고, 모더니즘의 큰 우산 속에 들어가 있다고 할 수 있다. 작품에 따라 다르기는 하지만 희비극적인 기조에, 뮤직홀, 서커스에서 보이는 테크닉들이 융합된 것을 볼 수 있다. 후기작으로 갈수록 스타일은 미니멀리즘을 드러내며 여러 매체를 활용하여 장르의 융합을 보이고 있다. 1인극을 통해서 자기 반영적인 상황을 리듬이 있는 산문시로 표현하는 독특한 장르 또한 구축하였다.

2
부조리한 세상

조지 버나드 쇼나 아서 밀러Arthur Miller와 달리 자신의 작품을 서면으로 장황하게 해석하는 것을 꺼려했던 베케트지만 수차례에 걸쳐서 작품의 핵심에 대해서 언급한 바 있다. 연출가 앨런 슈나이더에게 보낸 편지에서 그는 자신의 작품이 "근원적인 소리들을 가능한 한 (농담하려는 게 아니다) 완전하게 만들어낸 것이다[My work is a matter of fundamental sounds (no joke intended) made as fully as possible]"Boulter 10 재인용라고 말하고 있다. 그의 작품은 즉 인간 존재의 근간, 본질과도 같은 인간의 근원적인 문제들을 다루고 있다는 것이다. 그러나 그 존재의 근원적인 모습은 초라하기 짝이 없어서 표현할 거리가 없는 것이다. 베케트는 "세 가지 대화Three Dialogues"에서 미술에 대해서 말하며 "표현할 것이 없으며, 표현의 도구도 없고, 표현의 근원도 없으며, 표현할 힘도, 욕망도 없으나, 표현의 의무만 있는 것의 표현The expression that there is nothing to express, nothing with which to express, nothing from which to express, no power to express, no desire to express, together with the obligation to express"Beckett and Duthuit 17이 바람직하다고 언급한 바 있다. 말장난같이 들릴 수도 있겠으나 베케트의 말은 그의 작품의 본질과 연결된다. 베케트의 극은 세상에 표현할 만한 가치가 있는 것이 없으며, 그런 누추한 상황을 제대로 표현할 수 있는 도구도 없다는 것을 전제한다. 덧붙여서 표현할 수 있는 작가 스스로의 능력도, 의욕도 없는 상황을 극화하는 것이다. 베케트는 어떤 논리나 신념으로 설명할 수 없는 우주 속, 인간의 취약한 상황을 그리고 있다. 인간의 상황은 너무나 초라해 "아무것도 아닌 것nothing"에 근접한다. 베케트는 아무것도 아닌 것을 집요하게 천착하고 있는 것이다. 후기구조주의자들의 말을 빌리자면 베케트의 세계는 "불변의 확실성도, 절대적인 것도 없는 아주 불안한 곳", "탈중심화된 우주"라고 부를 수 있다쿠츠 141.

바로 이러한 사상과 스타일을 마틴 에슬린은 부조리극이라고 명명하였지만 베케트나 외젠 이오네스코Eugène Ionesco, 장 주네Jean Genet 등 부조리 극작가들이 보여주는 삶의 무의미성, 원칙과 신념의 부재, 이상의 추락, 이에 따른 인간 존재의 부조리성에서 오는 불안 등은 새로운 것도, 그들만의 것도 아니다. (부조리극작가라는 범주 또한 논란이 될 수 있다. 마빈 칼슨Marvin Carlson은 에슬린이 부조리극작가라고 분류한 이오네스코와 아다모브는 자신들의 극을 부조리극으로 부른 것에 대해서 찬성하지 않았음을 지적한다Carlson 411. 특히 사르트르와 카뮈의 전통을 새로운 극작가들로부터 차별화하려던 프랑스 비평가들은 이오네스코가 내세운 '조롱의 연극'이란 용어를 받아들이려 하였다 Carlson 412.) 멀리서는 그리스 비극이나 셰익스피어의 비극에서도 인간 존재의 초라함과 신과 우주의 불합리성에 대한 단말마의 외침을 찾아볼 수 있다. 가깝게는 20세기 선배 극작가인 장 지로두Jean Giraudoux, 장 아누이Jean Anouilh, 사르트르, 카뮈 같은 이들의 작품에서도 나타나는 것이다. 특히 실존주의 철학자이며 극작가인 사르트르와 카뮈의 철학은 베케트의 작품과 공명할 뿐 아니라 명쾌한 산문으로 쓰여 있어 난해한 베케트의 작품을 이해하는 데 도움이 된다. 카뮈는 『시지프의 신화』에서 인간 세계는 더 이상 설명이 가능하지 않은 곳이 되었으며, 그곳에서 인간은 부조리를 느낀다고 말한다.

부당한 이유를 가지고라도 설명할 수 있는 세계는 친근한 세계다. 그러나 이에 반하여 환상과 이성의 빛을 빼앗긴 우주 속에서 인간은 이방인으로 느낀다. 이 망명지에는 구원이 없다. 잃어버린 조국에 대한 추억, 혹은 약속된 땅에 대한 희망을 빼앗겨버렸기 때문에 망명지는 구원이 없다. 인간과 그의 삶, 배우와 그의 무대 사이의 단절, 이것이 바로 부조리의 감정이다. _카뮈 13

차라투스트라가 주장한 것처럼 카뮈에게도 신은 이미 사라졌다.

삶의 의미를 부여해주는 신이 존재한다는 확신은 벌을 받지 않고 악을 행한다는 것보다는 훨씬 더 유혹적일 것이다. 선택이 어렵지 않을 것이다. 그러나 선택이란 없다. 거기에서 괴로움이 시작된다. _에슬린 464 재인용

신이 사라진 세계는 베케트의 주장대로 "아무것도 아닌 것"이고, 수천 년 동안 신에 기대어 세상을 재단했던 주장들은 이제 『고도를 기다리며』의 럭키의 장광설과 같은 꼴이 되어버렸다. 어떤 종교적, 형이상학적, 철학적 체계들도 파편화되어

버렸으며, 결국 세상의 대부분은 설명되지 않은 채 영구 미제로 남을 것이다.

베케트는 도망치지 않는다. 도리어 그는 "부재함, 상실, 텅 비어 있음"을 용감하게 수용하고, 그 어둠을 향해서 돌진한다. 세상은 낯설기만 하다. 고도를 만나기로 한 곳이 현재 기다리고 있는 시골길인지를 확인하는 것은 블라디미르에게 어렵다. 『유희의 끝』에서 세상은 이미 끝장나버린 후다. 원인을 알 수 없지만 집 밖의 세계는 멸망하였고, 안에 있는 자들도 종말만을 기다리고 있다. 구원은 멀기만 하다. 하지만 비록 고도는 오지 않아도 블라디미르는 구원을 포기하지 않는다. 확률은 저조하다. 블라디미르는 예수와 함께 십자가에 매달린 두 도둑의 이야기가 복음서마다 다르게 기록되어 있음을 알고 있다. 단 하나의 복음서만이 도둑 하나가 구원될 것이라고 적고 있다. 블라디미르는 자신의 구원의 확률이 예수의 구원의 약속에 대한 부정확한 기록에 달려 있음을 알고 고뇌한다. 에스트라공의 말대로 인간은 "빌어먹게도 멍청한 원숭이들"일지도 모르지만, 블라디미르와 에스트라공은 구원의 가능성을 포기하지 않는다. 과연 복음서들이 상호 불일치하고 있다는 것을 아는 사람이 얼마나 될 것인가? 그것을 알아차린 블라디미르는 스스로를 자랑스러워할 만하다. 아이러니컬하게도 베케트의 작품은 인간 존재의 근본적인 조건들, 영과 육의 문제, 인간의 한계에 대한 문제, 죽음에 대한 문제, 사후세계에 대한 문제, 인류애와 도덕적 책임의 문제 그리고 신의 문제 등을 다루고 있다는 점에서 매우 종교적이고 영적이며 철학적이다. 명확한 대답은 없지만 계속 질문을 던짐으로써 베케트는 인문 고전의 전통과 맞닿아 있다.

3
인간

종교적으로, 윤리적으로, 철학적으로 폐허가 된 우주에서 인간은 더 이상 신이 사랑하는 만물의 영장이 아니다. 폐허가 된 우주에 걸맞게 인간은 몸도 마음도 축소되어간다Boulter 12-13. 베케트 작품 속 인간 또한 육체적·정신적으로 점점 더 축소되어간다. 조너선 볼터Jonathan Boulter는 인간 축소 현상을 두고 베케트가 포스트휴머니즘을 보여주고 있다고 주장한다. 인본주의가 인간을 만물의 중심, 모든 지식과 경험의 시작과 끝으로 보았다면, 포스트휴머니즘은 그 주장의 대치점에 서 있다. 신이 창조한 인간의 본질이 부인되고, 가변적인 경제·문화 환경의 산물로 인간을 볼 뿐이다. 하지만 인간의 존재를 결정짓는 환경 또한 불안정하기 짝이 없다. 그들은 우주의 미아일 뿐이다. 그들은 자신이 누구인지를 규정지어줄 어떤 안전장치도 없이 내팽개쳐진다. 인간의 정체성 형성에 필수적인 시간과 공간은 모호함으로 무장한 채 비협조적이다. 블라디미르와 에스트라공은 옛날에 에펠탑에서 뛰어내릴 생각을 했지만 지금은 너무 늦어버렸다. 그들은 어디서 왔는지를 말하지도 못하고, 어제 무엇을 했는지도 제대로 알지도 못한 채 황무지에 방치되어 있다. 결국 베케트의 인물들은 점점 더 인간의 모습을 잃어간다. 『고도를 기다리며』에서 달리고 춤추고 싸우기도 했던 인물들은 『유희의 끝』에서는 휠체어에 갇힌 신세가 되고, 절름발이가 되어버린다. 『행복한 나날들』에서는 흙더미 속에 갇혀 하반신은 보이지도 않게 되더니 「유희」에 가면 유골항아리의 일부가 되어버린다. 사람이 항아리가 되어버린 것이다. 결국 「나는 아니야」에 가면 인간은 사라지고 입만 남게 되는 것이다. 인간의 모습을 잃어간다는 것은 결국 인간이 환경으로부터, 다른 인간으로부터 소외됨을 의미한다. 결국 베케트의 인간은 몸으로써 자신의 소외를 웅변한다. 외형을 잃어버린 인간은 결국 인식능력도, 감성도, 기억력도 저하되고, 스스로 내부 분열을 일으킨다. 남은 것은 집요하게 버릴 수 없는 습관뿐이다. 인식과 기억은 베케트 작품이 천착하고 있는 큰 주제이다.

4
인간: 데카르트와 프루스트 – 사고, 시간, 습관, 기억

소외되고, 갇혀 있고, 인지 능력도 기억력도 저하된 베케트의 인물에는 데카르트와 마르셀 프루스트의 영향이 크다. 베케트의 작품 세계에 큰 영향을 준 철학자, 문인은 여러 명이 있겠으나 데카르트와 프루스트를 집고 넘어가기로 한다. 베케트는 프랑스 철학자 데카르트에 관한 논문을 구상하다가, 데카르트의 체계적인 명료함에 대한 추구가 자신의 성향과 맞지 않는 것을 발견하고 포기한다. 하지만 데카르트의 철학은 베케트의 작품 세계에서 역설적인 꽃을 피운다. 다시 말하면 베케트의 작품은 데카르트의 이원론의 맹점을 극단적 형태로 고발한다. 데카르트는 "나는 생각한다, 고로 존재한다 Cogito, ergo sum"는 유명한 명제를 통해 생각을 하는 주체인 정신세계와 육체를 분리하는 이원론적 사고를 고착화시켰다. 물리학자인 프리초프 카프라Fritjof Capra는 데카르트의 명제의 여파를 아래와 같이 분석한다. "데카르트적인 분리의 결과로 대부분의 사람들은 자기 자신을 육체 안에 고립된 채 존재하는 개별적인 자아로 인식하게 된다. 정신은 육체로부터 분리되었으며 육체를 조정하려는 헛된 노력을 기울이게 되고, 따라서 의식하고 있는 의지와 쫓아오지 않는 본능 사이에 명백한 갈등을 초래한다"Davies 45. 카프라는 이와 같이 자기 자신의 육체와 분리된 인간은 주변 환경과도 분리되어 있을 뿐 아니라 환경 자체를 일련의 분리된 구성물로 간주하게 된다고 주장한다.

베케트의 인물들은 바로 여러 가지 형태의 분리에 시달린다. 환경으로부터 유리되어 있을 뿐 아니라 육신이라고 하는 유기체와도 분리되어 있다. 오로지 남아 있는 것은 "생각하기"뿐이다. 베케트의 인물들은 세상과 자신으로부터도 유리된 채 생각하기를 멈추지 못한다. 베케트의 떠돌이들은 자신이 누구인지, 어디에 있는지도 정확히 알지 못하면서 생각을 멈추지 못한다. 몸과 세상으로부터 유리된 채 생각만이 남아 있는 인물들은 마치 녹음기와 같이 기계적으로 말을 반복하며 생각의 주체성까지도 상실하게 된다.

이런 분리와 분열과 상실은 베케트의 소설과 드라마에서 반복적으로 나타난다. 폴 데이비스Paul Davies는 베케트 작품에서 볼 수 있는 아래 세 가지가 결국은 데카르트의 이원론으로부터 파생된 것이라고 주장한다. 첫 번째로 베케트의 인물들이 하는 말의 사실성 여부를 확인할 수 없다. 왜냐하면 그들은 세계로부터 유리되어 있기 때문이다. 두 번째로 화자들은 고립되어 있다. 극단적인 경우에는 방 안에 갇혀 있는 것을 넘어서 쓰레기통이나 단지, 또는 모래더미에 갇힌 채 등장한다. 즉 세상으로부터 유리되어 있는 것이다. 세 번째로 등장인물들은 스스로를 인간 이하로 비하하는 여러 가지 용어들을 빈번하게 사용한다. 등장인물들은 스스로를 묘사할 때 형태도 불분명하고 생명도 없는 "진흙, 배설물"과 같은 용어를 쓴다Davies 47. 즉 그들은 스스로의 인간됨을 부정하고 있는 것이다.

작품에서 그 예를 확인해보자. 초기작에서부터 베케트의 세계는 '인식'에 문제가 있다. 이것은 타자의 인식, 자의식 둘 다에 해당한다. 블라디미르는 누군가가 자신의 존재를 인식해주기를 바란다. 그래야만 스스로의 존재가 확인되기 때문이다. 블라디미르는 고도의 심부름꾼인 소년에게 "나를 보았다"는 것을 확인시킨다. 『고도를 기다리며』의 디디(블라디미르의 별명)는 자신의 인식능력을 의심하고, 현실의 실재성을 의심한다. 디디는 잠을 자고 있는 고고(에스트라공의 별명)를 바라보면서, 자신이 잠을 자고 있는지, 깨어 있는지를 확신하지 못한다. 자신이 인식했다고 믿는 것에 어느 정도의 진실이 있는지를 확신하지 못하는 것이다. 후기작으로 갈수록 자의식은 인물들을 점점 더 괴롭힌다. 자의식은 무존재의 마지막 걸림돌이다. 무존재를 갈망하는 인물들은 자의식으로부터 도피하려는 모습을 보이기도 한다. 「필름」에서 그 예를 확인할 수 있다. 자아 분열이 일어난다. 인식의 주체와 인식의 내용이 분리될 뿐 아니라 인식하는 주체가 주체성을 상실하기도 한다. 결국 베케트의 말대로, 인간은 사라지고 텍스트만 남게 되는 것이다. 텔레비전극 「에이 조」는 조가 외부에서 들려오는 여자 목소리에 집중하는 모습을 클로즈업한다. 그 소리는 조의 내부에서 나오는 소리이다. 목소리가 여성이라는 것은 조가 인식의 주체성을 상실했음을 보여준다. 조는 인식의 내용물로부터 유리된다. 점점 더 클로즈업되는 조의 얼굴은 극단적인 소외와 분열을 상징한다. 자신이 하는 말을 통제하지도, 인지하지도 못하는 「유희」의 세 인물 또한 같은 상황이다. 「나는 아니야」의 입은 자신의 이야기를 하면서 계속 "나는 아니야"라고 외쳐댄다. 인물은 과거의 경험과, 현재의 인식 과정으로부터 분리된다.

분리의 고통 속에 있는 베케트의 인물들을 괴롭히고 있는 또 다른 문제로는 결코 단일한 자아를 획득할 수 없다는 것이며, 기억의 정확성을 확인할 수 없다는 것을 들 수 있다. 베케트가 이런 문제에 관심을 갖게 된 데는 프루스트의 영향을 들 수 있다. 베케트는 파리에 교환 교수로 체류시절 프루스트에 대한 논문을 쓰고 1931년 출판까지 하게 된다. 비평서를 쓰기 위해서 베케트는 프루스트 전집 16권을 통독한다. 베케트는 프루스트에서 그가 평생을 천착하게 되는 핵심 주제를 발견한다. 즉 "인간의 경험의 중심을 꿰뚫는다는 것은 어떤 표현 매체로도 불가능하다는 인식"Ben-Zvi 24이 그것이다. 다시 말하면 "삶의 중심에 있는 공허는 결코 침범할 수 없으며, 알려지지도, 알 수도 없다는 것이다"Ben-Zvi 24. 베케트는 삶의 중심을 결코 침범할 수도, 꿰뚫을 수도 없는 이유로 "시간", "기억", "습관"이라는 삶의 조건을 들고 있는데 이는 프루스트에게서 획득한 베케트의 평생의 주제어라고 할 수 있다. 베케트는 시간의 양면성을 주목한다. 시간은 인간을 "피해자이자 포로 victims and prisoners"로 만드는 "저주와 구원이라는 두 개의 대가리를 가진 괴물that double-headed monster of damnation and salvation"로 묘사된다Ben-Zvi 24 재인용. 시간의 영향은 피할 수 없다. 왜냐하면 이미 어제가 인간을 "변형시켰기" 때문이다. 인간은 시간의 흐름과 함께 변형되고 따라서 단일한 자아란 있을 수 없는 것이다. 따라서 삶의 중심이란 것은 있다고 하더라도 고정된 것이 아니고 인간은 그것을 결코 알 수 없는 것이다.

　단일한 자아, 고정된 자아가 있다는 믿음은 "습관"이라는 계약에 의해서 유지될 수 있다. 습관은 존재의 안전망을 제공한다. 베케트는 습관에 대해서 다음과 같이 말한다. "숨을 쉬는 것은 습관이다. 삶은 습관이다. 아니 삶은 습관들의 연속이다. 왜냐하면 인간은 인간들의 연속이기 때문이다Breathing is habit. Life is habit. Or rather life is a succession of habits, since the individual is a succession of individuals"재인용 Ben-Zvi 24. 하지만 습관은 위험하다. 왜냐하면 가능성을 배제해 인간을 스스로 만들어낸 화석화된 위치에 고정시키기 때문이다. 베케트는 습관의 위험성을 간파하며 "습관은 개를 자신의 토사물에 묶어놓는 짐짝과도 같다Habit is the ballast that chains the dog to his vomit"Ben-Zvi 24고 묘사한다. 습관적인 삶이 유지되는 한 세계는 안전한 것처럼 보인다. 하지만 예상하지 않았던 사건이 벌어지면서 인간은 안전하게 보였던 일상의 파괴를 경험하게 되고 지루한 삶이 존재의 고통으로 대치되는 신비하고, 위험하면서도 풍요로운 경험을 하게 된다. 인간은 일상을 유지하기 위해 이 신비스러운 경험을 피하려고 하며 이를 위해 새로운 습관을 구축한다.

하지만 이런 신비를 체험한 개인이야말로 스스로 자아의 불확실성과 자신이 죽을 운명이라는 것을 체득하게 되는 것이다. 하지만 그런 신비스러운 체험은 인간에게 매우 멀리 있는 것이다.

기억은 불확실한 것, 알 수 없는 것과 싸우는 또 다른 방식이다. 기억은 두 가지로 분류된다. 하나는 인간이 과거로부터 의식적으로 훑어 올린 것이고, 또 다른 기억은 자기 스스로의 의지를 지닌 것으로서 어떤 과거 사건의 재현이나 과거로부터의 감각적인 자극에 의해서 촉발되는 것이다. 프루스트는 이것을 "자발적이지 않은involuntary"이라고 불렀고, 베케트는 이것을 "실재the real"라고 불렀다Ben-Zvi 25. 하지만 베케트의 인물들은 이런 실재의 기억을 가지지 못한다. 도리어 그들은 시간이 경과함에 따라서 계속해서 변형되고 바뀌며, 현재의 흔적들을 지워버리는 힘까지 지니지만, 결코 고착되지도 선명하지도 않다. 베케트의 인물들은 초기작부터 불확실한 기억에 시달리지만, 결코 기억으로부터 해방되지 않는다. 『고도를 기다리며』에서부터 베케트의 후기작 「그때That Time」, 「독백 한마디A Piece of Monologue」와 같은 드라마티큘dramaticule

(이 단어는 베케트가 「왔다 가다」의 부제로 만든 단어로 짧은 연극이란 의미이다)에 이르기까지 기억은 극의 중요한 모티브이다. 등장인물들은 기억 때문에, 또는 기억의 부정확성 때문에 고통당하지만, 후기작으로 갈수록 행동은 사라지고 기억만이 남는다. 행복한 기억도 정확한 기억도 아니지만 기억은 곧 그의 존재가 된다.

베케트의 작품에서 시간의 흐름 앞에서 무기력한 인간, 무너져버린 환경 속에서도 무의미한 습관을 지속하는 인간을 우리는 많이 만날 수 있다. 기억은 베케트의 인물들이 짊어져야 할 짐이다. 기억은 시간에 대한 증거물이며, 스스로 존재에 대한 증거물이기 때문에 인물들은 불완전한 기억에 집착한다. 「크랩의 마지막 테이프」에서는 녹음기와 녹음테이프가 활용된다. 30대에 대한 기억은 테이프 속에 저장되어 60대의 크랩을 찾아오지만, 크랩에게 과거의 기억은 생경하기만 하다. 그럼에도 불구하고 크랩은 생일마다 테이프 속에 보관해둔 과거의 기억을 되살리고, 새로운 기억을 저장한다. 「유희」의 세 남녀 또한 과거의 기억에 매여 있다. 그들이 원하는 것은 어떤 의식도 없는 완전한 어둠과 침묵의 상태다. 하지만 스포트라이트가 비치면 그들은 생전의 삼각관계를 무한 복기해야만 한다. 아무리 도망치려고 해도 기억은 살아 있는 한 인물들을 엄습한다. 어떤 기억도 현재와 분리되어 있기 때문에 상실을 상징한다. 하지만 기억이 있는 한 인간은 존재한다. 따라서 기억은 인간 존재의 상징이기도 하다.

　육체적으로나 정신적으로나 베케트의 인간은 많은 것을 상실했으나, 베케트는 인간을 포기하지 않는다. 도리어 많은 것을 제거함으로써 베케트는 인간의 본질이 무엇인지를 드러낸다. 육체는 파괴되고, 의식은 분열되었으나 무대 위의 인물들은 행동을 멈추지 않는다. 그들은 끊임없이 말하고, 듣고, 불완전하기는 하지만 생각하고 인식한다. 들을 수만 있다면, 말할 수만 있다면, 그들은 여전히 인간이다. 베케트가 인간을 포기하지 않은 것처럼 무대 위의 인간도 포기하지 않는다. 베케트의 노벨상 수상에 결정투표를 던졌던 카알 래그너 지에로 Karl Ragnar Gierow는 베케트가 "픽션과 연극의 새로운 형태의 작품군을 통해서 현대인의 궁핍destitution을 고양됨exaltation으로 변형"Bair 606시켰다며 지명 이유를 밝힌다. 베케트가 의도했든 안 했든 그의 극 세계는 매우 역설적으로 '승리의 노래'다.

우선 극 안의 등장인물들은 인간의 끈질긴 생명력을 보여준다. 베케트의 인물들은 떠돌이 광대의 모습으로라도, 장애자가 되어서라도, 이미 죽었을지라도, 인간의 편린일지라도 존재를 포기하지 않는다. 끝장나기를 바라면서도 그들의 외침과 몸부림은 영원으로 이어진다. 샌 쿠엔틴 교도소의 죄수들은 베케트의 작품에서 자신들의 처지뿐 아니라, 자신들이 지향해야 할 바도 같이 보았을지 모른다. 베케트의 작품은 그 낯선 외형에도 불구하고 어떤 원형적인 정신을 드러낸다. 인간이 확보하고 있는 가장 오래된 장르 중의 하나인 비극이 '재난과 재난 앞에서의 인간의지'를 그려냈다고 상정한다면 베케트 극은 비극의 원형적 사건을 새로운 형식 안에 담아낸다. 그의 소설 『이름을 붙일 수 없는 것』에서 나오듯이 베케트의 인물들은 계속할 수 없지만 계속하겠다는 의지를 온몸으로 표명한다. 근원적 경험은 베케트 극을 고전으로 만드는 힘이 된다.

5
삶과 죽음

베케트의 작품은 초기작에서부터 상황 끝내기와 죽음을 다루고 있다. 고고와 디디와 햄과 클로브는 기다림이 끝나기를, 그래서 궁극의 평화가 오기를 기다린다. 고고는 기다림을 참지 못하고 자살을 시도하기까지 한다. 초기작에서 죽음은 부조리한 현실 상황의 대안이다. 후기작으로 갈수록 죽음은 더 뚜렷하게 부각되며 더욱 다양한 형태로 나타난다. 「유희」나 「나는 아니야」가 사후세계를 다루고 있다면, 「독백 한마디」는 죽음과도 같은 삶에 대한 극이다. 이 극은 데이비드 워릴로 David Warrilow라는 배우의 부탁을 받고 죽음에 관해서 쓰기 위해서 구상된 작품이다. "탄생은 그의 죽음이었다. 또 다시. … 다시 죽어가는 것. 탄생은 그의 죽음이었다. … 장례식에서 장례식으로Birth was the death of him. Again. … Dying too. Birth was the death of him. … From funeral to funeral"Beckett 425로 시작되는 작품은 삶이 곧 죽음과 다를 바 없음을 분명히 한다.* 베케트는 서구의 죽음학을 양분한 "영혼불멸설"과 "영혼필멸설" 어느 쪽의 편도 들지 않으면서 삶 안에 있는 죽음을 직시한다황훈성 614-615. 불완전한 우주에서 불완전한 인간은 완전한 삶을 향유하지 못하고, 이미 절반 이상은 무덤에 발을 담그고 있는 것이다. 그 죽음은 영생의 위안과는 거리가 멀다.

「자장가」는 안에 죽음이 들어와 있는 여인이 완전한 죽음을 쟁취하는 과정을 그리고 있다. 이 극은 죽어가는 여인이 스스로에게 부르는 자장가라고 할 수 있다. "마침내 그날이 왔어, 마침내 왔어, 긴 하루의 마지막, 그녀가 스스로에게, 누구겠어, 그만두었다고, 그만두었다고 말하는 때가 … till in the end / the day came/ in the end came / close of a long day / when she said / to herself / whom else / time she stopped / *time she stopped*"435으로 시작되는 이 시극은 "그만두는 때"가 계속해서 반복되고, 흔들의자에 앉아 있던 노파는 어둠 속에서 사라져간다.

---

* 모든 극작품은 Beckett, Samuel. *The Complete Dramatic Works*, London: Faber and Faber, 1986에서 인용한다. 앞으로는 페이지 수만 적기로 한다.

6

플롯

비비안 머시에는 『고도를 기다리며』를 두고 "아무 일도 일어나지 않았다, 두 번씩이나"라고 말한 바 있다.* 이와 같이 베케트의 극 세계에서는 플롯보다는 이미지가 우선시되며, 논리 정연한 대사 대신 언어가 철저하게 평가절하되는 것을 보게 된다. 에슬린의 말을 빌리자면 부조리극의 형식은 부조리한 상황을 그대로 극화하는 방식이다. 에슬린은 이 점에서 베케트가 논리적으로 잘 구성된 극 세계를 보여주는 사르트르와 카뮈의 극과 차별화된다고 지적한다.

등장인물은 설득력 있게 구축되는 대신, 의도적으로 파편화되어버린다. 잘 짜인 플롯은 해체되고 내러티브는 무너진다. 베케트의 극은 다분히 반문학적이며, 반극적이다. 플롯이란 사건 간의 원인과 결과, 행동 간의 동기와 행동이 명백하게 상관

* http://en.wikipedia.org/wiki/Vivian_Mercier

관계를 갖는 이야기 전개의 지도와도 같다. 베케트 극은 이것을 거부한다. 베케트 극은 원인이나 결과를 설명하지 않고 '상황'만을 보여준다. 등장인물들이 왜 이런 행동을 하는지 그들의 행동의 결말은 어떻게 될 것인지는 극 안에 나타나지 않는다.

초기, 중기작의 경우 상황은 기다림을 보여준다. 기다림의 대상은 구원일 수도, 끝일 수도, 죽음일 수도 있다. 『고도』에서 고고나 디디는 지루하고 무의미한 삶을 변화시켜줄 고도를 기다리는 것으로 1막을 다 보내버린다. 지루함을 느끼지 않고 시간을 보내기 위해서 두 방랑자는 온갖 시시한 유희들에 몰두한다. 그래도 시간은 가지 않는다. 그렇다고 2막에서 문제가 해결되는 것은 아니다. 이 작품의 2막은 1막의 구조와 유사하고, 1막에서 미해결된 일들은 여전히 미궁 속에 남아 있다. 그런 상황은 또 다시 반복되리라는 것이 암시된 채 끝이 난다. 「유희」는 실제로 극 전체를 한 번 더 반복한다. 그리고 극은 도입부의 반복으로 끝이 난다. 기다림은 끝이 없다.

하지만 베케트 극은 후기작으로 갈수록 많은 경우에 원인과 결과는 고사하고 그 상황이 무엇을 나타내는지도 모호하다. 지겨운 일이 끝나기를 기다리는 『고도』나 『유희의 끝』에서 볼 수 있던 상대적으로 '현실적 상황'은 합리적으로 설명하기 어려운 모호한 '단상'으로 대체된다. 「에이 조」의 점점 클로즈업되어가는 얼굴이나 「나는 아니야」의 공중에 떠 있는 입은 어떤 논리적인 맥락 없이 관객을 찾아간다. 그들은 이미 발단부터 파국의 상황이다.

명쾌한 플롯 전개를 거부함으로써 베케트는 아리스토텔레스Aristoteles 이후의 서양극의 전통을 거부한다. 아리스토텔레스는 그의 대표작 『시학』에서 플롯, 인물, 대사, 사상, 음악, 장관을 비극의 6가지 요소로 꼽았고, 이것은 서양극에서 공식처럼 굳어졌다. 아리스토텔레스는 6가지 요소 중 플롯을 비극의 첫 번째 원칙이며 영혼이라고 간주하였다. 베케트의 소설들이 소설의 정체성이라고 할 수 있는 플롯과 내러티브를 파괴했듯이 베케트의 극들 또한 의도적으로 플롯의 중요성을 거부한다.

플롯의 해체와 함께 그리스 비극의 다섯 에피소드에서 비롯한 5막 구조 또한 해체된다. 셰익스피어나 프랑스 고전주의극에서 공식처럼 굳어진 5막 구조가 더 이상 의미가 없는 것이다. 발단, 전개, 위기, 절정, 파국과도 같은 교과서적인 플롯의 공식은 베케트에서는 찾을 수 없다. 19세기의 사실주의 극,

잘 짜인 극well-made play이 보여주는 3막의 틀은 와해된다(잘 짜인 극은 1825년경에 프랑스의 극작가인 외젠 스크리브가 발전시킨 것으로 19세기 내내 유럽과 미국 연극에 기본 틀이 되었다. 매우 인위적인 줄거리 구성, 서스펜스의 강화, 모든 문제가 해결되는 클라이맥스 장면, 행복한 결말을 요구한다*). 19세기 후반의 작가 오스카 와일드는 그의 대표작인 『진지함의 중요성The Importance of Being Earnest』에서 잘 짜인 극에서 공식처럼 쓰이는 기교들을 희화화하기도 했다. 하지만 베케트는 구성도 기교도 무시해버린다. 베케트 극에서 남는 것은 막을 넘어서 지속되는 이미지들뿐이다.

7
언어

플롯을 파괴하는 베케트 극은 언어 또한 불신한다. 특히 언

---

* http://100.daum.net/encyclopedia/view.do?docid=b18j2747a

어의 의사 전달 기능에 대한 불신이다. 언어에 대한 신뢰의 문제에서 모더니즘의 대가였던 제임스 조이스와 베케트는 분명하게 구별된다. 베케트의 극 세계는 논리적 글쓰기로 극 세계를 구성한 사르트르와 카뮈의 것과도 다르다. 언어보다는 이미지가 더 강력한 메시지를 전달하며, 후기작으로 갈수록 침묵과 휴지休止가 빈번하게 등장한다(권혜경 교수는 『고도』에 침묵이 118회, 휴지가 83회 나온 데 반해, 7년 후에 쓰인 『행복한 나날들』에서는 휴지가 557회 등 침묵과 휴지가 차지하는 비중이 더 높아졌음을 지적한다*). 침묵과 휴지는 언어의 한계, 의사소통의 불가능, 인간의 소외를 강조한다. 공동의 가치 기준도, 추구해야 할 목표도 없는 세상에서 의사소통이란 것이 가능할 것인가? 가능하다고 하더라도 언어가 그 역할을 수행할 수 있을 것인가? 베케트 극에서의 답은 그러하지 못하다는 것이다.

1936년 베케트는 독일 여행 중, 친구 액셀 카운Axel Kaun에게 쓴 편지에서 언어에 대한 자신의 생각을 밝히고 있다.

---

* 권혜경, 『침묵과 소리의 극작가』, 서울: 도서출판 동인, 2004, 37, 56쪽.

격식을 차린 영어로 글을 쓴다는 것이 점점 더 어렵고, 무의미

해지고 있어요. 그리고 점점 더 내가 쓰는 언어가 뒤에 있는 것

들(혹은 아무것도 없는 것)에 도달하기 위해서 찢어버려야만 하는

베일처럼 느껴지고 있어요. 문법과 스타일. 내게 그것들은 빅토

리아 시대 수영복이나 진정한 신사가 보여야 할 냉정함과 같이

부적절한 것이 되어버렸어요. 마스크죠 … 우리가 언어를 갑자

기 전부 다 없앨 수 없다면, 우리는 적어도 언어가 오명에 빠지

는 것에 기여하는 것들을 내버려 두어서는 안 되요. … 나는 오

늘날 작가에게 있어서 더 높은 목표는 없다고 생각하고 있어요.

_Boulter 19 재인용

볼터는 위의 편지가 베케트의 예술적 선언문이라고 평가한

다. 베케트는 또한 음악과 미술은 전통적인 표현양식을 뛰어

넘어 침묵과 부재를 표현할 수 있는 방법을 찾은 것처럼, 문학

또한 방법을 모색해야 한다고 말한다. 즉 표현 불가능했던 것

을 표현하기 위해서 언어 자체가 파괴되어야 한다는 것이다

Boulter 20.

언어에 대한 불신은 베케트의 독창적인 생각은 아니다. 에

슬린은 난센스 언어문학에서 유사점을 발견한다. 가장 오래된 난센스 시의 예는 13세기에서 찾을 수 있다. 수백 년 동안 난센스 문학은 언어의 컨벤션과 논리를 파괴하며 해방감을 맛보게 했다. 난센스 문학은 단순한 유희와 쾌감, 해방감만을 주는 것이 아니다. 언어의 규약과 맞섬으로써 인간 존재의 한계와 부딪치고, 인간의 조건을 점검하는 것이다. 20세기 초에 등장한 다다이즘 또한 언어에 대한 조롱에 앞장섰다(다다이즘은 1915년부터 1924년에 걸쳐 유럽과 미국에서 일어난 반문명, 반전통적인 예술운동이다. 1916년 스위스 취리히에서 시작해서 독일을 거쳐 중부 유럽으로 퍼져나갔으며, 1920년과 1923년 사이 프랑스 파리에서 전성기를 맞이했다*). 장난감 말에 대한 유아적 언어인 '다다'를 이름으로 내세우면서, 이들은 부르주아 예술의 파괴를 위하여 언어뿐 아니라 가면, 의상 등 공연의 여러 가지 요소를 활용하여 저항하였다.

베케트의 극에서는 조지 버나드 쇼에서나 베케트와 동시대에 번성했던 영국의 정치극에서 볼 수 있는 유창한 논술이나 설득은 찾을 수 없다. 도리어 언어는 유희의 도구, 조롱의 대

---

* http://en.wikipedia.org/wiki/Dadaism

상이 된다. 의사전달기능을 제대로 하지 못하는 언어는 오해의 매개체가 된다. 소통이 되지 않으므로 언어는 역설적으로 소외의 상징, 광기의 상징이 되기도 한다. 그렇지만 언어는 여전히 인간 존재의 상징이다. 언어가 있는 한 인물들은 비록 존재의 편린에 불과하더라도 여전히 존재하고 있는 것이다.

베케트의 극에서 언어는 하나만의 기능을 하지는 않는다. 언어는 유희의 도구이면서 동시에 존재의 상징이다. 『고도』와 『유희의 끝』의 고고, 디디, 햄과 클로브는 말장난을 즐긴다. 말은 그들의 지루한 삶에서 시간 때우기를 위한 좋은 도구이며 살아 있음을 나타내는 징표이기도 하다. 말장난을 통해 그들은 어떻게든 자신의 존재를 확인하고, 끝이 없는 기다림의 시간을 견뎌낸다. 서로 한바탕 욕을 한 후 내뱉는 "재미볼 때는 시간이 잘 간다How time flies when one has fun!"69는 고고와 디디의 말은 언어의 유희 기능의 분명한 예를 제공한다.

블라디미르: 이 바보야!

에스트라공: 그거 좋은 생각이야. 우리 서로에게 욕을 해보자. …

블라디미르: 이 바보야!

에스트라공: 이 해충아!

블라디미르: 이 미숙아야!

에스트라공: 머릿니 같은 놈!

블라디미르: 시궁창 쥐! …

블라디미르: 재미있을 때는 시간 가는 줄 모르겠거든!

Estragon: Moron!

Vladimir: That's the idea, let's abuse each other …

Estragon: Moron!

Vladimir: Vermin!

Estragon: Abortion!

Vladimir: Morpion!

Estragon: Sewer-rat!

Vladimir: Curate!

Estragon: Cretin! …

Vladimir: How time flies when one has fun!

_69

언어는 고고의 말대로 그들이 존재한다는 인상을 주는 무엇인가이다. 디디의 말대로 텅 빈 공간에서 오직 언어와 장화, 럭키의 모자를 가지고 살아 있음을 확인하는 그들은 '마술사'들이다. 언어가 조롱의 대상이 된 가장 분명한 예는 『고도』에서 럭키의 긴 장광설에서 찾을 수 있다. 현학적인 신학과 철학의 논술의 흔적을 담고 있는 그의 말은 의미를 파악하기 어려운 소음에 불과하다. 럭키의 언어는 더 이상 의미전달의 기능을 하지 못한다. 럭키의 장광설 도입부에 나오는 "divine apathia divine athambit divine aphasia"는 "신성한 divine"에 사전에도 없는 "athambit", "실어증aphasia"이라는 터무니없는 말을 이어 붙인다. "신성한"은 럭키의 세계에서 의미를 상실해버린다. 무의미한 소음인 "quaquaquaqua"는 언어의 의사소통기능을 노골적으로 조롱하고, "Acacacademy of Anthropopopometry"는 학술 용어를 패러디하며 이 또한 기능을 발휘하지 못함을 시사한다. 하지만 적어도 1막에서 럭키는 강한 존재감을 과시한다. 2막에 가면 럭키는 언어기능을 상실하고 말을 하지 못한다. 럭키가 할 수 있는 것이라고는 눈먼 포조를 이끌고 앞으로 가는 일뿐이다. 한때 포조의 스승이기도 했던 럭키는 언어를 상실함으로써 그 존재 자체를 잃어버리게 된다. 그는 더 이상 포조와 정서적 상호관계를 할 수 없을 뿐 아니라 고고와 디디의 지루함을 상쇄해줄 엔터테이너의 기능을 하지 못한다.

언어가 오해의 매개체가 되는 예는 『고도』의 마지막 장면에서 볼 수 있다. 끝내 고도가 오지 않자 고고와 디디는 고고의 허리띠로 목을 매 죽을 생각을 한다. 하지만 허리띠를 푸는 바람에 고고의 바지는 발목까지 내려가고 결국 허리띠조차 끊어져 자살이란 돌파구도 찾을 수 없게 된다. 디디는 내일도 고도가 오지 않는다면 자살하자고 고고를 격려하며 고고에게 "바지를 올려라"고 말한다. 디디의 말을 고고는 "바지를 내려라"고 알아듣는다. 두세 번의 반복 끝에 고고는 겨우 바지를 올린다. 자살을 고려하는 심각한 상황에서 언어는 소통이 아니라 오해를 만들고, 고고가 속옷 차림으로 멍하니 서 있는 상황은 실소를 자아낸다.

언어가 의사소통의 기능을 하지 못할 때 도리어 그것은 인간 소외를 표시하는 잣대가 될 수 있다. 「크랩의 마지막 테이프」에서 크랩은 자신이 과거에 말한 언어들을 이해하지 못한다. 그럼으로써 스스로의 과거로부터 소외된다. 어머니의 죽음의 순간에 대한 30대 때의 기록은 그에게 낯설기만 하다. "과부살이"를 의미하는 "viduity"라는 단어의 의미를 알지 못해 크랩은 사전을 찾아본다. 사전을 읽으면서도 그는 의미를 정확하게 파악하지 못해 어리둥절하다. 「유희」에서 W1, W2와 M은 끝없이 말을 이어갈 운명에 처해 있으나 각자는 옆 사람이 하는 말을 듣지도 못하고, 옆에 누가 있는지도 알지 못한다. 그들을 말하게 하는 스포트라이트는 그저 불빛일 뿐 듣는 기능은 갖지 못하고 있다. 결국 W2는 "거기 누가 내 말을 듣고 있나요?"라고 절규한다. 듣는 이도 없는데 반복해서 말을 해야 한다는 것은 그들의 소외를 부각시킨다. 하지만 말을 하지 않는다면 그들은 자신이 들어가 있는 항아리의 일부로 동결되어버릴 것이다. 그렇다면 언어는 아무리 초라한 형태로라도 '존재의 상징이자 조건'이 아닌가? 언어를 통해서 베케트의 인간의 존재 조건을 검증해간다.

베케트는 무수히 여러 번 '침묵'과 '휴지'를 활용하여, 언어를 보완하고, 언어의 이면을 드러낸다. 등장인물들은 수시로 침묵함으로써, 언어로 전달할 수 없는 것이 있음을 시사한다.

그들은 도저히 언어로 표현할 수 없는 상황에 처해 있는 것이다. 또는 답을 구할 수 없는 상황에 빠져 있는 것이다. 지루함을 이기기 위해서 여러 가지 놀이를 하다가, 결국 디디와 고고는 긴 침묵에 빠져든다. 결국 놀이만 가지고는 기다림을 견뎌낼 수 없기 때문이다. 관객은 침묵과 휴지들과 더불어, 인물들이 처한 지루한 상황을 경험해야만 한다. 『유희의 끝』에서 햄의 마지막 대사는 한마디마다 휴지가 덧붙여진다. 햄은 힘겹게, 마지막 대사를 만들어가며, 자신의 존재를 증명하고 있다. 하지만 그것은 무수히 많은 휴지만큼 쉽지 않은 작업이다.

하지만 베케트 극에서 언어적 측면의 중요성이 무시된 것은 아니다. 무시되었다면 언어의 내러티브 기능과 의사소통기능이다. 사실 여러 비평가는 베케트의 뛰어난 언어활용 능력에 주목한다. 다이나 셔져Dina Sherzer는 여러 고전에서 빌려온 고급 언어와 길거리 저급 언어의 독특한 혼합, 슬랭, 펀, 그리고 클리셰 등을 혼합함으로써 베케트는 자신만의 언어 세계를 만들어낸다고 지적한다"Words" 50-51. 시를 쓰기도 했던 베케트의 언어는 운율이 있고 이미지를 그려낸다는 점에서 산문을 쓰더라도 극히 시적이다. 『고도』에서부터 드러나던 시적 특성은 후기작으로 갈수록 강화된다. 특히 일인극의 모놀로그는 리듬, 운율, 축약된 표현, 풍부한 은유, 직유 등의 수사법을 총괄하여 볼 때 산문이라기보다는 시에 가깝다. 에노크 브레이터Enoch Brater는 베케트의 후기작을 '시'의 형태를 띤 '극'이 아니라 극형식을 띤 '시'라고 말한다. 관객은 시 낭독을 듣는 것과 같은 경험을 하게 된다는 것이다Brater, *Minimalism* 17. 귀로 듣는 시뿐 아니라 베케트는 다양한 의미를 뿜어내는 이미지를 구축함으로써 보는 시를 만들어낸다. 베케트 극의 특징 중 하나는 이미지다.

8
이미지

플롯도, 대사도 해체하고 조롱하는 베케트 극은 독특한 시각적인 이미지를 무대 위에 구현한다는 점에 있어서는 탁월하다. 기본적으로 베케트의 극은 이미지의 극이다. 미술관에

가는 것을 즐겨하고, 많은 화가와 친분관계를 쌓았던 베케트
는 인체와 간결한 배경, 소품, 조명을 이용해 살아 움직이는
조각품을 만들어낸다. 잘 짜인 플롯도, 여러모로 균형 있게 묘
사된 인물도, 설득력 있고 유창한 대사도 없는 베케트 극에서
시각적 이미지가 차지하는 비중은 매우 크다. 다시 에슬린의
말을 빌리면 일련의 이미지들은 "대사 중의 가장 시적이거나
중요한 행보다도 전체 극의 의미의 본질을 캡슐에 싸듯 담고
있[는 것이]다"Esslin, Zero 35.

　이미지는 초기작에서부터 두드러진다. 에슬린을 비롯한 비
평가들은 베케트의 다음과 같은 이미지에 주목한다. 『고도』
는 시골길 나무 근처를 배회하는 두 방랑자, 『유희의 끝』은 눈
모양의 창이 달린 둥그런 방 가운데 휠체어에 앉은 맹인, 또
한 쓰레기통에서 비죽이 고개를 내민 두 노인, 『행복한 나날
들』에서는 흙더미에 반쯤 묻혀 있는 여인, 「크랩」에서는 녹음
기 소리를 몰두해서 듣고 있는 노인, 「유희」에서는 유골 단지
의 일부가 되어버린 세 남녀, 「왔다 갔다」에서는 나갔다 들어
왔다를 반복하는 세 여인, 텔레비전 드라마 「에이 조」에서는
점점 더 클로즈업되어가는 조의 얼굴, 「자장가」에서는 의식이

사라질 때까지 흔들의자에서 흔들거리는 노파의 이미지를 무대에서 구현해왔다.

이미지의 중요성을 『유희의 끝』과 「왔다 갔다」의 예를 들어서 설명해보자. 『유희의 끝』은 두 개의 작은 창문이 있는 텅 빈 실내를 배경으로 한다. 바깥 세계는 죽음이고, 인물들에게 갈 곳은 없다. 햄과 클로브, 내그와 넬은 문자 그대로 갇힌 신세다. 감금은 시각적으로 표현된다. 갇혀 있는 햄과 내그와 넬은 강력한 이미지를 구축한다. 작품의 시작, 회색 빛 조명이 비치는 무대의 가운데에는 낡은 시츠로 덮여 있는 햄이 있다. 작품의 끝에도 무대의 한가운데에는 여전히 얼굴을 손수건으로 가린 햄이 있다. 맹인용 선글라스를 쓴 햄은 극 내내 휠체어를 타고 무대 중앙에 자리하면서, 감금을 형상화한다. 햄의 부모인 내그와 넬은 쓰레기통에 갇혀 있다가 사망한다. 유일하게 움직일 수 있는 이는 클로브다. 그는 좁은 공간을 힘겹게 왔다 갔다 하면서 도리어 감금의 이미지를 강화한다. 블라디미르와 에스트라공은 떠날 곳이라도 있지만, 『유희의 끝』의 인물들에게 바깥 세계는 죽음이다. 극의 마지막 클로브는 떠나지만, 과연 떠난 것인지, 내일 아침 또 다시 함께하는 하루가 시작될지는 의문이다. 「왔다 갔다」의 세 여인, 플로, 루, 바이는 함께한다는 것과 홀로 있다는 것, 빛과 어둠 간의 여정의 이미지를 보여준다. 즉 이것은 삶의 이미지이다. 셋이 함께 있을 때, 여인들은 옛 추억을 이야기하면서 손을 잡는다. 혼자 어둠 속으로 사라졌을 때에는 나머지 여인들은 사라진 여인에게 임박한 죽음을 이야기한다. 인생은 빛과 어둠으로, 혼자와 함께로 구축되었다는 것을 세 여인은 몸으로 웅변하고 있다.

베케트 극의 이미지들은 압축된 형태로 인간의 경험을 심도 있고 강하게 표출하는 '눈에 보이는 시'라고 말할 수 있다. 그의 후기작으로 갈수록 이미지는 더욱더 중요시된다. 이것은 언어가 이미지의 보조역할을 한다는 점에서 더욱 그러하다. 찰스 R. 라이언스Charles R. Lyons가 지적한 대로 텍스트는 무대 위의 이미지의 의미를 설명해주는 내용이 주를 이룬다. 이미지와 텍스트는 점점 더 동일해진다. 「자장가」의 V는 홀로 흔들의자에 앉아 끝을 기다리는 W가 처한 상황을 노래한다. 「오하이오 즉흥극」의 R이 읽어주는 책의 내용 또한 홀로 작은 방에 앉아 책 읽어 주는 남자의 이야기를 듣고 있는 L의 상황을 반영한다. 후기작으로 갈수록 텍스트에서 무대 위의 이미지와 다른 군더더기는 점점 더 사라지고, 무대 위 이미지와 공명하는 시각적 이미지를 구축한다. 시인이었던 베케트의 텍스트에는 늘 강한 시각적 이미지가 자리 잡고 있었다. 베케트는 텍스트의 이미지와 3차원의 이미지를 공명하게 함으로써 상승효과를 만들어낸다. 그럼으로써 베케트는 소설과 산문에서 이루지 못했던 다차원적 이미지를 구현할 수 있게 된다.

베케트 극을 다른 시대의 극과 비교해보면 그 시각적 중요성을 보다 분명하게 이해할 수 있다. 엘리자베스 시대 연극에서는 시각적인 요소가 언어(내러티브)적 요소에 종속되어 있다. 그시대의 극은 무대 장치가 거의 없는 텅 빈 무대에서 등장인물들의 대사에 의존하여 시간과 장소가 구축되었다. 비록 의상에는 많은 관심과 비용을 들이기는 하였으나, 정교한 무대 장치를 통해서 시각적 이미지를 만들어낼 수 있는 여건이 되지 못하였다. 관객의 듣기 능력과 상상력이 무엇보다도 요구되었다. 물론 리어왕이 광야에서 울부짖는 모습이나 미친 오필리아의 모습과도 같은 강력한 시각적 이미지가 있기는 하지만 그것은 설득력 있는 내러티브 플롯으로부터 도움을 받아 의미를 갖는 것이지 극 경험에 있어서 중심이 되는 것은 아니다.

무대 위에 자신이 구상한 이미지를 창조해내고자 했던 베케트의 집념은 특별했다. 베케트는 여러 번 연출자들이 자신의 의도를 파악하지 못한 것에 경악하고 가능한 한 직접 연출에 참여하려고 노력한다. 점점 더 그의 희곡은 상연을 위한 준비 노트와 같이 변해갔다. 브레이터는 후기작으로 갈수록 희곡drama과 공연performance이 더 이상 구별될 수 없게 되었다고 말한다Brater, *Minimalism* 4. 희곡 안에는 소품의 위치, 크기, 조명, 의상, 배우들의 움직임, 발성 등에 세세한 지시들이 포함되었다. 베케트가 사랑했던 배우 빌리 화이트로는 베케트가 자신의 움직임과 대사를 보고 들으면서 희곡을 수정하기도 했다고 말한다. 시각적, 청각적 요소가 문자 언어를 우선했다는 주장이다. 점점 더 극장의 메커니즘에 익숙해지면서 베케트는 조명, 스포트라이트 등 기술적 측면에도 관심을 갖게 된다. 「유희」에서는 스포트라이트를 취조자로 활용함으로써 M, W1, W2의 상황의 부조리함을 강조하였을 뿐 아니라 빛과 어둠에 의식, 무의식의 상징적 의미를 부여하였다. 「크랩」이나 「자장가」, 「왔다 갔다」에서나 「무엇을 어디서」에서는 빛과 어둠 사이를 등장인물이 오고 가게 함으로써 그들의 움직임에 상징적 의미를 창조해낸다. 역시 조명의 도움으로 어둠, 의식, 무의식, 삶과 죽음, 개인과 사회 등의 의미가 부여된다.

베케트가 구현해낸 무대 위의 이미지들은 입체파, 초현실주의 등 조형 예술 분야의 사조들과도 연관 지어볼 수 있다. 빛과 어두움, 그리고 인체와 소품을 활용해서, 사실주의적 현실의 재현을 벗어난 낯선 세계를 구현해내는 베케트의 무대에서 분명 아방가르드 예술의 영향을 엿볼 수 있다. 앞에서 언급한 대로 베케트는 젊은 시절부터 미술관에서 그림을 감상하는 것을 즐겼다. 이성의 지배를 받지 않는 공상, 환상의 세계를 보여주고 콜라주 등을 사용해 인간의 몸을 재구성하거나 변형시키는 등의 초현실주의적 기법은 어디인지 알 수 없는 공간 안에서 인간의 몸을 변형시켜서 보여주는 베케트와 유사하다. 특히 베케트는 노르웨이의 화가 뭉크Munch를 좋아했다. 뭉크는 공포, 애정, 증오와 같은 인간의 가장 근본적인 감정을 격렬한 색채와 왜곡된 선으로 표현한 화가인데, 「나는 아니야」에 나오는 입의 이미지는 뭉크의 「비명」을 연상시킨다. 20세기 초 피카소Picasso와 브라크Braque가 시작한 입체파의 경우 "자연을 원통, 원추, 구체로 다룬다"라고 말한 세잔의 예술에서 영감을 얻어 대상의 존재성을 기본적인 형태와 양에 의해 포착하려고 했다. 그 후 대상의 형태에 점차 섬세한 면 분할을 가해서 표현하고 대상을 추상화하였다. 인간의 몸을 조각품을 가다듬듯 다루며 조명을 활용하여, 시점에 따라 다른 모습을 보여주는 베케트의 이미지들은 연극과 조형 예술의 융합을 보여준다.

9
장르

베케트의 작품은 장르를 한정하기 어렵다. 마틴 에슬린은 앞에서도 언급한 대로 베케트의 작품을 부조리극으로 이름 붙였다. 에슬린의 『부조리극』이 발행된 것은 1961년이다. 그 후에도 베케트는 20여 년을 더 작품 활동을 하며, 부조리극의 철학과 어울리지 않는 작품들도 발표하였다. 우리는 '부조리극'을 넘어서는 다른 이름들을 고민해보아야 한다.

작가 스스로 장르를 표방한 경우는 『고도』에서이다. 베케트는 『고도』에 "2막으로 된 희비극"이라는 부제를 붙인 바 있다. 희비극에 대한 백과사전의 정의는 영국 르네상스 시대에 한 유형으로 전통적인 비극과 희극이 지닌 형식과 주제가 혼합된 연극이다. 하지만 베케트의 희비극은 슬프게 전개되어가다가 행복한 장면으로 전환하여 막을 내리는 르네상스적인 희비극은 아니다. 베케트 극은 비극적 전망과 희극적 (때로 소극적) 표현 양식을 동시에 가지고 있다. 인간 존재의 본질적 음울함을 다루었다는 점에서 그의 극은 비극적이지만 그것을 장엄하고 품위 있게 그려내는 것이 아니라 조롱하면서 우스꽝스럽게 표현한다. 『고도』는 오지 않는 구원자를 기다리는 절망적 상황을 그리고 있다. 절망은 존재의 조건에서부터 나오는 것이기에 도망칠 수 없는 것이다. 그렇지만 절망을 마주하는 방법이 반드시 절망적일 필요는 없다.

베케트의 인물들은 절망과 직면할 때, 전통적인 비극에서 사용하던 방법이 아닌 광대극, 익살극, 서커스, 뮤직홀, 보드빌, 그리고 찰리 채플린, 버스터 키튼 등이 나오는 무성 영화에서 볼 수 있는 말과 행동으로 무장한다. 희극적 기법은 베케트의 취향을 반영한다. 베케트는 영국의 대중 연극의 한 형태인 뮤직홀과 보드빌을 즐겨 보았다. 슬랩스틱에 능숙한 찰리 채플린, 버스터 키튼 등이 나오는 무성 영화 또한 좋아했다. 가장 절망적인 순간에, 혹은 가장 중요한 순간에 베케트의 인물들은 광대의 행동을 한다. 『고도』에서 디디는 자신들이 고도와 약속한 장소에 와 있는지를 확인하지 못한다. 기억력이 없는 고고는 시간과 장소의 확인에 전혀 도움이 되지 않는다. 길고 지루한 확인 작업 끝에 디디는 럭키가 버리고 간 모자를 발견하고, 자신들이 어제 왔던 그곳에 와 있음을 확인하다. 그 중요한 순간, 디디와 고고는 모자돌리기를 시작한다. 모자돌리기는 로렐과 하디의 무성영화에서 흔하게 볼 수 있는 광대 짓이다[로렐과 하디는 Stan Laurel(1890-1965) and Oliver Hardy(1892-1957)를 말한다. 할리우드 영화 최초의 뛰어난 미국의 희극배우 팀. 미국판 뚱뚱이와 홀쭉이로 200여 편의 무성영화에 출연하였다. 대표작으로는 『웃게 내버려두어라Leave'em Laughing』(1927) · 『뮤직 박스The Music Box』(1932) · 『서쪽 저 멀리Way Out West』(1937) 등이 있다*]. 절망과 심각한 상황을 우습게 표현하면서 베케트는 『유희의 끝』의 넬의 말처럼 "불행보다 더 우스꽝스러운 것은 없다"는 것을 극을 통해 증명하는 것이다.

「크랩」에서는 아예 주인공으로 광대를 내세운다. 너무 짧은 바지에 지나치게 커다란 하얀 장화를 신고, 흰 얼굴에 보랏빛 코를 지닌 노인은 광대의 몰골이다. 바나나를 먹다가 멍청하게 앞을 바라보기도 하고, 먹던 바나나를 커다란 주머니에 쑤셔 박기도 한다. 하지만 광대의 모습을 하고 있으나 크랩은 작가이며, 생일을 맞아 수십 년 동안 지속해온 기록의 제의를 하려던 참이다. 이미 홀로 남은 크랩의 삶은 망가져 기록할 것도 없고, 기록한다고 해도 곧 잊어버리겠지만 작가로서, 인간으로서 크랩은 존재함을 증명한다. 광대이지만 삶에 마지막까지 충실한 크랩은 비참함과 웃음, 심각한 것과 비속한 것이 그리 멀지 않음을 보여준다.

광대를 주인공으로 내세우고 슬랩스틱을 보여주고 실소를 자아내게 한다는 점에서 베케트의 극은 소극과 가깝다. 소극이란 익살스러운 희극으로서 대단히 비정상적인 상황, 진부

* http://preview.britannica.co.kr/bol/topic.asp?article_id=b06r1153a

한 인물, 지나친 과장, 난폭한 놀이가 특징을 이룬다. 『고도』에서 우리는 고고와 디디, 포조와 럭키의 언행에서 많은 소극적 특징을 확인할 수 있다. 무대 위를 이리 뛰고, 저리 뛰고, 넘어지고, 엎어지고, 발로 차고, 발을 부여잡고 뛰고, 모자를 돌리고 등의 몸동작과 유치한 말장난은 극히 소극적이다. 물론 베케트의 극은 소극에서 끝나는 것이 아니다. 베케트는 소극과 비극이 멀리 있는 것이 아님을 보여준다. 그럼으로써 인위적인 장르 구분을 무력화시킨다.

베케트의 극은 반연극anti-theatre; antiplay이라고도 불린다. 반연극은 이오네스코의 작품 『대머리 여가수』의 부제이기도 하다. 반연극은 플롯, 사실주의, 문법에 잘 맞고 설득력 있는 대사 등 부르주아들이 익숙한 연극의 전형적인 관습을 해체한다. 이오네스코는 자신의 작품을 반연극이라고 불렀는데 베케트 또한 기존의 관극 경험에 정면으로 도전하고, 극 관습을 해체한다는 점에서 반연극과 유사점을 가지며, 반연극으로 분류되기도 한다.

비록 다작을 하지는 않았으나 베케트는 다양한 형식의 작품을 집필하였다. 무언극이 그 하나다. 삶의 조건을 보여주는

「무언극 I」, 인간의 각기 다른 삶의 모습을 보여주는 「무언극 II」를 루비 콘은 "현대의 도덕극", "연극적 알레고리"라고 칭한다Ruby Cohn, *Play* 5. 무언극의 인물들은 광대극에서 볼 수 있는 복장과 몸짓을 선보이기도 한다. 그의 작품은 기존의 장르 카테고리를 넘어서 있다. 그의 극단적인 실험의 예는 「숨소리」에서 찾을 수 있다. 「숨소리」에는 등장인물이 한 명도 등장하지 않고 그저 녹음된 소리만 들린다. 35초 동안 진행되는 「숨소리」를 베케트는 "5막으로 된 소극"으로 불렀다. 빛과 어둠, 탄생의 소리와 죽음의 소리를 활용해서 베케트는 인간의 일생을 35초 안에 축약해서 보여준다. 작가는 소극이라고 불렀으나, 우스운 내용은 없다.

10
라디오, 텔레비전, 필름

베케트는 극장이 제공할 수 있는 잠재성의 한계를 알고 있었다. 극장에서 구현되는 이미지는 본질적으로 일시적인 것이다. 자신이 그리고자 하는 극 세계를 기술의 힘을 빌려 정확하게 구현한 후 영구히 보존하고자 하는 바람은 그를 라디오, 텔레비전과 영화의 세계로 인도했다. 카메라 테크닉과 편집 등은 극장보다 더 자유롭고 다양하게 이미지의 구축을 가능하게 하였으며 녹화라는 기술을 통해 그것을 영구 보존할 수 있는 것이었다.

베케트는 매체마다의 특징과 속성을 파악하고 있었고, 그래서 하나의 매체를 위해 쓰인 작품을 다른 매체로 바꾸는 것을 엄격하게 제한하였다. 「쓰러지는 모든 것」을 연극으로 바꾸려는 시도에 대해서 베케트는 라디오 드라마는 "모든 것이 어둠 속에서 나오는" 특징을 지니며, 무대로 옮기는 것은 그 특징을 저해한다고 지적한다. 라디오 극, 「말과 음악」은 사촌 동생인 존 베케트와 작업한 것인데, "사랑", "나이"와 같은 주제를 두고 말과 음악이 각기 표현한다는 독특한 양식을 취하고 있다. 음악을 하나의 인물로 격상시킴으로써 극과 음악회가 혼합이 되는 매우 특이한 시도라고 할 수 있다. 이 또한 보이지 않는 라디오 극의 특징을 활용한 실험이다.

관객의 시선이 자유롭게 돌아다닐 수 있는 연극과 달리 텔레비전 드라마와 영화는 카메라를 활용해 작가가 원하는 그림만을 전달할 수 있다. 베케트는 특히 카메라를 이용해서 인물의 내면세계를 탐구하였다. 「필름」에서는 철학자 조지 버클리George Berkeley의 "존재한다는 것은 지각된다는 것이다Esse est percipi; To be is to be perceived를 모티브로 하고 있다. 두 개의 카메라를 활용해서 "인식하는 자"와 "인식당하는 자"의 시각을 탐색하고 있는데 외부의 시각을 피한다 하더라도 결국 마지막까지 '자의식'은 남는다. 결국 무존재만이 인식으로부터의 진정한 해방을 가져오는 것이다.

베케트는 새로운 매체에 관심을 갖고 있었으며 시도를 두려워하지 않았다. 베케트의 작품은 '비디오 아트'의 선두주자가 되기도 했다. 베케트는 1966년 영화 제작자 마랭 카르미즈와 함께 「유희」를 18분 길이의 영화로 만들었다. 영화는 영화관에서 상영되지 못하고 2001년에 런던의 갤러리에서 '비디오 아트'로 선보였다쿠츠 16-17. 혹자는 베케트가 디지털 시대까지 살아 있었더라면 컴퓨터 아트에도 관심을 가졌을 것이라고 주장한다. CG로 새로운 세계를 창조할 수 있는 21세기 베케트는 과연 어떤 비전을 실현하려 했을지 궁금하다.

11
베케트 연구

80년대까지만 하더라도 베케트 연구는 주제 측면에서 부조리한 인간 조건에 대한 탐구와 스타일 측면에서의 언어와 침묵의 사용, 모더니즘과 포스트모더니즘을 아우르는 전위적이면서도 융합적인 극 세계에 대한 탐구가 주를 이루었다. 베케트 스스로는 자신의 작품들이 자신의 의도와는 무관하게 이론으로 무장한 학자들에 의해서 분석되는 것에 대해서 당혹스러워했지만, 학자들은 각자의 무기를 들고 베케트를 해석했다. 베케트의 극 세계의 기호의 상호작용에 주목한 기호학적 분석, 프로이트와 라캉의 개념과 이론을 활용한 정신분석학적 분석, 데리다, 들뢰즈 등의 이론을 빌린 후기구조주의적 분석, 베케트의 여성인물들의 부재, 혹은 존재의 특징에 주목하는 페미니즘적 분석 등이 계속 이어지고 있다. 『베케트와 후기구조주의』의 저자 앤서니 울먼Anthony Uhlmann은 '존재Being'의 문제를 예를 들면서 베케트의 작품과 후기구조주의 철학자들의 관심 분야가 유사한 데 주목한다. 그들은 동시대를 살아간 유사한 문화적, 역사적, 언어적 산물이다쿠츠 140. 베케트의 작품에는 여성 인물들이 많이 등장하지는 않는다. 하지만 『행복한 나날들』, 「나는 아니야」, 「자장가」와 「발소리」에는 여성 인물이 주축을 이룬다. 비평가들은 줄리아 크리스테바Julia Kristeva 등의 페미니스트 이론에 힘입어 베케트 극의 여성인물들의 여성적 말하기의 특성을 찾아낸다. 「자장가」와 「발소리」에서는 여러 페미니즘 이론가들이 관심을 가졌던 모성과 모녀 관계를 다각도로 조명한다. 공연에 초점을 두는 공연 비평도 이어졌다. 1960년대 중반, 베케트는 연출가로 변신, 자신의 작품 대부분을 연출하게 된다. 90년대에 들어와 베케트의 연출 노트가 『사무엘 베케트의 연극 노트북』란 이름으로 출판되었다. 『연극 노트북』은 작가가 작품에 대해서 가지고 있던 비전과 그것을 구현하기 위한 실질적인 과정, 작품의 첨삭과 무대, 조명 등 실제적인 측면에서의 조정까지도 모두 포함한 일종의 정전이라고 할 수 있다. 베케트 공연에서 있어서 작가의 권위와 연출가의 자유 사이의 갈등은 공연 비평의 한 축이 될 수 있다.

베케트 작품에 드러나는 하나의 주제를 두고 여러 학자가 분석한 연구서도 출판되었다. 예를 들어서 베케트의 시와 소설, 희곡에 드러난 죽음의 문제를 다룬 스티븐 바필드Steven Barfield 등이 편집한 『베케트와 죽음Beckett and Death』(2009)이 그한 예이다. 비평가들은 베케트의 작품에 죽음이 얼마나 빈번하게 나타나며 얼마나 다양한 모습을 하고 있는지를 보여준다. 90년대 이후에는 베케트 작품에 드러나는 아일랜드적 특성에 주목하는 학자들이 등장하기 시작한다. 수수께끼 같은 우주 안에서 왜소해지고, 파편화되고, 물화되어버린 인간의 모습에서 아일랜드는 베케트가 활동한 파리만큼이나 매우 멀리 떨어져 있는 것처럼 보인다.

12
아일랜드

아일랜드와 베케트의 관계는 그의 작품만큼이나 모호하고 복잡하다. 베케트 스스로 삶과 작품은 분리되어 있다고 말해 왔다Knowlson 20. 베케트는 또한 아일랜드의 문예 부흥 작가들의 노골적인 아일랜드 언어, 문화, 종교, 신화 탐구와는 분명한 거리를 두고 있다. 그의 작품은 기본적으로 지역적, 정서적, 철학적, 종교적, 심리적 뿌리 없는 인간 조건의 탐색이다. 하지만 베케트의 공식 전기 작가인 제임스 놀슨은 베케트를 처음 인터뷰하던 날 어린 시절 베케트가 아일랜드에서 보고 들었던 이미지가 작품에 자주 등장함을 언급한다. "남자와 소년이 손을 잡고 산맥을 따라 걸어가는 것; 다른 나무들보다 일주일 먼저 색이 변하는 낙엽송; 집 위 언덕 위에서 돌 자르는 기계가 돌을 부수는 소리" 등을 예로 들자 베케트는 고개를 끄덕이며, "그것들은 강박증적인 것"이라고 응답했다 Knowlson 20. 그의 말처럼 베케트의 작품에 아일랜드는 곳곳에 남아 있다.

90년대에 들어와서 아일랜드의 역사적, 문화적, 언어적, 지리적 맥락 안에서 베케트 읽기가 일련의 비평가들에 의해서 시작되었다. 존 P. 해링턴John P. Harrington의 『아일랜드의 베케트*The Irish Beckett*』(1991), 메리 정커Mary Junker의 『베케트: 아일랜드적 차원*The Irish Dimension*』(1995), 디클랜 키버드Declan Kiberd의 『아일랜드 만들어내기*Invneting Ireland*』(1996), 에밀리 모린Emilie Morin의 『사무엘 베케트와 아일랜드적인 것의 문제점*Samuel Beckett and The Problem of Irishness*』(2009) 등은 베케트 작품에 드러나는 아일랜드적인 특성을 심도 있게 분석하고 있다. 에오인 오브라이언Eoin O'Brien은 베케트의 승인 하에 아일랜드의 지형, 인물, 건물 등에 대한 상세한 조사를 담은 『베케트 나라*The Beckett Country*』를 펴내고 여러 지역적 배경을 밝혀내었다. 사실상 베케트 작품에서 아일랜드의 흔적은 구석구석에 포진해 있다. 베케트 작품 안에서 아일랜드가 발견된다는 것이 이 작품을 근본적 소외와 유랑으로부터 벗어나게 하지는 않는다. 하지만 그의 작품을 더 흥미롭게, 그리고 풍요롭게 한다.

3

작품 분석

베케트는 비평가들이 자신의 작품에 대해서 길고 복잡한 분석과 해설을 하는 것에 대해서 당혹스러워했다. 그는 "나는 대상물을 만들어낸다. 사람들이 그것을 가지고 무엇을 하든지는 내 관심이 아니다. … 내가 내 작품에 대해서 비평적 해석을 쓸 수는 없다"고 자신의 입장을 밝혔다Boulter 9-10. 여러 질문을 던지는 비평가, 연출가 등에게 그는 "내 작품의 키워드는 '아마도'이다"라고 말하기도 하였다. 그럼에도 불구하고, 베케트의 작품에 대해 읽기 지도를 만드는 것은 의미가 있는 일이라고 생각한다. 베케트의 작품은 많은 정보를 의도적으로 배제하며, 남아 있는 정보는 미약하다. 하지만 배제된 정보와 남아 있는 정보 모두 작품 바깥 세계와 교류하고, 작품 내의 정보들과도 교통한다. 따라서 부재하고, 존재하는 정보들을 교통정리할 읽기 지도는 필요하다. 그 지도를 통해 우리는 베케트의 극이 보여주는 인간과 세계, 그리고 연극에 대한 조감도에 접근할 수 있다. 좀 더 치밀한 조감도를 확보할수록 우리는 베케트의 작품을 더욱 즐기고, 이해할 수 있다. 베케트를 사랑한 많은 사람들이 그러했던 것처럼 말이다.

1

『고도를 기다리며』(초연: 1953)

1) 연보

집 필: 1948년 10월~1949년 1월, 프랑스어로 집필됨.

공 연: 전 세계 초연, 1953년 1월 3일, 파리 바빌론 극장에서
로제 블랭 연출.

•독일어 초연, 1953년 11월 29일, 루트링하우젠 교도
소에서 재소자 중의 한 사람에 의해서 번역, 연출.

•영국 초연, 1955년 8월 3일, 런던 아트 시어터 클럽
에서 피터 홀 연출. (영어 번역본에 대한 검열로 텍스트가 수

정되어 공연됨)

- •아일랜드 초연, 1955년 10월, 파이크 극장에서 앨런 심슨 연출.
- •미국 초연, 1956년 1월 3일, 마이애미 코코넛 글브 극장에서 앨런 슈나이더 연출.
- •브로드웨이 초연, 1956년 4월, 브로드웨이 존 골든 극장, 허버트 버그허프 연출.

출 판: 전 세계 초판은 1952년 미뉘Minuit 출판사에서 불어로 출판됨.

- •영어 초판은 1954년 그로브 출판사에서 출판됨.

2) 배경

공간적 배경

작품의 배경은 나무 한 그루가 서 있는 시골길이다. 길옆에는 나지막한 흙더미가 하나 있다. 길 저편 보이지 않는 곳에는 도랑이 있다. '길'과 '나무'가 무엇을 상징하는지를 논하는 것은 끝이 없는 일이지만 서양 문학의 관례 안에서 분명한 것만 말해보자. '길'은 서양 문학에서 종종 인생길, 진리나 구원을 찾는 전진의 길, 순례의 길을 상징해왔으며 나무는 성경에 나오는 생명나무나 십자가와 연관을 지어왔다. 하지만 『고도』에서 길과 나무는 서양 문학의 긴 전통을 배반한다. 길은 블라디미르와 에스트라공을 어디에도 데려다 주지 못한다. 도리어 이 극에서 길은 멈춤이다. 디디와 고고는 이 길을 따라 어디로 가지 않는다. 아니 갈 수가 없다. 그들은 길에 멈춰 서서 고도를 기다려야만 한다. 길은 디디와 고고에게는 길이 아니다. 나무 또한 생명도 죽음도 주지 못한다. 관목인지 나무인지 불분명하게 엉성한 나무는 구원을 가져다주지 못한다. 아무리 나무 옆에서 기다려도 구원자는 결국 오지 않는다. 나무는 목을 매기에는 너무 왜소하다. 나무는 구원도, 탈출구도 제공하지 못한다.

　『고도』의 배경은 낯설고 불분명한 곳이다. 예를 들어서 조지 버나드 쇼의 작품에서 볼 수 있는 19세기 런던, 특정 지역의 중산층의 거실 혹은 서재와 비교해보자. 조지 버나드 쇼를 비롯한 사실주의 작가들은 아주 공들여서 작품의 배경을 묘사하였다. 배경이 속한 특정 지역에 대한 언급과 배경에 대한 구체적이고 섬세한 묘사가 이어진다. 배경에 대한 묘사가 구체적이고 세밀할수록 작품은 설득력을 지니게 된다. 작품의 메시지는 그 배경에 근거를 두고 있기 때문이다. 『고도』극의 배경은 의도적으로 불투명하다. 구체적인 것은 아무것도 없다. 대사를 통해서 에펠탑이나 론 강과 같이 프랑스와 관련을 맺은 지명이 언급되기는 하지만 어느 나라에 속해 있는지 확실치 않다. 에스트라공은 이곳이 케이콘 컨트리Cackon Country라고 말하지만 그곳이 어느 나라에 속해 있는지는 불확실하다. 블라디미르는 에스트라공에게 이곳이 한때 둘이서 포도를 땄던 메이콘 컨트리Macon Country와는 다르지 않느냐고 말한다. 하지만 에스트라공은 메이콘 컨트리에는 가본 적이 없으며, 평생 이곳 케이콘 컨트리에서 구역질나는 인생을 토하면서 살았다고 말한다. 고고의 단언으로 인해, 두 사람의 공간적 행보는 오리무중 속에서 멈춰버린다. 이곳이 케이콘 컨트리라는 에스트라공의 말을 믿을 수 있을 것인가? 케이콘 컨트리는 메이콘 컨트리와 다른 곳인가? 공간에 대한 지엽적 정보들은 서로 모순되면서 효용성을 무력화시켜버린다. 비평가들은 이 낯선 시골길을 베케트와 그의 처 쉬잔이 독일군을 피해서 루시용으로 걸어가던 시골길과 비교한다. 베케트와 쉬잔은 초겨울 악천후를 뚫고 루시용을 향해 걸어갔으며 목적지에 도착했다. 하지만 블라디미르와 에스트라공은 걸어가지 않으며, 목적지에 도착하지도 않는다. 베케트의 경험이 시골 길 위의 두 사람의 모습에 투영되었을지 모르지만, 이 길은 루시용으로 가는 길은 아니다.

흙더미는 에스트라공에 속해 있다. 고고는 거기 앉아서 장화를 벗으려 애를 쓰고 짧은 잠에 빠져든다. 블라디미르가 나무에 관심을 보이는 반면, 고고는 땅에 붙어 있는 흙더미를 독점한다. 흙더미는 이 극에서 유일하게 고고가 쉴 수 있는 곳이다. 그렇지만 흙더미가 차지하는 영역은 이 황량한 길에서 너무 작다.

길 건너 도랑에서는 정체를 알 수 없는 열 명가량의 남자들이 있는데 그들은 밤마다 에스트라공을 구타하곤 한다. 기억력이 떨어지는 에스트라공의 주장이기 때문에 전적으로 신뢰할 수는 없다. 하지만 이곳은 모호할 뿐 아니라 비우호적인 공간이기도 하다.

시간적 배경 또한 구체적이지 않다. 인물들의 옷차림과 1889년에 세워진 에펠탑을 언급한 것으로 보아 20세기에 벌어지는 일 같기는 하지만 정확한 연도는 알 수 없다. 계절도 불확실하다. 1막의 나무에는 이파리가 하나도 달려 있지 않다. 그렇다면 겨울일 것인가? 2막에 가면 하룻밤 새에 몇 개의 이파리가 매달려 있다. 그렇다면 봄일 것인가? 아무리 봄이라고 하더라도 하룻밤 새에 죽은 듯한 나무에서 잎이 나올 수는 없다. 나무에 이파리만 돋았을 뿐 봄기운에 대한 어떤 언급도 없다.

시간대라고는 저녁 무렵이라는 언급 외에는 없다. 작품은 저녁 무렵에 시작해서 해가 지고 달이 뜨면 끝이 난다. 1, 2막 모두 달은 고도의 메신저인 소년이 사라지면 갑자기 떠오른다. 따라서 이 극에서 달이 떠오른다는 것은 자연의 현상이 아니다. 달은 고단한 하루가 지나고 짧은 휴식의 시간이 왔음을 알릴 뿐이다. 이제 잠시나마 기다림으로부터 쉴 수 있는 것이다.

이 극에서 시간의 흐름은 다분히 작위적이다. 어제는 헐벗었던 나무가 하루 만에 잎이 돋아 있고, 기다리고 기다려도 오지 않던 밤이 소년이 퇴장하면서 갑자기 찾아온다. 시간은 자연의 흐름 안에 있지 않고, 단지 기다림의 기간을 측정하는 바로미터일 뿐이다. 나뭇잎과 달은 기다림의 기간이 경과되었음을 알리는 기능을 할 뿐인 것이다.

블라디미르와 에스트라공의 시간과 공간은 기다림에 종속되어 있다. 역사와 사회 속의 구체적 시간과 공간은 등장인물들의 존재에 안전망을 제공한다. 그들은 그 안에서 외부 세계를 인식하고 그것과 연결시켜서 자신이 누구인지를 인식한다. 이렇게 모호한 시간과 공간은 등장인물들이 자신들의 존재에 대해 인식론적 어려움epistemological difficulty을 지니고 있음을 드러낸다고 찰즈 R. 라이언스는 분석한다Lyons 7. 역사적, 사회적 맥락이 배제된 배경은 등장인물들의 정체성 확립의 어려움에 기여하고 또한 반영한다고 볼 수 있는 것이다.

그런데 문제는 디디와 고고가 그곳에 갇혀 있다는 것이다. 디디와 고고는 창살 없는 감옥에 갇혀 있다. 그들의 움직임은 우리에 갇혀 지루함을 참지 못하는 동물들의 그것과 다르지 않다.

3) 등장인물

블라디미르: 일명 디디라고 불리는 늙은 방랑자. 에스트라공과는 수십 년간 함께 떠돌아다닌 것으로 보인다. 자신이 처한 상황에 대해서 어떻게든 합리적인 설명을 도출하기 위해서 노력하지만 무성영화에 나오는 전형적인 광대의 몸짓을 보인다. 고고보다는 훨씬 더 현재의 상황에 대해서 분석적이며, 기억력도 정확하고, 인생에 대한 통찰력을 보이기도 한다. 가끔 지적인 말을 던지는 것으로 보아 떠돌이 노숙자인 현재보다 예전에는 여러모로 사정이 나았던 것으로 보인다. 고도와의 만남이 성사되기를 고대하고, 자신들이 정확한 장소에서 고도를 기다리고 있는지를 어떻게든 확인하려고 한다. 고도와의 만남의 의미, 만남이 자신들에게 줄 수 있는 것, 구원의 가능성에 대해서 고고보다 훨씬 더 많은 관심을 갖고 있다. 수시로 고고에게 고도와의 약속을 상기시킨다. 방광에 문제가 있어서 자주 소변을 봐도 개운치 않은 고통에 시달린다. 주머니에 당근이나 순무를 가지고 다니면서 고고의 식욕을 채워주고 괴한들에게 구타를 당하곤 하는 고고를 보호해주려고 애쓴다. 고고를 사랑하고 헤어질 수 없다는 것을 알면서도 떨

어져 있을 때 이상한 행복감을 느낀다. 고고와 함께 여러 가지 말장난과 게임을 하면서 시간을 보낸다.

에스트라공: 디디와 함께 고도를 기다리는 늙은 방랑자. 일명 고고라고 불린다. 한때 시인이었다고 주장한다. 디디보다 기억력, 사고력, 추리력, 인내심이 부족하다. 극 내내 그를 가장 자주 괴롭히는 문제는 장화가 잘 벗겨지지 않는다는 것이다. 늘 신발을 신고 있어야 하는 여행자의 병을 앓고 있는 셈이다. 장화를 가지고 하는 몸동작은 무성영화에 나오는 전형적인 광대의 모습이다. 간혹 매우 서정적이며, 직관적인 말을 함으로써 의외의 모습을 보인다. 디디보다 훨씬 수면욕, 식욕과 같은 육체적 욕망에 취약하다. 수시로 배가 고프고, 수시로 쪽잠에 들어간다. 홀로 밤을 지낼 때에는 정체를 알 수 없는 괴한들에게 구타를 당했다고 말한다. 고도를 기다려야 하는 것을 알기는 하지만 자주 잊어버리기 때문에 디디가 계속해서 상기시켜주어야 한다. 장소, 사람 등에 대해서 기억을 하지 못한다. 따라서 고도를 기다리는 장소가 제대로 된 것인지 확인하려고 하는 디디에게 도움이 되지 못한다. 디디와 함께

말장난과 게임을 능숙하게 해낸다. 아마도 오랜 세월을 그렇게 살아온 것 같다. 고도의 메신저인 소년이 와서 고도가 오지 않는다고 말할 때에는 꼭 잠에 빠져 있다. 고도가 오지 않는 것을 확인한 후 자살을 생각한다.

포조: 노예, 럭키를 데리고 다니는 중년의 여행자. 1막에서는 당당하고 여유 있는 자본가로 행세하지만 2막에서는 시력을 잃고 완전히 무능력한 상태로 등장한다. 정체를 정확히 알수는 없지만 1막에서는 디디와 고고가 있는 곳이 자신의 땅이라고 주장하며 지주 행세를 한다. 본인의 말에 의하면 시장에서 럭키를 팔기 위해 길을 나섰다고 한다. 여행자이기는 하지만 여러모로 디디와 고고보다는 물질적으로 풍요롭다. 모든 짐을 럭키에게 들게 함으로써 육체적 노동에서 자유롭다. 럭키가 들고 있는 피크닉 바스켓 안에서 닭고기와 포도주를 꺼내 마셔 고고의 부러움을 산다. 간이 의자에 앉아서 휴식을 취한다. 디디와 고고를 무시하기는 하지만 여행의 무료함을 달랠 수 있는 같은 인간으로 받아들인다. 자신의 언행에 대해서 디디와 고고의 절대적 집중을 요구한다. 디디와 고고를 관

객처럼 앞에 두고 '창공'에 대해서 연설을 늘어놓는다. 한때 스승이었다고 하는 럭키의 목에 밧줄을 매어 끌고 다니며 폭언과 채찍질을 하기도 한다. 분무기, 회중시계 등 소지품을 자꾸 잃어버린다. 2막에서는 맹인이 되어 럭키에게 의지한 채 어디로 가는지도 모르면서 떠돌아다닌다. 어제에 대한 기억도 없이 문자 그대로 '방랑자' 신세가 된다.

럭키: 포조의 늙은 하인. 포조의 말을 빌리면 젊었을 때에는 포조에게 세상의 고상하고 아름다운 것들을 다 가르쳐줄 정도의 지성과 감성을 지니고 있었다고 한다. 지금은 늙고 쇠퇴하여 몸도 둔하고, 춤을 춘다고 해도 몸을 흔드는 정도이고 '생각'도 논리와는 무관한 철학적·신학적 단편들만 열거하는 수준이다. 럭키의 장광설은 언어의 희화화의 대표적인 예로 거론된다. 포조의 명령에는 절대 복종하며, 쉴 때도 짐을 내려놓지 않는다. 포조에 의하면 버림받지 않기 위해서 포조의 온갖 명령에 복종한다고 한다. 늘 목에 밧줄을 감고 있어서 목에서는 고름이 흐른다. 2막에서는 벙어리가 된 채 맹인이 된 포조를 정처 없이 인도하는 신세가 된다. 고고를 발로 차기도

해, 고고의 복수의 대상이 된다.

소년: 1막과 2막의 마지막에 나타나 '오늘 저녁엔 고도 씨가 오지 못한대요'를 전하는 전령이다. 분명 디디에게 여러 차례 와서 같은 메시지를 전달했을 텐데도 그를 만난 것을 부인한다. 고도의 목장에서 염소를 친다고 말한다. 고도에게서 먹을 것을 잘 얻어먹고 형은 종종 얻어맞지만 자신은 그렇지 않다고 말한다.

고도: 디디와 고고가 나무 옆에서 만나기로 한 존재. 전령인 소년의 말에 의하면 고도는 목장에서 두 소년을 거느리고 있으며 동생은 때리지 않고 형은 때린다고 한다. 디디는 자신들이 고도에게 매여 있으며, 고도가 오면 구원받을 것이라고 생각한다. 고도Godot라는 이름이 영어 '신God'과 상관이 있다고 생각할지 모르지만 고도는 불어명이다. 작품이 쓰일 즈음 프랑스의 유명한 자전거 선수의 이름이 Godeau(1920-2000)였다고 한다. 고도는 그냥 오지 않는 기다림의 대상이다.

4) 플롯과 작품 분석

　1막에서는 블라디미르와 에스트라공이 한 그루 나무가 있는 시골길에서 만나 고도를 기다려야 하는 자신들의 상황에 대해서 이야기한다. 배가 고픈 고고는 디디에게서 당근을 얻어먹는다. 포조와 럭키가 등장한다. 여행이 지루했던 포조와 기다림이 지루했던 디디와 고고는 서로의 만남을 최대한 활용한다. 럭키, 지루해하는 디디와 고고를 위해 춤과 생각을 선보인다. 포조와 럭키 떠나고 디디와 고고는 시간이 빨리 지나간 것에 위안을 얻으며 다시 고도를 기다린다. 고도의 전령인 소년이 등장해서 디디에게 "고도가 오늘 오지 않는다"고 말한다. 소년이 떠난 후, 갑자기 달이 뜬다. 디디와 고고는 고도가 오지 않았음을 확인하고 자살에 대해 잠시 생각해본다. 떠나자고 말하지만 둘은 움직이지 않는다.

　2막에서는 블라디미르와 에스트라공이 한 그루 나무가 있는 시골길에서 만나 고도를 기다려야 하는 자신들의 상황에 대해서 이야기한다. 포조와 럭키가 등장한다. 포조와 럭키는 등장하자마자 넘어지고 둘을 일으켜 세우려다 디디와 고고까지 넘어진다. 포조는 맹인이 되고 럭키는 벙어리가 되어 있다. 포조와 럭키가 떠난 후 디디와 고고는 포조가 고도가 아닌지에 대해서 대화를 나눈다. 고도의 전령인 소년이 등장해서 디디에게 "고도가 오늘 오지 않는다"고 말한다. 소년이 떠난 후, 갑자기 달이 뜬다. 디디와 고고는 고도가 오지 않았음을 확인하고 고고의 허리띠로 목을 매 자살하는 것에 대해 의견을 나눈다. 끈은 끊어지고 떠나자고 말한 후 둘은 움직이지 않는다.

이어서 작품을 상세히 살펴보도록 하자.

1막

① 연극의 첫 대사는 "아무래도 안 돼Nothing to be done"10이다. 늙은 방랑자가 흙더미에 앉아 신발을 벗으려고 애쓰면서 하는 말이다. 하지만 이 대사는 작품 전체의 분위기를 꿰뚫는 말이며 작품 내내 여러 번 반복된다. 신발을 벗을 수 없는 것뿐 아니라 오지 않는 고도를 기다려야 하는 상황 또한 그러하다. 디디는 고고의 말을 곧 철학적으로 받는다. 디디는 자신들의 상황에 대한 결론이 고고가 한 말로 귀결되려 한다고 말한다. 즉 자신들은 정말 "아무래도 안 되는" 상황에 처해 있다

는 것이다. 그래도 디디는 "아직 모든 것을 다 시도해보지는 않았다"는 말로 자신의 기분을 북돋운다. "아무래도 안 돼"를 둘러싼 두 방랑자의 입장과 반응은 두 인물의 차이점을 드러낸다. 고고가 육체적 욕구에 몰두에 있는 반면, 디디는 자신이 처한 삶 전반에 대해서 관심을 갖는다.

고고가 장화를 벗기 위해 혼신의 힘을 다하는 동안 디디는 희망에 대해서 생각한다. "희망이 미루어져버리면 병이 난다 Hope deferred maketh the something sick"[11]면서 그래도 "때로 희망이 오고 있다고 느껴, 그러면 난 아주 이상해지지Sometime I feel it coming all the same. Then I go all queer"[11]라고 덧붙인다. 일상에 대해서 내뱉는 고고의 말들이 디디에게로 오면 철학적인 성찰로 바뀐다. 동상이몽처럼 보이는 고고와 디디의 대화를 통해서 일상과 철학적 사고가 멀지 않음이 드러난다. 희망에 대한 철학적 숙고를 계속하면서 디디는 자신의 모자 속을 들여다보고 두드리며 장난을 친다. 마침내 신발을 벗는 데 성공한 고고 또한 자신의 장화를 들여다보고, 만지고 흔들며 안에 뭐가 떨어졌나를 살펴본다. 장화와 모자, 그리고 그 물건들을 가지고 노는 방식은 이 두 인물이 무성 영화에 나오는 로렐과 하디 같은 광대와 다를 바 없는 존재라는 것을 암시한다.

드디어 고고는 신발 벗는 일에 성공하고 발을 바람에 말리는 동안 디디는 '구원'의 문제를 화제에 올린다. 디디는 갑자기 "우리가 회개를 한다면Suppose we repented"12이란 말을 던짐으로써 자신들의 처지가 회개와 연관이 있는지를 고민하고 있음을 드러낸다. 곧 그는 고고에게 성경을 읽어보았느냐고 묻는다. 고고에게 성경은 컬러감이 뛰어난 그림 책 이상의 의미는 없다. 파란 색의 사해를 보고 신혼여행을 그리로 가서 수영을 해야겠다고 생각했다는 고고에게 디디는 "너는 시인이 되었어야 했는데You should have been a poet"13라고 말한다. 고고는 자신이 시인이었다고 주장한다. 디디는 그 말에 대꾸하지 않고 침묵한다. 우리는 사실을 확인할 수 없다. 하지만 고고가 느닷없이 시적인 감수성을 보이는 것은 사실이다. 디디는 곧 이어 예수와 함께 십자가에 달린 두 명의 도둑에 대해서 언급한다. 그는 왜 네 개의 복음서 중 한 복음서에만 도둑 한명이 구원을 받을 것이라고 언급되는지에 의문을 갖는다. 디디의 구원에 대한 관심은 디디와 고고가 구원을 기다리는 도둑일 수도 있다는 암시를 준다. 확률이 중요하다. 사실 네 개의 복음서 중 누가복음에서만 예수가 한 도둑에게 "네가 나와 함께 낙원에 있으리라 하셨다"고 기록한다. 복음서대로라면 디디가 구원받을 확률은 8분의 1이다. 디디는 다른 복음서 기자들은 도둑의 구원에 대해 언급하지 않았는지에 대해서 해결하지 못한다. 3명의 복음서 기자들이 기록하지 않은 도둑의 구원 기록을 믿어야 할 것인가? 고고는 결국 "인간이란 지독하게 무지한 원숭이들이구먼People are bloody ignorant apes"[14]이라고 선언한다. 구원의 가능성은 성서에서도 그러하듯이 이 극에서도 극히 불투명하다. 하지만 두 방랑자는 그 불투명한 약속을 포기하지 않고 고도를 기다린다. 곧 지루해진 고고는 이곳을 떠나자고 보챈다.

에스트라공: 가자.

블라디미르: 갈 수 없어.

에스트라공: 왜 안 돼?

블라디미르: 우리는 고도를 기다리고 있어.

Estragon: Let's go.

Vladimir: We can't.

Estragon: Why Not?

Vladimir: We're waiting for Godot.

_14

위 4줄 대사는 그 후에도 여러 번 반복된다. 마치 노래의 후렴구처럼 4줄은 방랑자들이 지칠 때마다, 자신들이 왜 여기 있는지를 잊을 때마다 반복된다. 이 4줄은 묶여 있는 두 방랑자의 상황을 본인들과 관객에게 강조할 뿐이다. 떠날 수 없지만 둘은 자신들이 제대로 된 약속 장소에 왔는지, 시간은 제대로 맞추었는지 확신할 수가 없다. 두 사람은 고도를 만나러 자신들이 맞는 시간에 맞는 장소에 왔는지를 확인하기 위해 긴 대화를 나누지만, 확실한 결론은 없다.

에스트라공: 여기가 확실하니? … 우리가 기다리기로 한 곳이 말이야.

블라디미르: 그 사람이 나무 옆이라고 말했어. [나무를 쳐다본다.] 다른 나무 보이나.

에스트라공: 저건 무슨 나무야?

블라디미르: 모르겠어. 버드나무 ….

에스트라공: 내겐 덤불처럼 보이는데.

블라디미르: 관목.

에스트라공: 덤불.

블라디미르: 무슨 말을 하는 거야? 우리가 잘못 찾아왔다는 거
야?

에스트라공: 그 사람이 와야만 하는 거야.

블라디미르: 꼭 올 거라고는 말 안 했어.

에스트라공: 그 사람이 안 오면?

블라디미르: 내일 다시 와야 해.

에스트라공: 그리고 모레에도.

블라디미르: 아마도.

에스트라공: 그리고 계속.

블라디미르: 요는 —.

에스트라공: 그 사람이 올 때까지.

블라디미르: 너는 인정사정이 없구나.

에스트라공: 우리는 어제 여기 왔었어.

블라디미르: 아니야. 네가 잘못 안 거야.

에스트라공: 어제 우리가 무엇을 했는데? … 내 생각에 우리는 여기 있었어.

블라디미르: [돌아보면서] 너 이곳을 알아보겠니?

에스트라공: 그렇게는 말 안 했어. … 오늘 저녁인 거 확실해?

블라디미르: 뭐라고?

에스트라공: 우리가 기다려야 하는 게.

블라디미르: 토요일이라고 했어. [휴지] 내 생각에는.

에스트라공: 네 생각에는. [매우 음험하게] 하지만 어느 토요일인 데? 그리고 토요일이야? 일요일 아니고? [휴지] 혹은 월요일? [휴지] 혹은 금요일?

블라디미르: [마치 날짜가 풍경 안에 새겨져 있다는 듯이 흥분해서 주위를 둘러보며] 그럴 리가 없지! …

에스트라공: 그 사람이 어제 왔었는데 우리가 없었다면, 그 사람은 분명 오늘 다시 오지 않을 거야.

블라디미르: 하지만 너 우리가 여기 왔었다고 했잖아. …

에스트라공: 내가 실수했을 수도 있어. [휴지] 잠깐 동안 아무 말 도 하지 말자. 괜찮지?

Estragon: You sure it was here? … That we were to wait.

Vladimir: He said by the tree. [They look at the tree.] Do you see any other?

Estragon: What is it?

Vladimir: I don't know. A willow. ⋯

Estragon: Looks to me more like a bush.

Vladimir: A shrub.

Estragon: A bush.

Vladimir: A—. What are you insinuating? That we've come to the wrong place?

Estragon: He should be here.

Vladimir: He didn't say for sure he'd come.

Estragon: And if he doesn't come?

Vladimir: We'll come back tomorrow.

Estragon: And then the day after tomorrow.

Vladimir: Possibly.

Estragon: And so on.

Vladimir: The point is —.

Estragon: Until he comes.

Vladimir: You're merciless.

Estragon: We came here yesterday.

Vladimir: Ah no, there you're mistaken.

Estragon: What did we do yesterday? ··· In my opinion we
were here.

Vladimir: [Looking round.] You recognize the place?

Estragon: I didn't say that ···. You're sure it was this evening!

Vladimir: What?

Estragon: That we were to wait.

Vladimir: He said Saturday. [Pause.] I think.

Estragon: You think. [very insidious.] But what Saturday? And
is it Saturday? Is it not rather Sunday? [Pause.] Or Monday?
[Pause.] Or Friday?

Vladimir: [Looking wildly about him, as though the date was inscribed in
the landscape.] It's not possible! ···

Estragon: If he came yesterday and we weren't here you may
be sure he won't come again today.

Vladimir: But you say we were here yesterday.

Estragon: I may be mistaken. [Pause.] Let's stop talking for a
minute, do you mind?

_14-16

혼란스러워진 에스트라공은 흙더미에 앉아 잠이 들고 불안
해진 디디는 고고를 소리쳐 부른다.

기다리면서 둘은 이런저런 이야기를 주고받는다. 에스트라
공은 둘이 헤어지는 게 낫지 않을까 생각한다고 말하고, 기다
리는 동안 목을 매는 것이 어떨까 제안한다. 하지만 둘은 누
가 먼저 나뭇가지에 목을 맬 것인지 의견의 일치를 보지 못하
고, 결국 고도를 기다렸다가 그가 무슨 말을 할지 보기로 한
다. 둘은 자신들이 고도에게 구체적으로 무엇을 요구하지 않
았음을 확인한다. 또한 고도가 그들에게 무엇을 제공해주겠
다고 약속해준 것도 없음을 확인한다. 그리고 둘은 고도와의
만남에서 자신들은 어떤 권리도 내세울 수 없음을 깨닫는다.
둘은 그저 "손과 발로 엉금엉금 기어가야On our hands and knees"
19 한다. 디디에 의하면 둘은 스스로의 권리를 포기했으며, 고
도에게 매여 있는 상태이다. 완전한 불공정계약이다. 그럼에

도 고도가 오지 않았나 귀를 기울이던 에스트라공은 디디가 주머니에서 꺼낸 당근으로 허기를 달랜다.

② 포조와 럭키의 등장은 두 방랑자에게 순간적인 희망과 기다림으로부터의 휴식을 제공한다. 목을 밧줄로 감은 럭키가 손에 무거운 짐 보따리를 여러 개 들고 먼저 등장한다. 한 손에는 밧줄을 다른 손에는 채찍을 든 포조가 뒤를 따른다. 지배자와 피지배자, 주인과 노예의 관계임이 시각적으로 분명하게 드러난다. 에스트라공은 포조가 고도가 아닌지 묻는다. 포조는 고도일까? 『고도』의 집필과정에서 베케트는 포조가 고도임을 시사하는 대사를 썼다가 수정한다Bair 384. 포조와 럭키의 관계는 고도와 두 방랑자의 관계를 조명하는가? 디디와 고고가 추상적으로 고도에게 묶여 있다면 럭키는 육체적으로 매여 있다. 럭키는 문자 그대로 포조를 위해서라면 "손과 발로 엉금엉금 기어간다"19. 럭키는 포조가 없으면 살 수 없다고 생각한다. 그는 포조에게 버림받지 않기 위해 쉴 때도 짐을 들고 서 있다. 디디와 고고의 관계가 상대적으로 수평적이며 서로를 보완하는 관계라면, 포조와 럭키의 관계는 서로가 서로를 필요로 하기는 하지만 다분히 수직적이다. 디디

와 고고가 포조를 만나게 된다면 포조와 럭키처럼 수직적 관계에 들어가게 될 것이다. 베케트는 럭키의 이름의 의미를 묻는 이에게 "럭키는 더 이상의 기대가 없기 때문에 럭키"라고 답했다Bair 384. 디디와 고고도 고도를 만난다면 더 이상 기대할 것이 없기 때문에 행복해질 것인가?

포조는 다분히 권위적이지만, 그 권위는 희화화된다. 포조는 디디와 고고가 자기 땅에 있다고 주장하고, 비록 두 방랑자가 완벽한 인간의 모습을 하고 있지는 않지만 긴 여행길에 만나서 반갑다고 거들먹거린다. 포조는 디디와 고고보다 자신의 신분이 높다는 것을 여러 번 상기시킨다. 디디와 고고 또한 닭다리를 뜯고, 포도주를 마시고, 파이프 담배를 피며 럭키를 조정하는 포조에게 공손한 태도를 취한다. 하지만 포조의 언행은 서커스의 조련사, 만담꾼 이상의 것이 아니다. 포조가 럭키에게 물건을 가져오게 하는 일련의 행동들은 조련사와 잘 조련된 동물을 연상시킨다.

포조: 외투! … 이걸 들고 있어! [포조는 채찍을 내민다. 럭키는 앞으로
다가와서는 양 손에 짐을 들고 있자 채찍을 입에 물고는 자기 자리로 돌

아간다. 포조가 외투를 입기 시작하다 멈춘다.] 외투! [럭키는 가방, 바스켓과 의자를 내려놓고 다가와서는 포조가 외투를 입는 것을 돕고는 자기 자리로 돌아가 가방, 바스켓, 의자를 든다.]

Pozzo: Coat! … Hold that! [Pozzo holds out the whip. Lucky advances and, both his hands being occupied, takes the whip in his mouth, then goes back to his place. Pozzo begins to put on his coat, stop.] Coat! [Lucky pulls down the bag, advances, gives the coat, goes back to his place, takes up the bag.]

_24

서커스적인 요소들은 포조의 권위를 조롱하며 주인과 하인, 지배자와 피지배자 간에 있을 수 있는 긍정적 의미를 희석시킨다. 디디와 고고뿐 아니라 포조와 럭키까지도 넓은 의미에서 광대의 세계에 속해 있다. 포조의 언행은 다분히 연극적이기도 하다. 포조는 이 지방의 하늘이 저녁이 될 때 어떻게 "창백pale"해지는지를 극적인 제스처를 취하면서 때로는 서정적으로 때로는 산문체로 장황하게 늘어놓는다36. 디디와 고고에게 자신의 공연이 끝에 가서 조금 약화된 것을 알아차렸느냐고 피드백을 요구하는 포조는 지루한 여행 중에 역할 놀이를 하는 동시에 배우와 공연을 희화화한다.

포조와의 만남 도중 디디와 고고는 메타연극적인 발언들을 쏟아낸다(메타연극이란 연극 텍스트 내에서 자기반영적인 언급을 내포한, 즉 연극의 본성에 대해서 고찰하고 언급하는 연극을 말한다. 좀 더 쉽게 설명하자면 연극에 대한 연극, 연극 자체를 문제 삼는 연극을 지칭하는 말이다*). 다음 대사는 작가가 낯선 연극을 보고 당혹해할 관객에게 하는 농담이다.

블라디미르: 멋진 저녁을 보내고 있군.

에스트라공: 잊지 못할 거야.

블라디미르: 아직 끝나지는 않았어.

에스트라공: 확실히 그렇지.

블라디미르: 시작일 뿐이야.

에스트라공: 끔찍하군.

블라디미르: 연극을 보는 것보다 더 끔찍해.

* http://terms.naver.com/entry.nhn?docId=1053059&cid=673&categoryId=673

에스트라공: 서커스보다도.

블라디미르: 뮤직홀보다도.

에스트라공: 서커스보다도.

Vladimir: Charming evening we're having.

Estragon: Unforgettable.

Vladimir: And it's not over.

Estragon: Apparently not.

Vladimir: It's only the beginning.

Estragon: It's awful.

Vladimir: It's worse than being at the theatre.

Estragon: The circus.

Vladimir: The music-hall.

Estragon: The circus.

_33

소변을 보기 위해 무대 밖으로 나가는 디디에게 고고는 화
장실이 "복도 끝, 왼쪽At the end of the corridor, on the left"이라고 알
려주고, 디디는 "내 자리 맡아 놔Keep my seat"33라고 응수한다.

디디와 고고는 삶의 재현으로부터 벗어나와 지금 자기들이 하고 있는 것이 극장에서 하는 연극이란 것을 주지시킨다. 무대 위에서 벌어지는 일의 의미는 더욱 다변화된다.

공연을 하는 것은 포조뿐이 아니다. 창공에 대한 자신의 연극적 설명에 감동하지 않는 방랑자들에게 포조는 럭키의 공연을 제안한다. 예전에는 꽤나 춤을 잘 추었다는 럭키의 춤은 단지 몇 발자국 움직이는 것에 불과하다. 춤의 제목은 "그물 The Net"이다38. 포조는 럭키 스스로 자신이 그물에 걸렸다고 생각한다고 설명한다. 한때 포조에게 "아름다움, 우아함, 최상의 진실Beauty, grace, truth of the first water"32을 알려주었고, 생각을 유창하게 말로 늘어놓던 럭키지만 이제 그의 생각은 소음에 불과하다. 베케트는 럭키의 장광설이 신, 인간, 우주 3부분으로 나눠져 있다고 설명한다. 하지만 남아 있는 것은 파편적 용어들뿐이다. 신과 인간과 우주에 관한 용어들은 의성어, 희화화된 단어들과 뒤죽박죽으로 섞여 있다. 럭키의 '생각'은 학문적, 신학적 글을 희화화한 것이며 언어를 통한 의미의 전달 자체를 희롱하는 것이다. 비록 파편화되었으나 럭키의 생각은 우울하다. 단어들을 연결시켜본다면, 흰 수염을 가진 개개인을 위하는 신은 이유를 알 수 없는 예외가 있기는 하지만 인간을 사랑한다. 신은 고통을 당하기도 하는데 인간은 신과 함께 이유도 알 수 없이 지옥 불에 처박히기도 한다. 인간은 축소되었으며 우주는 황폐한 돌밭이 되어버렸다. 럭키의 생각이 계속되는 동안, 디디, 고고, 포조는 각기 듣다가 저항하기를 반복한다. 소음은 지속되고 결국 디디는 생각을 가능하게 하는 럭키의 모자를 벗겨 그의 생각을 멈추게 한다. 포조는 헤어짐을 아쉬워하며 길을 떠난다.

③ 포조와 럭키가 떠나고 디디는 두 사람 덕에 시간이 빨리 흐른 것에 감사한다. 다시 지겨워진 고고는 또 다시 떠나자고 말한다.

에스트라공: 가자.
블라디미르: 갈 수 없어.
에스트라공: 왜 안 돼?
블라디미르: 우리는 고도를 기다리고 있어.

_45

디디는 포조와 럭키를 전에도 본 적이 있으며 많이 변했다고 말한다. 고고는 본 것 같기는 한데 확실하지는 않다고 한다. 디디와 고고의 이런 말은 매일 같은 일이 반복되고 있음을 시사한다. 포조가 그들을 왜 알아보지 못했을까 하는 고고의 의문에 디디는 "아무도 우리를 알아보지 못해"라고 대꾸한다. 아무도 그들을 알아보지 못한다는 것은 두 사람의 존재 자체가 그만큼 불안하다는 것이다. 만난 적이 있는 사람까지도 자신들을 알아보지 못한다면, 디디와 고고의 세계는 존재 자체가 불안을 넘어서 부인될 수 있다. 결국 디디와 고고는 후기작의 인물들처럼 존재하지 않는 수준에 근접한다. 의미 없는 반복과 불확실 그리고 존재의 부정은 이 극 세계의 본질이다.

④ 디디는 포조와 럭키의 정체에 대해서 생각하고, 고고는 발의 통증을 호소할 때 소년이 갑자기 등장한다. 소년은 고도가 오늘 오지 못하지만 내일은 꼭 오리라는 소식을 전한다. 고도의 메신저인 소년이 등장했으나 불확실성이 해소된 것은 아니다.

소년: 미스터 고도가 ―.

블라디미르: 내가 너를 전해 본 적이 있지, 그렇지 않니?

소년: 모르겠어요, 아저씨.

블라디미르: 너 나를 모르니?

소년: 몰라요, 아저씨.

블라디미르: 어제 온 애가 네가 아니었니?

소년: 아니에요, 아저씨.

블라디미르: 이번이 처음이니?

소년: 그래요, 아저씨.

　　　　[침묵]

블라디미르: 말, 말. [휴지] 말을 해봐.

소년: [단숨에] 미스터 고도가 오늘 저녁에는 못 오지만 내일은
　　꼭 오신다고 전하라고 제게 말씀하셨어요.

　　　　[침묵]

블라디미르: 그게 다니?

소년: 네, 아저씨.

블라디미르: 너는 미스터 고도를 위해 일하니?

소년: 네, 아저씨.

블라디미르: 무슨 일을 하는데?

소년: 저는 염소를 돌봐요, 아저씨.

블라디미르: 그 사람이 너한테 잘 해주니?

소년: 네, 아저씨.

블라디미르: 널 때리지는 않니?

소년: 아니요, 아저씨. 저는 아니에요.

블라디미르: 누구를 때리는데?

소년: 형을 때려요, 아저씨.

블라디미르: 아, 너 형이 있니?

소년: 네, 아저씨.

블라디미르: 형은 뭘 하니?

소년: 양을 돌봐요, 아저씨.

블라디미르: 그 사람이 너는 왜 안 때리니?

소년: 몰라요, 아저씨.

블라디미르: 너를 매우 좋아하나 보구나.

소년: 몰라요, 아저씨.

Boy: Mr. Godot ─.

Vladimir: I've seen you before, haven't I?

Boy: I don't know, sir.

Vladimir: You don't know me?

Boy: No, sir.

Vladimir: It wasn't you came yesterday?

Boy: No, sir.

Vladimir: This is your first time?

Boy: Yes, sir.

[Silence.]

Vladimir: Words, words. [Pause.] Speak.

Boy: [In a rush.] Mr. Godot told me to tell you he won't come this evening but surely tomorrow.

[Silence.]

Vladimir: Is that all?

Boy: Yes, sir.

Vladimir: You work for Mr. Godot?

Boy: Yes, sir.

Vladimir: What do you do?

Boy: I mind the goats, sir.

Vladimir: Is he good to you?

Boy: Yes, sir.

Vladimir: He doesn't beat you?

Boy: No, sir, not me.

Vladimir: Whom does he beat?

Boy: He beats my brother, sir.

Vladimir: Ah, you have a brother?

Boy: Yes, sir.

Vladimir: What does he do?

Boy: He minds the sheep, sir.

Vladimir: And why doesn't he beat you?

Boy: I don't know, sir.

Vladimir: He must be fond of you.

Boy: I don't know, sir.

_47-48

디디는 소년이 어제도 이들을 방문했다고 생각한다. 소년의
목소리를 듣자 고고가 "또 시작이네Off we go again"46 하는 것

으로 보아, 소년의 방문이 반복적인 것을 알 수 있다. 하지만 소년은 오늘이 처음이라고 말한다. 진짜 어제도 소년이 방문을 한 것인지, 포조와 럭키처럼 소년이 디디와 고고를 알아보지 못하는 것인지 불확실하다. 소년을 통해서 제공되는 고도에 대한 정보도 그렇게 명쾌한 것은 아니다. 기독교적 상징과 은유가 제공된다. 소년에게는 형이 있으며, 형제는 염소와 양을 돌본다고 한다. 고도는 소년의 형은 때리지만 이 소년은 때리지 않는다고 한다. 형제간의 경쟁관계와 편애하는 아버지는 구약 성경에서 흔히 볼 수 있는 내용이다. 여기서는 편애의 이유를 알 수 없다. 소년은 왜 고도가 자신을 때리지 않는지도 알지 못하고, 그가 자신을 좋아하는지도 모른다고 말한다. 고도는 럭키의 장광설 중에서 언급된, 이유를 알 수 없이 사랑을 거두는 하얀 수염이 난 신과 유사하다. 고도가 온다고 하더라고 디디와 고도의 구원과 행복이 보장되는 것은 아니다. 고도가 상대의 품성이나 성과에 관계없이 편애를 하는 존재라면 구원을 얻는 것은 우연에 가깝다. 디디의 마지막 말은 "그 사람에게 말하거라 … 우리를 보았다고. 너 우리를 보았지, 그렇지?Tell him … tell him you saw us. You did see us, didn't you?"49. 디디는 적어도 오지 않는 고도에게 자신들이 존재하고 있음을 알리고 싶은 것이다.

⑤ 소년이 떠나자마자 해가 지고 달이 뜬다. 고고는 달이 "기다리다 창백해졌다Pale for weariness"[49]고 말한다. 고고는 장화를 벗어두고 떠날 채비를 한다. 그는 그리스도가 그랬듯이 기꺼이 맨발로 다닐 생각을 한다. 고도는 오지 않았고 더 이상 이곳에서 할 일은 없다. 고고는 절망에 빠지고 디디는 내일은 고도가 올 거라고 고고를 달랜다. 고고는 내일은 꼭 목을 맬 끈을 가지고 오자고 다짐한다. 둘은 자신들이 50년은 같이 다녔을 것이라고 말하면서 강에 빠지고 포도를 수확했던 옛날을 추억한다. 물과 포도가 있던 과거는 지금보다는 나았지만 디디의 말대로 과거로 돌아가 봤자 소용없는 일이다. 고고는 헤어지는 것이 더 낫지 않을까 하고 말을 꺼내지만 디디는 그것이 좋은 생각인지 확실치 않다고 말한다. 고고 또한 "어떤 것도 확실치 않아Nothing is certain"[50] 하고 자신의 주장을 철회한다. 이들에게는 같이 있는 것이 좋은지 헤어지는 것이 좋은지조차도 불확실하다. 결국 둘은 헤어지기에는 너무 늦었다는 데 동의한다. 고고는 "갈까shall we go?" 하고 떠날 것을 제안하

고 디디는 "그래, 가자Yes, let's go"고 대답하지만 지문은 "그들은 움직이지 않는다They do not move"51라고 명시한다. 움직이지 않음으로써 그들은 고도에 대한 미련을 몸으로 웅변한다.

2막

① 2막이라고 해서 달라지는 것은 거의 없다. 디디와 고고의 기다림이 더욱 절박해졌다는 것이 변화라면 변화라고 할 수 있다. 시간과 공간 배경은 다음 날 같은 시간, 같은 장소라고 명시된다. 고고가 벗어놓은 장화와 럭키의 모자가 그대로 놓여 있다. 같은 장소가 아님을 의심할 만한 정황은 없다. 하지만 2막의 '다음 날'이 달력상의 다음 날인지는 모호하다. 1막에서는 잎이 하나도 달려 있지 않던 나무에 잎이 4-5개 달려 있다. 포조와 럭키가 육체적으로 급격하게 쇠락했다는 것도 바로 1막의 다음 날이라고 믿기 어렵게 한다. 디디만이 어제와 오늘이라는 구체적 시간의 흐름에 관심을 갖는다. 고고와 포조는 시간관념을 상실한 상태이고, 디디의 시도는 좌절된다. 『고도』의 세계는 시간이라는 기본적 존재 조건이 불확실한 곳이다.

혼자 무대에 등장한 디디는 이리저리 왔다 갔다 하면서 장소를 점검한다. 장소 확인이 끝나자 디디는 노래를 부르기 시작한다. 노래의 내용은 부엌에 들어가 빵을 훔친 개를 주방장이 국자로 때려죽이자 모든 개가 죽은 개를 위해 무덤을 만들어주었다는 것이다. 굳이 내용의 의미를 찾자면 개들이 보이는 우정을 디디와 고고의 우정과 연결시켜볼 수 있다는 것이다. 하지만 주목해야 할 것은 노래의 내용보다는 구조다. 이 노래의 반복성, 원형적 구조는 극 구조와 유사하다. 극의 시작과 끝이 맞물리고, 극 중에서도 여러 가지 모티브가 반복되는 극 구조의 패턴을 디디의 노래에서도 찾을 수 있다.

고고가 등장하여 자신이 없는데도 디디가 노래를 부르며 행복해한 것에 대해 불만을 표시하지만, 둘은 헤어질 수 없다.

에스트라공: 나를 만지지 마! 나한테 질문 하지 마! 나한테 말을 걸지 마! 내 옆에 있어줘.

Estragon: Don't touch me! Don't question me! Don't speak to me! Stay with me!

_53

둘의 관계의 밑바닥에는 애정이 깔려 있다. 디디와 고고는 다시 만난 것에 대해서 "행복해"를 반복한다.

에스트라공: 뭐라고 말할까?

블라디미르: 글쎄, 난 행복해.

에스트라공: 난 행복해.

블라디미르: 나도.

에스트라공: 나도.

블라디미르: 우리는 행복해.

에스트라공: 우리는 행복해.

Estragon: What am I to say?

Vladimir: Say, I am happy.

Estragon: I am happy.

Vladimir: So am I.

Estragon: So am I.

Vladimir: We are happy.

Estragon: We are happy.

_55

"행복하니 이제 우리는 무엇을 해야 하지?What do we do now, now that we're happy?"라고 묻는 고고에게 디디는 고도를 기다려야 함을 상기시킨다55. 하지만 그들이 약속 장소에 제대로 왔는지를 확인하기가 쉽지가 않다. 약 10페이지에 걸쳐서 장소 확인 소동이 벌어진다. 디디는 시간과 장소에 민감하며, 어떻게든 바른 시간, 장소에 왔음을 확인하려 하는 반면, 고고는 시간과 장소의 적확성에 대해서 무관심하다. 디디는 올바른 장소에 왔다는 것을 확인하기 위해 보조자가 필요하다. 하지만 고고는 그 역할을 하지 못한다. 고고는 장소에 대해서도, 어제 벌어진 일에 대해서도 인지할 수 있는 것, 기억할 수 있는 것은 없다고 고집한다.

블라디미르: 이 장소를 알아차리지 못하겠어?

에스트라공: [갑자기 화를 내며] 알아차린다고! 알아차릴 게 뭐가 있어? 누추한 인생 내내 나는 진흙 속을 기어 다녔다고! 그런데 너는 나한테 경치얘기를 하는 거니? [주위를 흥분해서 바라보며] 이 거름더미를 보라고! 나는 여기서 벗어나본 적이 없다고!

Vladimir: Do you not recognize the place?

Estragon: [Suddenly furious.] Recognize! What is there to
recognize? All my lousy life I've crawled about in the mud!
And you talk to me about scenery! [Looking wildly about him.]
Look at this muckheap! I've never stirred from it!

_56

디디는 어제 보았던 나무, 어제 만났던 포조와 럭키, 고고
가 어제 신었던 장화를 언급하지만 고고는 기억하지 못하고,
자신의 장화인지 확인할 수 없다고 화를 낸다. 디디는 고고의
지지를 얻는 일을 포기하고, 둘은 또 다시 기다림의 절망에 빠
진다. 구원은 급작스럽게 찾아온다. 그때 디디는 우연히 땅에
떨어진 럭키의 모자를 발견한다. 드디어 자신들이 고도를 만
나기로 한 그곳에 왔다고 확신한다. 그곳은 어제 럭키를 만났
던 그곳과 같은 곳이다. 2막의 1/3을 차지하는 장소 확인 소동
은 존재의 조건의 불확실성뿐 아니라 이들이 스스로를 인지
하는 인식론적 어려움을 보여준다. 어제 내가 어디에 있었는
가, 지금 내가 어디에 있는가와 같은 기본적인 전제들이 확인

되지 않는 이곳에서 디디와 고고는 내외적으로 존재의 위기를 겪고 있다.

지루하게 전개되는 장소 확인 작업 사이에 디디와 고고 또한 지루함을 견뎌내기 위해서 여러 가지 유희를 벌인다. 그 놀이들은 고통스러운 현재 상황으로부터 도피하기 위한 방편이다. 적어도 유희하는 동안은 고도를 기다려야 하는 치명적인 고통으로부터 잠시 벗어날 수 있다.

에스트라공: 그동안 조용히 대화나 나누지. 우리는 조용히 있을 수 없으니 말이야.

블라디미르: 네 말이 맞아, 우리는 지칠 줄 모르지.

에스트라공: 생각하지 않으려고 그러는 거야.

블라디미르: 그런 핑계가 있는 거지.

에스트라공: 듣지 않으려고 그러는 거야.

블라디미르: 그런 이유가 있는 거야.

에스트라공: 모든 죽은 목소리.

블라디미르: 그것들은 날개 같은 소리를 내지.

에스트라공: 나뭇잎 같은.

블라디미르: 모래 같은.

에스트라공: 나뭇잎 같은.

　　　[침묵]

블라디미르: 그것들은 무슨 말을 하지?

에스트라공: 자기 사는 얘기를 하지.

블라디미르: 사는 것만으로 충분하지 않거든.

에스트라공: 그것에 대해서 말을 해야지.

블라디미르: 죽는 것만으로 충분하지 않거든.

에스트라공: 충분하지 않지. …

　　　[긴 침묵]

블라디미르: [고뇌에 차서] 아무 말이나 좀 해봐!

에스트라공: 이제 무엇을 하지?

블라디미르: 고도를 기다려야지.

에스트라공: 아!

Estragon: In the meantime let's try and converse calmly, since
we're incapable of keeping silent.

Vladimir: You're right, we're inexhaustible.

Estragon: It's so we won't think.

Vladimir: We have that excuse.

Estragon: It's so we won't hear.

Vladimir: We have our reasons.

Estragon: All the dead voices.

Vladimir: They make a noise like wings.

Estragon: Like leaves.

Vladimir: Like sand.

Estragon: Like leaves

[Silence.]

Vladimir: What do they say?

Estragon: They talk about their lives.

Vladimir: To have lived is not enough for them.

Estragon: They have to talk about it.

Vladimir: To be dead is not enough for them.

Estragon: It is not sufficient.

[Long Silence.]

Vladimir: [In anguish.] Say anything at all!

Estragon: What do we do now?

Vladimir: Wait for Godot?

Estragon: Ah!

_57-58

하지만 '언어유희'가 디디와 고고의 뜻대로 되는 것은 아니다. 아무리 말을 이어가기 위해서 노력을 해도 '긴 침묵'이 이어진다. 결국 두 사람은 고도를 기다리고 있다는 현실에 직면하게 된다. 둘은 현실에 대한 생각으로부터 벗어나기 위해서 또 다시 대화를 시도하지만 쉽지는 않다. 서로가 서로에게 반박을 해보기로 하고, 서로가 서로에게 질문을 해보기도 하지만 대화는 이어지지 않는다. 언어유희에서 언어는 의사소통 기능을 하지도 않으며, 플롯 전개에 종속되어 있지 않다. 하지만 언어는 두 방랑자의 존재와 고뇌를 드러낸다. 비록 연극에서 기대되는 전통적인 언어의 기능을 배반하지만 언어는 인물의 상황을 첨예하게 전달한다는 점에서 새로운 기능을 개척했다고 할 수 있다. 언어는 의미를 떠나서도 기능한다.

모자 돌리기 장난이 이어진다. 모자 장난은 디디가 럭키의 모자를 발견하고 자신들이 어제 포조와 럭키가 있던 곳, 즉 어제 고도를 기다렸던 그곳에 왔다는 확신을 한 바로 그 직후에 벌어진다. 디디는 "이 장소가 맞다는 것을 알았다니까. 이제 우리의 걱정은 끝났어I knew it was the right place. Now our troubles are over"65라고 외친다. 그리고 바로 자신의 모자를 벗어 고고에게 주고 럭키의 모자를 쓴다. 모자 돌리기가 시작된다. 광대극에서 흔히 볼 수 있는 모습이다. 디디는 그동안 내내 고민했던 공간이라는 존재 조건의 문제를 해결하자마자 광대 놀이에 열중한다. 결국 둘 중에 그나마 지성과 논리가 남아 있던 디디도 광대였던 것이다. 문제가 해결되니 한바탕 재미있게 놀고 싶은 본성이 드러난다. 디디가 광대라면 우리는 모두 광대다. 공간의 해결이라는 것은 중요한 문제지만 이 작품은 이것을 심각하게 포장하지 않는다. 존재의 기본 조건의 해결이나 광대 놀이가 같은 지평선 상에서 벌어진다. 인생 자체가 심각한 것과 우스꽝스러운 일이 공존할 수밖에 없는 곳이다. 그리고 디디가 그렇게 고민했던 시간과 공간의 문제 또한 구원이 이루어지지 않는다면 어차피 광대 짓과 다를 바 없는 것이다. 모자 놀이는 인간이 보편적으로 지니고 있는 가치에 대해서 의문을 제기한다. 과연 중요하다는 것이 무엇인가? 이 극은 가치를 평준화시킨다.

　그 외에도 포조와 럭키 흉내 내기, 욕하기 놀이, 한 다리를 들고 두 팔을 벌리는 나무 모양하기 놀이 등이 이어진다. 이런 일련의 놀이들은 디디와 고고가 1막에서보다 훨씬 더 기다림을 견뎌하기 힘들어하는 것을 알 수 있다. 시간 보내기 놀이도 더 다양해지고 처절해진다. 포조와 럭키 흉내 내기 놀이는 고고의 기억력 부족으로 중단된다. 앞에서도 언급한 욕하기 놀이는 둘의 포옹으로 끝나고, 둘은 말놀이에 지쳐버린다. 고고는 "숨 쉬는 것도 지쳤다"고 하고 블라디미르는 나무 놀이를 제안한다.

블라디미르: 균형을 잡아야 하니까 나무 놀이를 하자.

에스트라공: 나무?

[블라디미르는 한 다리로 서서 비틀거리며 나무처럼 선다.]

블라디미르: [멈추더니] 네 차례야.

[에스트라공은 나무처럼 서지만, 비틀거린다.]

에스트라공: 신이 나를 본다고 생각하니?

블라디미르: 눈을 감아야 해.

[에스트라공은 눈을 감고, 더욱 비틀거린다.]

에스트라공: [멈춰 서서, 소리 높여 외치면서 주먹을 휘두른다.] 신이여,
저를 불쌍히 여기소서.

블라디미르: [약이 올라서] 저는요?

에스트라공: [좀 전과 같이] 저를요! 저를요! 불쌍하게요! 저를요!

Vladimir: Let's just do the tree, for our balance.

Estragon: The tree?

[Vladimir does the tree, staggering about on one leg.]

Vladimir: [Stopping.] Your turn.

[Vladimir does the tree, staggers.]

Estragon: Do you think God sees me?

Vladimir: You must close your eyes.

[Estragon closes his eyes, staggers worse.]

Estragon: [Stopping, brandishing his fists, at the top of his voice.] God
have pity on me!

Vladimir: [Vexed.] And me?

Estragon: [As before.] On me! On me! Pity! On me!

_70

이 장면은 『고도』에서 가장 에너지가 응축된 장면이라고 할 수 있다. 웃음과 눈물, 절망과 희망이 혼합된다. 나무 놀이의 끝은 무관심한 신에 대한 울부짖음이었다. 광대 놀이와 신과 인간의 존재의 문제가 맞닿는다. 디디와 고고는 지루함과 침묵이 가져오는 절망을 떨치기 위해서 나무 놀이까지 하게 만든 신에게 정면으로 대응한다. 과연 신은 그들의 상황을 인지하고 있는 것일까? 그렇다면 그들의 절망은 의미가 있을 것이다. 나무 놀이는 몸으로 하는 기도다. 두 방랑자는 그들을 보아달라고 몸으로 기도하고 있다. 신이 그들을 보고 있다면 그들은 존재하는 것이다. 2막은 1막보다 여러모로 더 절박하다. 기다림은 더 간절하지만 물질적으로나 심리적으로는 더 궁핍해진다. 1막에서 고고를 달래주던 당근도 떨어지고 떠나자는 고고의 채근도 빈도를 더한다.

② 마치 신의 응답과도 같이 고고가 "저를요! 저를요! 불쌍하게요! 저를요!"라고 외치는 순간, 포조와 럭키가 등장한다 70. 고고는 고도가 왔다고 착각하고, 디디 또한 이제 더 이상 기다릴 필요가 없다며 "이제 끝이 났다. 벌써 내일이 온 것이다Now it's over. It's already tomorrow"71라고 감격에 겨워한다. 하지

만 이 장면은 두 방랑자의 기다림의 끝의 이면을 주목한다. 두 방랑자는 흥분에 젖어 땅바닥에 넘어져 일어나지를 못하는 포조와 럭키의 상태에 대해서 무관심하다. 포조는 맹인이, 럭키는 벙어리가 된 상태다. "도와줘"라고 외치는 포조의 목소리를 듣고 디디는 곧 그가 포조임을 알아차린다. 포조와 럭키가 일어나지 못함에도 디디와 고고는 그들을 바로 도와주지 않는다. 도리어 두 방랑자는 땅에 쓰러져 있는 두 사람을 시간 때우기에 활용한다. 장장 8페이지에 걸쳐서 포조와 럭키를 일으켜 세우는 것을 주제 삼아 놀이가 진행된다. 디디는 먼저 땅에 쓰러져 버둥대는 포조를 일으켜주자고 심각하게 제안한다.

블라디미르: 쓸데없는 말로 시간을 낭비하지 말자. [휴지. 격렬하게] 기회가 있을 때 무엇인가를 하자! 우리를 필요로 하는 것은 매일 있는 일이 아니다. ⋯ 모든 인류를 향해서 저들은 말하고 있고, 도와달라는 그들의 외침이 우리 귀에 울린다. 지금 이곳, 이 시간에는 우리가 원하든 원하지 않든 우리가 전 인류다. ⋯ 우리가 여기서 무엇을 하느냐, **그것이** 문제다.

Vladimir: Let's not waste our time in idle discourse! [Pause. Vehemently.] Let us do something, while we have the chance! It is not everyday that we are needed ⋯ To all mankind they were addressed, those cries for help still ringing in our ears! But at this place, at this moment of time, all mankind is us, whether we like it or not. ⋯ What we are doing here, **that** is the question.

_73

디디의 마지막 대사는 햄릿의 "사느냐 죽느냐, 그것이 문제로다"의 대사를 연상시킨다. 포조를 돕자던 긴 연설은 이 극에 빈번하게 등장하는 유희의 하나이며 일종의 극중극이라고 할 수 있다. 결국 디디는 포조와 럭키를 돕는 일을 쉽게 찾아오지 않는 "기분 전환diversion"으로 부르며 속내를 드러낸다74. 디디는 포조가 사라지기 전에 무엇인가 국면전환을 하려고 달려간다. "순식간에 모든 것이 사라지고, 우리는 아무것도 없는 중에 또 다시 혼자 남게 될 거야!"를 외치며 포조를 일으켜 세우려던 디디는 넘어지고 만다74. 디디를 일으키려던 고고도 넘어진다. 이웃을 돕자던 디디의 멋진 연설은 4명의 방랑자가 바닥에서 뒤엉킨 광대극적인 몸부림으로 귀결된다. 땅에 넘어진 디디와 고고는 포조, 럭키와 함께 누워서 포조에게 여러 가지 이름을 부르기도 하며 그 과정을 즐긴다. 그들은 일어날 수 없어 일어나지 않은 것이 아니라 누워 있고 싶어서 누워 있었던 것이다.

에스트라공: 먼저 우리가 일어나면 어때?

블라디미르: 나쁠 것은 없지.

[그들은 일어난다.]

에스트라공: 애들 장난이네.

블라디미르: 단순한 의지력의 문제지.

Estragon: Suppose we got up to begin with.

Vladimir: No harm in trying.

[They get up.]

Estragon: Child's play.

Vladimir: Simple question of will-power.

_77

벌떡 일어난 디디와 고고는 포조를 일으켜 세운다. 하지만 포조는 자신을 도와준 디디와 고고를 알아보지 못한다.

맹인이 된 포조는 시각을 잃었을 뿐 아니라 방향 감각, 시간관념도 사라진 상태이다. 시간관념에는 과거에 대한 기억도 포함된다. 디디는 포조에게 어제 자신들을 만난 적이 있는지를 확인하려 하지만 포조는 시간을 가지고 따지지 말라고 한다.

포조: [갑자기 화를내며] 그 빌어먹을 시간으로 나를 충분히 괴롭혔잖아! 끔찍하구나! 언제! 언제! 어느 날이면 네게 충분하지 않냐? 어느 날, 그 자는 벙어리가 되었고, 어느 날 나는 맹인이 되었다. 어느 날 너는 귀머거리가 될 것이고, 어느 날 우리는 태어났고, 어느 날 우리는 죽을 거야. 같은 날, 같은 순간에, 그거면 네게 충분하지 않냐? [차분하게] 그들은 무덤에 걸터앉아서 아이를 낳지, 잠깐 빛이 비치면, 다시 밤이 오지. [로프를 잡아당긴다.] 가!

Pozzo: [Suddenly furious.] Have you not done tormenting me with your accursed time? It's abominable. When! When!

One day, is that not enough for you, one day like any other day, one day he went dumb, one day I went blind, one day we'll go deaf, one day we were born, one day we'll die, the same day, the same second, is that not enough for you? [Calmer.] They give birth astride of a grave, the light gleams an instant, then it's night once more. [He jerks the rope.] On!

_82

포조는 그 말을 남기고 떠나간다. 포조의 말에 의하면 인생은 그저 찰나일 뿐, 디디처럼 어제 무슨 일이 있었는지, 시간 순서대로 따지는 것이 무의미하다는 것이다. 그의 말은 이 극 전체에 나타나는 시간관과 통한다. 시간은 분명 흘러가고, 인간은 늙고 병들어가지만, 어제와 오늘과 내일을 분명하게 구분 지을 수는 없다. 생과 사가 그저 동전의 양면처럼 닿아 있다. 하루를 24시간으로 구분하고, 통시적으로 정리하려 하는 것은 다분히 인위적인 것이다. 그런 구분되지 않는 시간 속에서의 기다림은 기약이 없기에 더욱 힘들다. 또한 인간의 정체성 확립에도 구체적 시간이 줄 수 있는 정보들이 배제되기에 어려움이 따른다. 그것이 디디와 고고의 세상이다.

③ 포조와 럭키가 떠난 후 디디는 자신의 처지를 반추해본
다. 디디는 자신이 처한 현실이 진정 현실인지 꿈인지를 확인
하지 못한다.

블라디미르: 다른 사람들이 고통받고 있을 때 나는 자고 있었
던 것일까? 나는 지금 자고 있는 것일까? 내일 잠이 깨면 혹
은 깨었다고 생각할 때 나는 오늘에 대해서 무어라고 말할
까? 내 친구 에스트라공과 함께 밤이 올 때까지 고도를 기다
렸다고 할까? 포조가 하인과 함께 지나가고 우리한테 말을
걸었다고 할까? 아마도. 하지만 그 모든 것에 얼마만의 진실
이 있는 걸까?

Vladimir: Was I sleeping, while the others suffered? Am I
sleeping now? Tomorrow, when I wake, or think I do, what
shall I say of today? That with Estragon, my friend, at this
place, until the fall of night, I waited for Godot? That Pozzo
passed, with his carrier, and talked to us? Probably. But in
all that what truth will there be? _83

디디는 잠이 든 고고를 물끄러미 보다가 "쟤는 아무것도 모를 거야. 쟤는 구타당한 얘기를 하고 나는 당근을 주겠지 He'll know nothing. He'll tell me about the blows he received and I'll give him a carrot"83라고 말한다. 결국 디디는 포조와 마찬가지로 "무덤에 걸터앉아 어렵게 태어나지"라며 탄생과 죽음이 맞닿아 있다는 시간관을 드러낸다. 디디는 잠이 든 고고를 다시 바라보며 "나 또한 누군가가 쳐다보고 있겠지. 나에 대해서도 누군가가 말하고 있겠지. 쟤는 자고 있어, 아무것도 모르지. 자도록 내버려두자고At me too someone is looking, of me too someone is saying, He is sleeping, he knows nothing, let him sleep on"83 오지 않는 고도를 기다리며 고뇌하는 자신이 악몽을 꾸고 있는 것일지도 모른다는 데 생각이 미치자 디디는 "나는 더 이상 계속할 수 없어I can't go on!"83라고 외친다. 시간과 공간에 대한 확신과 확증이 미흡한 상태에서 포조의 급격스러운 변화는 인식론의 혼란을 가중시킨다.

④ 절망에 빠진 디디에게 구원처럼 고도의 전령인 소년이 등장한다. 하지만 소년은 "고도가 오늘 저녁에 못 오신대요He won't come this evening"84라고 전한다. 디디는 소년에게 1막에

서처럼 고도와 소년의 형에 대해서 물어본다. 고도가 하얀 수염을 기르고 있다는 소년의 답에 디디는 "주여 우리에게 자비를 베푸소서!Christ have mercy on us!"84라고 외친다. 고도는 하얀 수염을 지닌 가부장적 신의 전형적인 모습이다. 디디는 소년에게 자신들을 보았다는 것을 인정하라고 다그친다. "너 분명히 우릴 봤지, 내일 와서 못 봤다는 말하지 마!You're sure you saw me, eh, you won't come and tell me tomorrow that you never saw me before" 85라고 외친다. 디디가 고도에게 원하는 것은 소년에게 원하는 것과 다를 바 없을 것이다. 자신들의 존재를 인정해주는 것 말이다. 하지만 소년은 대답도 하지 않고 도망친다. 내일이 되면 소년은 디디와 고고를 본 적이 없다고 할 것이고 디디의 존재는 더욱 미미해질 것이다.

⑤ 소년이 퇴장하자마자 갑자기 해가 지고 달이 뜬다. 또 하루가 지난 것이다. 소년이 등장한 내내 잠들어 있던 고고는 비로소 잠에서 깨어난다. 고고는 고도가 오지 않았음을 알게 된다. 고고는 고도를 버릴 생각을 하지만 디디는 그러면 "우리를 벌 줄 거야He'd punish us"85라면서 가능성을 일축한다. 고고는 나무에 목을 매 자살할 것을 제안하지만 목을 맬 끈도 없

다. 1막의 마지막에서 에스트라공이 "내일은 꼭 끈을 가져오게 내게 일러 줘Remind me to bring a bit of rope tomorrow"50라고 했건만 두 방랑자는 끈을 가져오지 않았던 것이다86. 고고는 목을 매기 위해 자신의 허리띠를 푸는데 그 바람에 그의 바지는 발목까지 내려온다. 끈의 강도를 시험하기 위해 둘이 끈을 잡아당기자 허리띠는 끊어지고 디디와 고고는 땅에 쓰러질 뻔한다. 자살의 준비는 바지가 벗겨지고 넘어지는 광대극의 전형과 맞닿아 있다. 심각한 것과 우스꽝스러운 것이 연이어 전개되는 상황이 반복된다.

에스트라공: 이대로 계속할 수는 없어.

블라디미르: 그건 네 생각이지.

에스트라공: 만약 우리가 헤어진다면? 우리를 위해서는 그게 나을지도 몰라.

블라디미르: 내일은 우리, 목을 매도록 하자. [휴지] 고도가 오지 않는다면.

에스트라공: 만약 그가 온다면?

블라디미르: 우리는 구원을 받을 거야.

Estragon: I can't go on like this.

Vladimir: That's what you think.

Estragon: If we parted? That might be better for us.

Vladimir: We'll hang ourselves tomorrow. [Pause.] Unless
Godot comes.

Estragon: And if he comes?

Vladimir: We'll be saved.

_86

적어도 디디와 고고에게는 고도는 '구원자'로 간주된다. 마
지막으로 광대극이 한 번 더 벌어진다. 디디는 바지를 내리고
있는 고고에게 바지를 올리라고 하지만 고고는 그 말을 바지
를 내리라는 것으로 알아듣는다.

블라디미르: 바지를 올려.

에스트라공: 뭐라고?

블라디미르: 바지를 올리라고.

에스트라공: 나보고 바지를 내리라는 거니?

블라디미르: 바지를 **올리라고**.

에스트라공: [바지가 내려간 것을 깨닫고] 그래. [바지를 올린다. 침묵.]

Vladimir: Pull on your trousers.

Estragon: What?

Vladimir: Pull on your trousers.

Estragon: You want me to pull off my trousers?

Vladimir: Pull **on** your trousers.

Estragon: [Realizing his trousers are down.] True. [Pulls his trousers.
Silence.]

_86-87

디디는 "그래, 갈까?Well, shall we go?"87라고 말하고 고고는
"그래 가자Yes, let's go"고 응수하지만 지문은 "그들은 움직이지
않는다They do not move"87라고 명시한다. 떠나자는 말보다 떠
나지 못하는 이미지가 장면을 압도한다. 두 방랑자가 떠나지
못하고 나무 앞에 서 있는 마지막 이미지는 기약 없는 기다림
이라는 극 전체의 내용을 압축해서 보여준다.

5) 『고도』를 생각하며

베케트는 『고도』에 대한 알레고리적인, 또는 상징적인 해석을 경계했다. 그는 그런 해석이 본질적으로 '규정짓기'를 피하려고 하는 작품의 본질에 반하는 것이라고 생각했다. 베케트 극의 미국 연출가인 슈나이더가 "고도가 누구를 혹은 무엇을 의미하는가?"라고 물었을 때, 작가는 "내가 알았더라면, 극에서 밝혔을 것이다"라고 대답한 바 있다. 『고도를 기다리며』는 분명 '기다림'에 대한 극이다. 하지만 기다림의 대상은 열려 있다. 고도는 신이건, 죽음이건, 구원자건, 누구건 간에 부재하는 존재이다. 중요한 것은 그가 누군가가 아니라 그를 기다린다는 것이며, 그가 오지 않기에 끝없이 기다린다는 것이다. 베케트는 원래 제목에서 고도를 배제하고 *En Attendant*이라고 부르려고 했다고 한다. 기다림의 대상에 대한 지나친 관심을 경계했던 것이다. 독일어 번역에서는 *Wir warten auf Godot*(우리는 고도를 기다린다)에서 'Wir'를 삭제했다고 한다. 기다림의 주체에 대해서 관심을 갖는 대신 '기다림' 그 자체에 집중하기를 원했기 때문이다. 린다 벤즈비Linda Ben-Zvi의 말대로 기다림은 연극에서 빈번하게 등장하는 주제이다. 우리가 잘 아는 『유리동물원*The Glass Menagerie*』에서 아만다Amanda는 로라Laura를 구원해줄 신사 방문객을 애타게 기다린다. 『세일 즈맨의 죽음*The Death of a Salesman*』에서 윌리Willy는 자신과 아들 비프Biff의 성공을 애타게 기다린다. 『고도』가 특이한 점은 다른 등장인물들은 기다리면서 다양한 모습으로 삶을 병행하지만, 디디와 고고에게 있어서는 오로지 기다림이 삶의 전부라는 것이다.

문제는 기다림이 끝이 나지 않는다는 것이다. 기다림은 시작도 끝도 없이 펼쳐져 있다. 1막의 도입부부터 시작된 기다림은 사실 언제 시작된 것인지도 모른다. 2막의 마지막에 가서도 끝나지 않은 기다림은 언제 끝이 날지 모른다. 벌어지고 있는 일들이 전에도 있었던 일의 반복이라는 것이 시사된다. 우리는 그저 무한의 한 토막을 바라볼 뿐이다. 극의 구조는 내용과 어울리게 반복적이다. 1막과 2막의 구조는 대칭을 이룬다. 플롯 또한 1막과 2막 모두 같은 골격 내에서 약간씩의 변형만 보일 뿐이다. 극 구조는 또한 원형적이다. 1막의 시작과 2막의 끝이 사건의 진보나 인물의 이동 없이 같은 형태를 유지하고 있는 원형성을 띤다. 2막의 끝에 가도 이야기는 미완이다. 극이 계속된다면 또 다른 기다림의 하루가 시작될 것을 짐작할 수 있다.

기다림의 주체인 블라디미르와 에스트라공은 매우 난감한 상황에 처해 있다. 디디와 고고는 자신들이 약속 장소와 시간에 맞추어왔는지도 확신하지 못한다. 시간과 공간이라고 하는 인간과 사회의 안전성을 담보하는 양축이 이 극에서는 매우 불안정하다. 나무 하나만 있는 시골길은 문화적, 사회적, 역사적 맥락이 배제된 곳으로 시간과 공간의 구체성에 기여하지 못한다. 디디와 고고의 인식능력이 약화된 상태인 것은 분명하다. 맥락이 배제된 시간과 공간은 인식능력을 더욱 저하시킨다. 만약 제대로 약속 시간과 장소를 맞추지 못했다면 둘의 기다림은 수포로 돌아갈 것이다. 이 불안은 가시지 않는다. 이것은 존재론적 불안이다. 모든 것이 불확실한 세계에서 둘은 자기 스스로의 존재에 대한 불확실성 때문에 고통받는다. 과연 그들은 존재하고 있는가? 그들의 존재를 확인해줄 수 있는 외부적인 도움은 없다. 고도는 오지 않으며, 그의 메신저인 소년도 그들을 알아보지 못한다. 고도가 온다고 하더라도 디디와 고고는 고도가 구체적으로 무엇을 줄 수 있는지도 알지 못한다. 단지 기다릴 뿐이다.

비극적 상황 속에서 디디와 고고는 희극적 모습으로 등장한다. 이 작품의 부제는 '2막으로 된 희비극'이다. 중산모자와 큰 장화로 치장한 둘은 무성영화의 두 광대 로렐과 하디를 연상시킨다. 『고도』의 초연을 본 장 아누이는 작품을 두고 "파스칼의 '팡세'를 프라텔리니 광대가 뮤직홀 스타일로 스케치한 것"이라고 촌평하였다.* 작품의 깊은 주제와 대조를 이루는 스타일을 아누이는 함축적으로 잡아낸다. 두 광대의 지상 목표는 기다림의 지루함을 더는 것이며 이를 위해 그들은 큰 도움도 되지 않는 유치한 놀이들을 반복한다. 소변을 제대로 보지 못해서 쩔쩔매는 블라디미르나, 흙무덤에 앉아서 졸기 일쑤인 에스트라공은 건강, 체력뿐 아니라 기억력, 지성, 인성 여러 부분에서 부족하다. 변덕스럽고 이기적이며 복수심에 불타기도 하는 그들을 신뢰하기는 어렵다. 포조와 럭키와의 관계를 보더라도 디디와 고고는 지극히 이기적이다. 관계는 인간애에 대한 일말의 가능성을 배제한다. 디디와 고고의 관심은 포

---

* http://www.samuel-beckett.net/Penelope/influences_resonances.html

조와 럭키가 먹을 것을 주느냐와 지루함을 덜어주느냐에 쏠려 있다.

그럼에도 불구하고 디디와 고고는 약속을 지키고, 그 약속을 위해 의미 없는 현재를 견뎌내고 있다는 점에서 영웅적이다. 둘은 또한 변함없는 우정을 과시한다. 디디는 기억력도 약하고 밤마다 정체불명의 사람들에게 구타를 당하는 고고를 보호하고, 음식을 제공한다. 작품의 마지막은 "떠나자" 하면서도 떠나지 못하는 두 남자의 모습을 보여준다. 그들은 기다림의 약속을 지켰고, 서로에 대한 회의에도 불구하고, 끝까지 함께한다. 이 작품에 희망이 있다면 디디와 고고의 영웅성과 우정에 있다. "아무래도 안 돼nothing to be done"만 말하는 상황 속에서도 이들은 무언가를 만들어낸다.

『고도』는 매일매일, 정체를 알 수 없는 인물을 기다려야 하나 제대로 약속 장소와 시간을 맞추었는지도 확인할 수 없는 상황을 표출한다. 『고도』는 무엇을 주장하는 극이 아니다. 『고도』는 그저 상황을 보여줄 뿐이다. 답답한 상황을 잘 짜인 플롯으로 보여줄 수는 없다. 플롯은 단순하다. 기다리는 것이다. 기다리는 과정은 두 인물의 몫이다. 시간을 때우기 위한 말장난과 광대극에서 볼 수 있는 몸동작이 반복된다. 인물들은 디디, 고고뿐 아니라 포조, 럭키, 소년까지도 정체가 모호하다. 인물들은 말하고 움직이지만, 중요한 정보들은 배제되어 있다. 결국 관객뿐만 아니라 그들 스스로도 자신이 누구인지 알지 못한다. 대사는 때로 유창하다가도 멈추어버린다. 침묵과 휴지와 희화화의 반격이 이어진다. 『고도』는 많이 비어 있는 채 그냥 존재할 뿐이다.

2
『행복한 나날들』

1) 연보

『행복한 나날들』은 1960년 10월에서 1961년 5월 사이에 영어로 집필되었다. 1962년 불어로도 번역되었는데 폴 베를렌 Paul Verlaine의 「감상적인 말들 *Colloque sentimental*」의 시 구절을 따서 『오 아름다운 날들 *Oh les beaux jours*』로 제목을 바꿔 출판되었다Knowlson 423, 453. 초연은 1961년 9월 뉴욕의 체리 레인 극장에서 있었다. 연출은 슈나이더였으며 주연배우로는 루스 화이트가 등장했다. 런던 초연은 1962년 11월 로열 코트 극장에서 있었다.*

2) 배경

지문은 무대를 단순성과 대칭성이 극대화된 공간이라고 명시한다. 사실성보다는 극히 인위적으로 만들어진 무대라는 것이다. 주인공 위니Winnie는 바로 그런 무대 흙더미 한가운데에 묻혀 있다. 그녀를 둘러싼 것은 그리 인상적이지 않은 언덕들이다. 그녀가 묻혀 있는 흙더미는 작열하는 태양에 시들은 풀로 덮여 있다. 위니가 묻혀 있는 흙더미는 언젠가, 마침내 그녀를 뒤덮어버릴 무덤과도 같다. 작열하는 태양을 피할 수도 없이 흙무덤에 갇혀 있는 위니의 상황을 황훈성 교수는 단테의 『신곡』 지옥편의 수형자가 겪는 형벌에 비유하며, "특히 허리까지 땅속에 묻혀서 받는 강한 빛과 열 고문은 지옥편

---

* http://en.wikipedia.org/wiki/Happy_days

칸토 X에 나오는 배교자 에피쿠로스가 달아오른 석관에 허리까지 파묻힌 채 발버둥치는 고통을 떠올리게 한다"황훈성 611고 주장한다. 베케트가 단테의 작품을 모방했든 안 했든, 위니의 상황이 지옥과 다를 바 없음은 확실하다. 흙더미는 위니의 양옆과 뒤편까지 조성되어 있다. 무대의 양옆과 앞부분에는 경사가 원만한 언덕이 형성되어 있고 뒤편으로는 무대 높이까지 급경사가 만들어져서 내려온다. 언덕 뒤로는 평원과 하늘이 저 멀리까지 이어져 만나는 것을 묘사하고 있는 배경막이 실물인 것처럼 착각하게 만든다. 평원과 하늘이 그림으로나마 펼쳐져 있다는 것은 움직이지 못하는 위니의 박탈감을 드러낸다. 하지만 실재가 아니라는 점에서 위니의 세상은 하늘과 땅과 자연이 사라져버린 박탈되고, 인위적인 공간임이 시사된다. 위니의 오른쪽 뒤편으로는 윌리가 땅에 엎어져 잠들어 있다.

3) 인물

위니: 50세가량의 중년 여성인데 늙은 티가 별로 나지 않으며 몸매는 통통하다. 흙더미에 갇혀 있지만 1막에서는 상반신

이 드러나는데 가슴이 드러나는 앞이 깊게 파인 옷을 입고 진주 목걸이를 하고 있다. 머리카락은 금발인 것이 좋겠다고 명시되어 있다. 그녀의 삶의 마지막 흔적인 빗, 거울, 칫솔, 치약, 약병, 손수건, 립스틱, 모자, 뮤직 박스, 권총 등이 들어 있는 커다란 검정색 가방이 그녀 옆에 놓여 있다. 가방은 남편, 윌리Willie가 장에 갈 때 들라고 사준 것이다. 뜨겁게 내리쪼이는 태양을 피할 수 있는 파라솔이 오른쪽 옆에 놓여 있다.

이 작품을 이끌어가는 것은 위니다. 어떤 이유에서, 또는 어떤 과정을 거쳐서 흙더미에 갇히게 되었는지에 대한 정보는 부재한다. 위니 자신이 그 이유와 과정을 인지하고 있는지도 확실하지 않다. 위니는 그저 움직일 수도, 변변히 대화를 나눌 사람도 없는 절망적 상황 속에서도 하루를 살아내기 위해서 최선을 다할 뿐이다. 기상을 알리는 종이 울리면 일어나 다시 취침을 알리는 종이 울릴 때까지 하루를 보내는 것이 그녀의 일이다. 종소리는 그녀를 깨워 하루를 시작하게 하지만, 찢을 듯이 울려대는 소리는 결코 위로가 되지 않는다. 위니는 도무지 자신이 인간으로 존재하고 있다는 사실을 확인할 수 없는 상황에서 존재를 확인하기 위해서 쉬지 않고 말하며, 가방을 뒤지고, 이를 닦고, 머리를 빗는 것과 같은 일상적인 행동을 반복한다. 시간을 메꾸기 위해서 쉬지 않고 말을 하는 위니의 이야기는 윌리에게 말 걸기, 가방에 들어 있는 소지품들에 대한 묘사, 과거에 대한 회상, 지나가는 사람들과 자신의 어린 시절에 대한 이야기, 그리고 밀튼이나 셰익스피어의 문학 작품에 대한 인용과 노래 등으로 구성된다. "옛 스타일old style" 이란 말을 즐겨 쓰면서 자신이 땅속에 갇히지 않았던 때를 회상하고 그리워한다. 1막에서는 그나마 손을 비롯한 허리 윗부분을 자유롭게 움직일 수 있었으나 2막에서는 목까지 흙더미에 갇혀서 움직일 수 있는 것은 눈과 입뿐이다. 그런 상황에서도 위니는 살아 있음을 확인하기 위해서 쉬지 않고 입을 놀리고, 눈을 돌리고, 사방을 관찰하고 과거를 회상하며 말을 한다. 말을 이어가기 위한 안간힘에도 불구하고 그녀의 긴 독백들은 "휴지", "긴 휴지"들로 가득 차 있다. 반복되는 "휴지"들은 할 말이 없는 상황에서 말을 이어가려고 최선을 다하는 그녀의 힘겨운 노력을 보여준다. 시간이 지날수록 휴지는 점점 더 많아지고, 길어진다.

스스로의 존재를 확인하기 위해 최선을 다하는 위니에게 윌리는 존재를 확인시켜주는 유일한 존재다. 어쩌다 뜬금없이 던지는 윌리의 말은 최고의 기쁨을 준다.『고도를 기다리며』의 고고나「필름」또는「유희」에서 볼 수 있었던 "존재한다는 것은 지각된다는 것이다"라는 모티브가 다시 극화된다. 끊임없이 말을 거는 위니와 신문만 들여다보고 엉뚱한 대답을 하는 윌리는 어울리지 않는 중년 부부의 모습을 희화화한다. 윌리를 대하는 위니의 태도는 아들에게 잔소리하는 엄마의 모습에 가깝다. 그런 위니를 윌리는 달가워하지 않는다. 위니 또한 윌리가 조용히 혼자 있는 "평화peace"를 원한다는 것을 알고 있다Mercier 1977. 하지만 존재의 확인을 위해서도 위니는 윌리라는 관객이 필요하다. 들어주는 사람이 없는 독백은 위니가 가장 두려워하는 것이다.

작품의 끝, 윌리의 "윈Win"이라는 한마디에 위니는 "아! 오늘은 행복한 날이야Oh, this is a happy day!"를 외치며, 뮤직 박스에서 나오는 톤으로 "당신은 나를 그렇게 사랑해"라고 노래를 불러댄다. 위니 편으로 건너온 윌리가 사실은 그녀를 해치러 온 것일지도 모르는 데도 말이다. 솟아오르는 슬픔과 절망을 억누르고, 아주 작은 격려에도 "행복한 날들이야"를 외치는 위니는 절망을 희망으로 바꾸는, 절망 속에서도 희망을 생각하는 베케트 작품의 독특한 영웅성을 지닌 인물이다.

윌리: 위니의 남편으로 위니가 존재하고 있음을 인정해줄 수 있는 유일한 인물이다. 하지만 위니와 의미 있는 대화를 거의 나누지 않는다. 끝없이 말을 걸고 잔소리를 해대는 위니에게 침묵으로 대응함으로써 공처가 남편의 전형으로 보기도 한다. 1막에서는 위니의 질문에 단답형의 대답을 함으로써 적어도 듣고 있음을 보여주지만, 2막에서는 "윈"이라는 말 이외에는 어떤 말도 하지 않는다(Win의 의미는 불확실하다. 승리란 뜻일 수도 있고 위니의 이름을 부르는 것일 수도 있을 것이다. 166쪽에서 윌리가 위니에게 청혼할 때 위니를 "Win"이라고 불렀다는 것으로 봐서 위니를 부르는 것일 수도 있다). 위니처럼 땅속에 묻혀 있지는 않지만 언덕 사이 구멍에 자리를 잡고서 거의 움직이지 않는다. 오래된 신문의 표제들을 읽거나, 야한 엽서를 들여다보는 것으로 존재를 드러낸다. "간통·fornication"을 상기시키는 단어 "formication"이란 단어를 발음하며 좋아한다. 위니가 큰 관심을 갖는 종소리에도 아랑곳하지 않으며 시간과 공간을 비롯한 현실감각이 있는 것 같

지 않다. 1막에서는 머리통과 손가락만 보이던 윌리가 2막에서는 긴 콧수염을 기르고 실크해트를 쓰고 모닝코트에 줄무늬 바지를 입고 나타난다. 하지만 윌리는 똑바로 서지도 못하고, 기어서 움직인다. 그의 몸차림과 처해진 상황과 환경에는 커다란 간극이 있으며, 이는 광대극에서 느낄 수 있는 실소를 자아낸다. 2막의 마지막, 겨우 기어서 위니 옆으로 넘어온 윌리는 엎드린 자세로 웃지도 않고 위니를 응시한다. 위니 곁으로 넘어온 윌리의 의도는 불분명하다. 위니를 해치려는 것인지, 만지려는 것인지 알 수 없다.

4) 구성과 플롯

이 극은 2막으로 구성되어 있는데 베케트의 『고도를 기다리며』가 그러했듯이 2막은 1막의 반복이라고 할 수 있다. 반복은 반복이지만 보다 절망적이고, 절박한 상황에서 새로운 것이 없는 반복인 것이다. 1막은 6개의 위니 독백과 독백 사이사이에 위니와 윌리가 주고받는 대사로 구성된다. 2막은 2개의 위니 독백과 마지막 노래로 구성된다. 극이 진행될수록 휴지와 긴 휴지는 더욱 빈번하게 나타난다. 1막에 301회 나타난 휴지가 2막에서는 276회, 1막에서 20회였던 긴 휴지는 2막에서 25회 나타난다. 2막의 길이가 1막의 절반도 되지 않는 것에 주목한다면 휴지의 빈도수가 급상승했음을 알 수 있다권혜경 56.

4페이지 분량의 첫 번째 독백은 위니가 하루를 시작하는 모습을 보여준다. 누구도 아는 척해주지 않는 지루하고 외로운 매일이지만 위니는 힘을 내서 하루를 시작하려고 노력한다. 위니에게 하루는 "상쾌한 또 하루Another heavenly day"138이다. 적어도 그녀는 그렇게 되기 위해서 노력한다. 웅얼거리는 기도와 "시작해, 위니 … 너의 하루를 시작하라고, 위니Begin, Winnie … Begin your day, Winnie"138라고 스스로에게 던지는 격려, 그리고 커다란 검은 가방에서 남아 있는 일상용품을 꺼내어 이를 닦고 머리를 빗는 것은 평범한 삶의 모습을 최소한으로나마 유지하려는 것이다. 이것은 '행복한 나날들'을 위한 위니만의 노력이다. 거울을 보고, 이를 검사하고, 안경을 썼다 벗었다 하는 등의 긴 도입부 장면은 그녀가 손을 움직일 수 있는 한 지속될 존재라는 확인을 위한 "제의"일 것이다. 특별할 것도 없는 일상적 행동들이 위니 스스로에게는 존재를 확인하는 데는 너무나 중요한 과정인 것이다.

위니는 밀집모자를 쓰고 몸을 일으켜 세운 윌리와 대화를 나눈다. 대화라고 하지만 서로가 공감을 형성하는 수준의 것은 아니다. 윌리는 오래된 신문의 표제를 읽고, 위니는 떠오르는 과거의 사람과 사건에 대해서 수다를 늘어놓을 뿐이다.

위니의 두 번째 긴 독백이 이어진다. 전반부는 윌리가 보고 있던 엽서의 선정성에 대한 비판으로 구성된다. 윌리는 손을 내밀어 카드를 걷어가고, 코를 풀고, 손수건을 흔드는 등 존재를 드러내다 사라진다. 혼자 남은 위니는 만약 윌리가 죽어버리거나 사라져 혼자 남게 된다면 긴긴 하루를 어떻게 버텨낼 것인지에 대해서 고민한다. 고민하다 머리를 빗기로 한 위니는 다시 기운을 차리고 윌리에게 말을 걸기 시작한다. 윌리가 한마디 대꾸를 해주자 위니는 오늘이 "행복한 날"이 될 것이라고 확신하며, 윌리에게 뜨거운 태양 속에 벗은 채 누워 있지 말라는 둥 잔소리를 늘어놓는다. 윌리는 다시 자신의 "구멍hole"으로 돌아가는데 위니는 윌리가 엉덩이에 바르고 놓아둔 바셀린Vaseline을 챙기라는 둥, 구멍으로 들어갈 때 머리부터 들어가서는 안 된다고 긴 잔소리를 늘어놓는다.

위니와 윌리의 짧은 대화가 이어진다. 위니는 윌리에게 "내 말 들려?Can you hear me?"라고 묻고 윌리는 "응Yes"라고 대답한다. 윌리는 "두려워하지 말라Fear no more"147-148는 위니의 말도 따라함으로써 청력에는 문제가 없음을 드러낸다. 또 다시 긴 독백이 이어진다. 위니는 윌리가 자신의 말을 듣지 못하더라도 그냥 존재해주는 것만으로도 감사하다고 고백한다. 그리고 언젠가 그가 떠나고 혼자 남을 수도 있음을 각오하고 있다고 고백한다. 날이 너무 덥다고 한탄하며 땅을 쓰다듬던 위니는 개미를 발견하고 소리를 지른다. 윌리는 "피부에 개미가 기어가는 느낌"이라는 의미의 단어인 "formication"이란 단어를 뱉어내며 좋아한다. 그 단어는 "간통"을 의미하는 "fornication"가 유사하다. 위니와 윌리는 같이 웃어댄다. 위니는 윌리에게 자신이 "사랑스러운lovable" 적이 있었느냐고 묻는다150.

윌리는 대답이 없고, 위니는 자신을 권태에서 잠시 벗어나게 해주는 커다란 가방에 다시 집착한다. 위니는 "말을 더 이상 할 수 없게 되었을 때를 내다보며cast your mind forward, … to the time when words must fail"151 지금 "가방에 지나치게 집착하지

마Do not overdo the bag"151라는 조언을 스스로에게 던진다. 가방을 던지던 위니는 리볼버 권총을 끄집어낸다. 위니는 권총을 "브라우니Brownie"라고 부르며, 윌리가 한때 총으로 스스로 자살을 하게 될까 두려워 총을 치워달라고 부탁했던 것을 회고한다151. 하지만 이제는 총을 가방에 넣어두지 않고 땅에 놓아두겠다고 선언한다.

위니는 윌리에게 "빨려 올라가는sucked up"152 느낌이 들지 않느냐고 묻고, 자신은 하늘로 거미줄처럼 올라가는 것 같다고 고백한다. 또다시 긴 독백이 이어진다. 심심해진 위니는 파라솔을 펴들고 "할 말이 거의 없고, 할 일이 거의 없는so little to say, so litle to do"152 상황에서 하루하루를 견뎌내는 어려움을 토로한다. 위니는 파라솔을 들고 이 말 저 말 주절거리며, 자신이 말을 할 수 있는 것에 감사한다. 물론 그녀의 대사는 "휴지"로 점철됨으로써 말을 이어가기 어려움을 보여준다. 긴 휴지 후에 갑자기 파라솔에 불이 붙는다. 위니는 전에도 이런 일이 있었던 것 같다고 말하지만 언제인지는 기억하지 못한다. 윌리에게 언제 일어났는지 기억이 나느냐고 말을 걸지만 윌리는 대답하지 않는다. 위니는 날씨가 이렇게 더우니 불이 붙지 않겠느냐며 자신도 언젠가는 녹아버리지 않겠느냐고 말한다. 위니는 언젠가 자신이 가슴까지 흙에 파묻히게 될지도 모르며, 가슴을 다시는 보지 못하게 될지도 모른다고 걱정한다. 그리고 그 일은 2막에서 바로 일어난다.

심심해진 위니는 다시 가방을 뒤지기 시작하고 마침내 뮤직 박스를 끄집어내서 태엽을 감는다. 1905년에 발표된 오페레타 프란츠 레하르의 〈즐거운 과부The Merry Widow〉에 나오는 "나는 당신을 그렇게 사랑해I love you so"라는 노래가 나오기 시작하자, 위니는 다시 행복한 표정을 지으며, 몸으로 장단을 맞추기 시작한다. 윌리가 거친 소리로 가사 없이 노래를 따라하고, 위니는 "오늘은 행복한 날이 될 거야This will have been a happy day!"155라고 확신한다. 윌리에게 재창을 요구하지만 그는 거절하고, 위니는 마음에서 우러나오지 않는 노래를 할 필요는 없다고 윌리의 거절을 인정한다. 위니는 "누군가가 나를 바라보는 것 같은 이상한 느낌Strange feeling that someone is looking at me"155이 든다면서 자신의 존재를 확인해줄 누군가가 필요하다는 속내를 들어낸다. 위니는 말은 그만하고 행동을 하기로 하고, 가방을 뒤져서 손톱 칼을 끄집어내 손톱을 다듬기 시작한다.

손톱을 다듬으면서 위니는 "샤워Shower" 또는 "쿠커Cooker"라고 사람이 애인과 손을 잡고 지나갔던 것을 회상한다. 위니는 두 남녀가 땅속에 갇혀 있는 위니가 도대체 무엇을 하고 있는 것인지, 윌리와 위니는 서로에게 어떤 의미를 지닌 관계인지에 대해서 말을 주고받았다고 말한다. 그들은 위니를 끄집어내자고 외치기도 했다고 위니는 토로한다. 위니에 의하면 그들은 이곳을 지나간 "마지막 인간last human kind"157이었다. 손톱을 다듬던 위니는 가방을 정리하기 시작한다. 밤을 준비하기에는 이른 시간이기는 하지만 할 일이 없으니 밤을 준비하는 것이다. 밖에 나와 있던 권총도 집어넣고 마지막으로 칫솔도 집어넣는다.

이때 위니는 윌리가 몸부림을 치는 것을 보게 된다. 윌리는 구멍에서 기어 나오지만 잘 기지 못한다는 것이 위니의 대사를 통해서 확인된다. 위니는 윌리가 자기 쪽으로 넘어와서 윌리를 제대로 볼 수 있게 되는 것을 꿈꾼다고 말한다. 그럴 수만 있다면 자신이 "나는 다른 여자가 될 것이라I'd be a different woman"158라고 말하지만, 윌리가 그런 능력이 없음을 인정한다. 위니는 칫솔에 써 있는 "hog's setae(돼지털)"이라는 글자를 읽고 "hog"가 무슨 뜻인지를 묻는다. 윌리는 거세한 수퇘지라고 대답한다. 윌리는 다시 오래된 신문을 펼쳐들고 위니는 아직까지는 "행복한 날"이었다고 외친다. 위니는 스스로에게 노래를 부르라고 말하지만, 부르지 않는다. 스스로에게 기도를 하라고 말하지만, 기도하지 않는다. 긴 휴지 끝에 1막은 끝이 난다.

2막은 위니의 긴 독백과 윌리의 마임으로 이루어진다. 위니는 목까지 흙에 파묻힌 채 요란한 벨 소리에 눈을 뜬다. 가방과 파라솔은 1막과 같은 자리에 있고 권총 또 오른쪽 언덕에 놓여 있다. 위니는 윌리를 본 지 오래되었고, 윌리도 다른 사람들처럼 죽었거나 떠나버렸을지도 모른다고 말한다. 그녀는 들어주는 사람이 아무도 없어도 혼잣말을 하는 것을 배우게 될 것이라고 생각했다고 말한다. 하지만 그러고 싶지는 않다. 위니는 대답하지 않는 윌리에게 계속 말을 건넨다. 손을 움직일 수 없게 된 위니는 눈을 계속해서 굴리면서 가방, 하늘, 땅, 총 등이 원래 자리에 있음을 확인하며 말을 이어간다. 위니는 밀드레드Mildred라는 여자 아이가 인형을 갖고 놀면서 성장해가는 이야기를 하기 시작한다. 위니는 밀드레드 이야기가 "자신의 이야기my story"163라고 주장한다. 하지만 이야기는 곧 중단된다. 위니는 윌리에게서 아무런 대꾸가 없자 윌리가 구멍에 갇혀버린 것이 아닌가 걱정하게 된다. 위니는 시간이 많이 지나갔지만 아직은 노래할 시간은 아니라고 하면서 노래할 시간을 딱 맞추는 것이 어렵다고 말한다. 위니는 1막에서 언급한 샤워인지 쿠커인지가 애인과 손을 잡고 지나갔던 이야기를 다시 늘어놓는다. 그들은 1막에서처럼 땅에 파묻힌 위니의 상태에 대해서 이러쿵저러쿵 말을 주고받았다고 한다. 그들의 관심은 위니의 다리에 감각이 있는지, 다리가 살아 있는지, 허리 아래 부분에 신체기관이 존재하는지 등에 관한 것이다. 위니는 마지막 방문객인 두 남녀가 그렇게 자기들끼리 떠들다가 사라져갔다고 말한다. 위니는 중단했던 밀드레드의 이야기를 다시 시작한다. 쥐 한 마리가 어린 밀드레드의 허벅지에 기어 올라가고 아이는 놀라서 인형을 떨어뜨리고 비명을 질렀다는 것이다. 사람들이 달려왔지만 너무 늦은 후였다고 덧붙인다. 위니는 목의 통증을 호소하고, 더 이상 말을 할 수 없지만 해야만 한다고 말한다.

긴 휴지 끝에 윌리가 정장을 차려입고 기어서 등장한다. 윌리는 고개를 들지 못하고 땅을 쳐다보고 있다. 하지만 윌리는 위니의 시야 안에 들어오고 위니는 오랜만에 윌리는 만나는 기쁨을 표현한다. 위니는 사교계의 여성의 말투로 "기대하지 않은 즐거움이네요this is an unexpected pleasure!"166라고 외친다. 위니는 윌리가 자기에게 프로포즈했던 날이 생각난다고 말한다. 위니는 자기를 쳐다보라고 윌리를 불러대지만, 윌리는 고개를 제대로 들지 못한다. 위니는 윌리에게 자기 쪽으로 건너와서 살자고 하자 윌리는 고개를 들고 모자와 장갑을 벗더니 위니에게 기어온다. 위니는 윌리에게 내 얼굴을 다시 만지고 싶으냐, 키스를 원하느냐 묻지만 윌리는 대답을 하지 않고 언덕 아래쪽으로 미끄러져 내려가 얼굴을 땅에 박고 눕는다. 그런 윌리에게 위니는 "정신이 나갔느냐? 미쳤느냐?"고 묻고, 윌리는 겨우 들리는 목소리로 "윈"이라고 말한다.

위니의 얼굴에는 행복한 표정이 번지며, 그녀는 오늘은 행복한 날이라고 확신한다. 그리고 뮤직 박스에서 나오는 투로 노래를 부르기 시작한다. 위니는 미소를 띤 채로 윌리를 쳐다본다. 윌리는 기어가는 자세로 위니를 쳐다보고 그런 윌리를 본 위니는 미소를 거둔다. 둘은 서로를 응시한 채, 긴 휴지 후에 막은 내린다.

5) 작품 분석

구성과 플롯만 봐서는 도무지 무슨 일이 벌어지고 있는지, 어떤 상황인지 파악하기 어려운 이 극은 역시 부조리한 삶의 은유를 보여준다. 『고도를 기다리며』의 텅 빈 길에 머무는 두 떠돌이나 『유희의 끝』의 창고에 갇혀 있는 4인 가족이 그러했듯이 땅속에 묻혀 있는 위니의 모습은 삶에 대한 은유이다. 「크랩의 마지막 테이프」 등 전작들과 차별화되는 것은 주인공이 남성 인물이 아니라 아직 성적인 매력이 남아 있는 진주 목걸이를 한 중년 여성이라는 것이다(1979년 공연에서 베케트는 위니 역할을 맡은 화이트로의 여성적인 매력을 강조하였다. 깊게 파인 드레스와 과장된 립스틱 등 요부의 이미지를 연출하였다[*]). 어린 시절 가족들에게 사랑과 보살핌을 받고 자랐으며, 무도회에 참가했고, 남자에게 청혼을 받아 결혼한, 정확하지는 않더라도 명시 한 구절 정

[*] http://en.wikipedia.org/wiki/Happy_days 재인용.

도는 외울 수 있는 여성이 바로 이 극에서 인류를 대표한다. 작열하는 태양 아래 땅속에 파묻혀 있는, 그리고 점점 더 땅속으로 들어가는 여성의 이미지는 베케트의 작품 중 가장 강력한 시각적 이미지라고 해도 과언이 아니다. 옴짝달싹하지 못하고 하루를 보내는 위니는 부조리한 삶을 피할 수 없는 인류를 대변한다.

위니의 하루는 해가 뜨고 해가 지는 자연의 흐름에 속해 있지 않다. 『고도를 기다리며』에서는 느닷없이 달이 뜨면서 하루가 지난 것을 나타냈지만 이 극에서 태양은 늘 중천에 떠있다. 하루를 규정하고 시간의 흐름을 알려주는 것은 어디선가 들려오는 종소리뿐이다. 위니는 종소리를 제어할 수 없다. 마치 「유희」의 스포트라이트가 인물들의 존재를 깨우듯, 종소리는 잠든 위니를 깨우고 의식의 세계로 몰아넣는다. 작열하는 태양 아래서 똑같은 매일이 펼쳐지고 있기에 시간의 흐름도 파악하기 어렵다. 2막의 도입부에서 위니는 "아직도 시간에 대해서 말해도 될까?May one still speak of time?"160라고 말한다. 윌리를 본 지 오래되었다는 말을 차마 하기 어려운 것이다. 그런 시간의 흐름을 말하는 것조차 "옛날 방식The old style!"160

인 것이다.

인위적으로 만들어진, 그리고 강압적으로 위니에게 다가온 하루에 위니는 나름대로의 질서를 부여하기 위해 노력한다. 질서를 부여하는 방법은 가능한 한 일상을 유지하는 것이다. 위니는 유일한 소품인 가방을 뒤지면서 이를 닦고 머리를 빗으며 하루를 시작한다. 하지만 긴 하루를 가방 하나로 버틸 수는 없는 것이다. 소품은 물론 도움이 된다. 하지만 소품의 기능과 역할은 제한적이다. 파라솔과 칫솔은 손잡이가 유난히 길고, 치약은 얼마 남지 않았으며 약품도 다 써서 바닥이 난 상황이다Ben-Zvi 137. 1막에서 물건을 던져버려도 2막에서 물건은 다시 가방 속에 들어가 있다. 불타버렸던 파라솔은 멀쩡하게 다시 땅 위에 놓여 있다. 물건들은 위니의 소품이 되기에는 부족하고, 팔을 잃은 위니는 물건들에 대한 통제권을 상실한다. 목까지 땅속에 파묻힌 2막에 가서는 가방도, 파라솔도 무용지물이 된다. 눈으로 볼 수는 있으나 물건들을 사용할 수는 없다. 결국 위니는 "내 거울 가져. 거울이 나를 필요로 하지 않아Take my looking-glass, it doesn't need me"162라고 말할 수밖에 없다. 존재를 버텨내는 데 물건의 가치는 제한적이기 때문이다. 또한 1막에서 파라솔에 불이 붙듯이 물건으로 인해 언제 뜻하지 않은 재앙이 닥칠지 모를 일이다. 결국 하루를 버텨내기 위해 남은 것은 자신의 과거에 대한 기억과 상상력을 말로 풀어내는 것뿐이다.

위니는 자신의 상황에 대해서 쉬지 않고 말하는 것을 선택한다. 사람이라고는 말 없는 남편 윌리밖에 없는 척박한 상황은 위니에게 말의 소재를 많이 제공해주지 못한다. 하지만 위니는 고고와 디디가 그러했던 것처럼 계속해서 말할 거리를 찾아낸다. 왜냐하면 고고와 디디가 느꼈던 것처럼, 입을 다물고 침묵하는 순간 삶의 부조리함은 엄습하기 때문이다. 위니의 말은 베케트의 전작에서 그러했듯이 1인극이 아님에도 독백에 근접한다. 독백은 『고도』의 독백에서도 볼 수 있었던 것 같이 과거에 대한 확인할 수 없는 일화들과 언어유희, 그리고 현재의 절망적 상황에 대한 반추로 구성된다. 그녀의 과거는 어린 시절의 기억과 무도회와 첫 키스, 그리고 윌리와의 추억 등으로 구성된다.

위니의 과거사는 긴 독백들 안에 파편처럼 박혀 있으며, 곧 중단되고, 현재의 상황에 대한 묘사나 반추로 넘어간다. 위니가 지금과 같이 갇힌 상태가 아닌 지난 시절에 어떻게 살았는지에 대한 정보는 제한적이다. 위니는 밀튼의 『실락원』의 한 구절이나 『햄릿Hamlet』과 『로미오와 줄리엣Romeo and Juliet』 등을 파편적으로나마 인용하는 것으로 봐서 문화에 노출된 것으로 보이지만, 구체적으로 어떤 교육을 받았는지, 어떻게 성장해왔는지, 직장은 있었는지 알 수 없다. 라이언스는 위니의 과거사에 대한 정보가 특정한 다섯 날에 집중되어 있다고 분석한다Lyons 119. 위니의 가장 오래된 기억은 찰리 헌터Charlie Hunter의 무릎 위에 앉았던 어린 시절의 어느 날이고142 그 기억은 첫 번째 무도회, 두 번째 무도회에 간 날을 떠올리게 한다. 그리고 첫 키스의 추억이 이어진다. 창고 안에서 위니는 덥수룩한 콧수염을 가진 존스톤 씨Mr. Johnston와 첫 키스를 나누었다143. 위니는 또한 윌리가 자신의 머리카락을 황금색이라고 불렀던 날도 기억해낸다. 마지막 손님이 떠나고 난 후였다는 그날That day이다146. 2막이 끝나갈 무렵 그날은 다시 언급된다. "분홍색 피즈The pink fizz"를 마셨던 그날을 이야기하면서 위니는 마지막 손님이 떠나고 난 후를 추억한다166. 그러나 라이언스의 지적대로 그날들이 실체가 있는 것인지는 불분명하다. 위니의 "그날"은 곧 "어떤 날?What day?"이란 말로 이어진다. 2막 도입부에 등장하는 윌리가 위니에게 가방을 준 날 또한 "어떤 날?"161로 마무리된다. 즉 세세하게 기억하고 있는 듯한 과거의 어느 날이 과연 어떤 날인지 위니도 확신할 수 없는 것이며, 관객 또한 그러한 것이다.

밀드레드의 이야기 또한 과연 위니의 이야기인지 확인할 수 없다. 위니는 "모든 것이 다 안 될 때에는 물론 내 이야기가 있지There is my story of course, when all else fails"163라고 말하지만, 과연 그 이야기가 위니 자신의 이야기인지 확인할 수 없다(집필 과정에서 주인공 여성의 이름이 밀드레드에서 위니로 변경되었다고 한다*). 생쥐의 등장과 비명에 대한 언급과 이어지는 위니의 비명을 어떻게 해석해야 할지도 모호하다. 밀드레드 이야기가 성적인 경험에 대한 우화인지, 어린 시절의 끔찍한 경험이 아랫도리를 감금당한 현재의 상황에 실마리를 제공하는지도 불분명하다. 권혜경 교수는 밀드레드 이야기가 안락한 일상에 어느 날 달려드는 생쥐처럼 찾아온 "삶의 부조리라는 거대한 실체"권

* http://en.wikipedia.org/wiki/Happy_days

혜경 72와의 만남을 그려내는 것이라고 말한다. 밀드레드 이야기가 급작스럽게 다가온 공포의 체험을 다루고 있는 것은 맞지만 정확한 해석은 불가능하다. 위니의 말대로 "할 말이 정말 없지만 다 말해버렸어. 할 수 있는 한 전부. 그런데 거기엔 진실이라곤 어디에도 없다There is so little one can say, one says it all. All one can. And no truth in it anywhere"161.

과거의 일화들 사이에는 현재에 대한 반추가 스며 있다. 과거에 대한 이야기를 늘어놓다가도 위니는 "이제는 뭐지?What now?"라고 멈춘다. "말들이 더 이상 안 될 때가 있어, 말들이 안 될 때가 있다니까Words fail, there are times when even they fail"147 하면서 위니는 빗이나 손톱칼 등을 만지면서 말들이 돌아오길 기다리겠다고 말한다. 과거는 현재와 달랐다는 것을 말하다가 "슬픔이 계속 침투해 들어온다sorrow keeps breaking in"152. 더 이상 듣는 이가 없다면 혼자 말해야 하고 그것은 "광야the wilderness"161와 다를 바 없다. 때로 소리가 들리면 "옛날 방식"인 것 같아서 기쁘다가도 그 소리가 자기 머릿속에서 나는 것이 아닌지 의심하곤 한다162. 위니는 자신이 "이성을 잃어버리지는 않았어I have not lost my reason"162라고 주장하지만 "일부는 남아 있지Some remains"162라는 고백처럼 점점 더 쇠퇴해져 간다. 휴지는 더욱 빈번해지고 길어진다. 2막의 위니는 점점 더 절박해한다. 2막이 1막의 다음 날일 필요는 없다. 하지만 시간이 흐른 것은 분명하고, 시간과 함께 쇠퇴해가는 위니의 미래는 절망적이다. 과연 3막이 온다면 위니의 무덤이 완성되 고 종말이 올 것인지 아니면 종말이 연기되고 있는 것인지 알 수 없지만 반전을 기대할 수는 없다.

고고와 디디, 햄과 클로브와 다른 점은 이 극이 부부의 모습 을 보여주고 있다는 것이다. 따라서 위니는 인간의 삶의 조건 에 여성과 아내의 모습을 덧붙여서 보여준다. 두 부분은 육체 적으로나 정신적으로 유리되어 있다. 먼저 이들은 육체적으 로 유리되어 있다. 위니는 무대 중앙에 갇혀 있고, 윌리는 뒤 편 구멍에 거주하면서 둘은 대화를 나눌 수는 있지만 한 공간 에 존재한다고 할 수 없다. 작품의 마지막 윌리가 힘겹게 위 니 쪽으로 넘어오지만 둘이 화목한 모습을 연출할지는 의문 이다. 또한 흙더미 속에 갇혀 있는 위니 부부는 섹스리스 커 플이다. 과거에는 열정적인 사랑을 나누었을지 모르지만, 현 재 둘은 섹스도 대화도 나누지 않는다. 위니는 윌리에 대해서 대단한 관심을 가지고 있으나 그 관심이 이성에 대한 것이라기보다는 마치 말썽쟁이 아들에 대한 것과 다르지 않다. 어쨌거나 위니는 윌리를 부르고, 말을 걸고, 참견하고, 격려하기도 한다. 위니에게 윌리는 힘든 상황을 버텨내게 해주는 버팀목이기도 하다. 윌리가 있기 때문에 그녀는 계속해서 말할 힘을 얻는 것이다145. 위니는 윌리가 죽어버리거나 사라져버린다면, "입술을 꾹 다물고 그저 앞만 응시할 뿐이지Simply gaze before me with compressed lips"145라고 말한다. 하지만 윌리는 위니에 대해서 최소한의 관심도 보이지 않는다. 윌리는 위니의 현 상태에 대해서도 무관심하며, 그녀의 고독도 절망도 아랑곳하지 않는다. 위니의 긴 넋두리에도 윌리는 단답형의 대답만을 내뱉을 뿐이다. 2막의 끝, 윌리가 옷을 차려입고 위니 편으로 넘어오지만 위니를 쳐다보는 윌리의 시선이 우호적이라는 정보는 없다. 위니는 윌리에게 "키스하고 싶은 거예요?Is it a kiss you're after"167라고 묻지만 곧 나를 그렇게 쳐다보지 마요Don't look at me like that!"167라고 외쳐댄다. 그리고 "윌리, 당신 정신 나갔어요?Out of your poor old wits, Willie?"167라고 덧붙인다. 아직 움직일 수 있는 윌리는 온 힘을 다해서 위니의 곁으로 움직였다. 왜일까? 지긋지긋한 동거를 끝장낼 수 있는 존재는 윌리뿐이다. 작품은 두 사람이 노려보는 가운데 끝난다. 윌리가 원하는 것은 위니를 없앰으로써 이 지옥 같은 틀을 부수는 것일지도 모른다.

극의 대부분은 위니의 외로운 넋두리로 채워져 있었으나 작품의 끝은 다르다. 엎드린 채 위니를 쳐다보는 윌리와 웃음이 사라진 채 윌리를 쳐다보는 위니의 타블로가 형성되고 긴 침묵이 흐른다. 침묵은 열려 있고 따라서 의미심장하다. 사랑도, 비난의 대사도 없는 둘의 대립은 부조리한 상황을 확연하게 강조할 뿐이다. 해결되지 않은 열린 결말은 존재의 절망을 깊게 한다.

1

「크랩의 마지막 테이프」

1) 연보

「크랩의 마지막 테이프」는 베케트가 1957년, 북아일랜드 출신 배우 패트릭 매기를 위해 쓴 극이다. 처음에는 제목이 "매기 모놀로그"라고 불렸다고 한다. 1958년 11월, 『유희의 끝』 초연 때 함께 공연되었다. 영어로 쓰인 이 작품은 1958년 여름 「에버그린 리뷰 2.5*Evergreen Review 2.5*」를 통해서 처음 출판되었으며 곧이어 1958년 페이버 출판사Faber Press에서 『크랩의 마지막 테이프와 타다남은 장작』으로 1959년 그로브 출판사

Grove Press에서 『크랩의 마지막 테이프와 다른 극작품들』로 출판되었다. 불어로는 베케트 자신의 번역으로 1959년 출판되었다.

2) 배경

작품의 시간적 배경은 "미래의 어느 늦은 저녁A late evening in the future"215이다. 장소는 크랩의 은신처이다. 대사를 통해서 아일랜드의 지역명이 언급되기는 하지만 내부의 구조나 소품을 통해서는 지역적인 특성이 드러나지 않는다. 은신처 가운데에는 작은 탁자와 두 개의 서랍장이 놓여 있다. 탁자에는 마이크가 달린 녹음기와 녹음테이프가 들어 있는 마분지 상자들이 놓여 있다. 탁자 주변에는 강한 조명이 내리쪼이고 있으나 나머지 무대는 암흑에 잠겨 있다. 무대 저편, 어둠 속에도 삶의 공간은 존재한다. 크랩은 그곳에서 술병을 따고, 테이프 내용이 적혀 있는 장부를 들고 나오기도 한다. 하지만 전등이 비치는 무대 중심에 와서만 크랩은 비로소 자신의 과거의 기록과 마주할 수 있다.

3) 인물

크랩은 69세의 늙은 작가로 매우 짧고, 낡고 좁은 바지와 깃이 없는 때가 탄 흰 셔츠에 네 개의 큰 주머니가 달린 낡은 소매 없는 검정 조끼를 입고 있다. 무거운 은시계와 시곗줄을 매달고 있다. 매우 좁고 뾰족한, 사이즈 10은 됨직한 지나치게 큰 더러운 하얀 부츠를 신고 있다. 하얀 얼굴에 자주색 코, 헝클어진 흰 머리에 면도도 하지 않은 상태이다. 매우 근시이지만 안경은 쓰지 않고 있다. 청력 또한 매우 좋지 않다. 아주 힘들게 걸어 다닌다. 바나나와 술에 중독되어 있고 변비에 시달린다.

매년 생일이 되면 자신이 과거에 녹음해 놓은 테이프들을 다시 듣고, 현재의 삶에 대해서 녹음을 하고 모든 테이프를 정리 보관한다. 69세의 생일을 맞은 크랩은 30년 전에 녹음해 놓은 테이프를 들으면서 어머니의 죽음, 첫사랑, 그리고 문학적 비전의 획득해 대한 내용을 접하지만, 거리감을 확인하게 된다. 작가로서 글쓰기를 포기하지는 않지만 책은 팔리지 않고 실패만 거듭한다.

4) 구조와 작품 분석

「크랩의 마지막 테이프」는 「유희」(1963), 「에이 조」(1966), 「나는 아니야」(1972), 「그때」(1974), 「자장가」(1981), 「오하이오 즉흥극」(1981) 등으로 이어지는 말하는 화자와 의식의 분리, 기억의 불확실성, 자아의 불확실성을 그린 작품군에 속한다. 69세의 크랩이 30년 전에 녹음해 둔 자신의 목소리를 듣고, 현재 자신의 삶에 대해서 녹음을 하는 내용으로 구성된 이 극은 실상 한 인간의 과거와의 만남, 기억과의 대면을 극화하는 것이다. 이 작품은 크랩의 인생 40년을 아우르고 있다. 39세 때의 크랩은 10여 년 전 과거를 회상하고, 시간은 20대의 크랩까지 거슬러 올라간다. 69세의 크랩은 욕망과 야심으로 가득했던 자신의 과거를 한심하다고 비웃지만 막상 자신의 이야기를 녹음하려고 하니 일상은 누추하기만 하다. 결국 크랩이 30대 때 녹음한 테이프를 반복해서 듣는 것으로 작품은 끝이 난다. 과거를 조롱하면서도 끝없이 집착하는 것, 「크랩의 마지막 테이프」는 또 다른 '엔드 게임'이다.

① 첫 번째 크랩 대사: 어둠 속에서 장부를 가지고 나온 크랩은 항목을 검색하다 세 번째 상자, 다섯 번째 릴을 선택한

다. 세 번째 상자, 다섯 번째 릴에 대한 설명은 "어머니가 마침내 영면을 취하시다Mother at rest at last"와 "검은 공The black ball", "대장 상태의 진전Slight improvement in bowel condition", "기억에 남는 춘분memorable equinox", "사랑이여 안녕Farewell to love"217 등이다. 분명 녹음했을 당시에는 매우 중요한 사건들이었을 터인데도, 항목을 읽어가는 크랩은 어리둥절해한다. 특히 문학적 비전의 성취를 기록한 "기억에 남는 춘분"이란 제목은 그를 혼란스럽게 한다. 작가인 크랩이 30대 때 얻은 비전과 무관하게 실패한 인생을 살아왔음을 짐작하게 한다. 생각에 잠겨 있던 크랩은 기계에 다가가서 스위치를 올리고 열심히 듣는 자세를 취한다.

② 테이프 1: 힘이 있으며, 젠체하는 젊은 목소리가 흘러나온다. 젊은 크랩은 오늘이 39회 생일임을 밝힌다. 젊은 크랩은 몸이 수사슴처럼 건강하고, 지적으로도 "파도의 물마루the crest of the wave", 즉 정점에 달해 있다고 의기양양하게 말한다. 하지만 젊은 크랩은 생일을 "끔찍한 행사the awful occasion"라고 부르고 친구도 없이 혼자 조용히 와인 하우스에서 축하했다고 말한다. 하지만 삶에 대한 진지함을 잃지 않은 젊은 크랩

은 벽난로 앞에 앉아서 "알곡을 껍질에서 분류하는separating the grain from the husks" 일, 즉 삶에 있어서 본질과 쭉정이를 구별해 내는 일에 몰두했다고 기술한다. 즉 "모든 먼지가, 모든 먼지가 가라앉았을 때 남는 가질 만한 가치가 있는, 알곡The grain, … I suppose I mean those things worth having when all the dust has … when all my dust has settled"217을 찾고 있는 것이다.

하지만 69세의 크랩에게서 찾을 수 있는 삶의 형태들이 드러난다. 그는 "누더기rags"를 입고 "창고den"217에 살고 있다고 말한다. 그 창고가 늙은 크랩이 살고 있는 창고일 수도 있다. 왜냐하면 젊은 크랩은 탁자 위에 전등을 달았으며, 어둠에 둘러싸여 있는 그에게 전등불은 덜 외롭게 느끼게 해준다고 덧붙인다. 그것은 늙은 크랩의 생활 환경과 동일하다. 식습관 또한 변함이 없다. 젊은 크랩은 바바나를 세 개나 먹었다고 말한다. 자신과 같은 상태에서는 치명적인 짓을 한 것이라고 덧붙이는데 늙은 크랩을 통해 그것이 변비임을 알게 된다. 크랩의 바나나 중독과 변비는 30년 이상 지속된 것임을 알 수 있다.

젊은 크랩은 이웃에 대해서도 언급한다. "나이 먹은 미스 맥글롬은 항상 이 시간에 노래를 부르지. 하지만 오늘 밤은 아니군. 어렸을 적 노래라고 말하지. 그 여자가 어린애였다는 게 상상이 안 돼. 멋진 여자기는 하지. 코너트 출신이지, 아마Old Miss McGlome always sings at this hour. But not tonight. Songs of her girlhood, she says. Hard to think of her as a girl. Wonderful woman though. Connaught, I fancy"218에 등장하는 코너트는 아일랜드의 코너트 주를 말하며, 『고도를 기다리며』의 럭키의 대사에 등장하는 골웨이Galway와 코네마라Connemara 또한 그 주에 속한다. 크랩의 이웃으로 코너트 주 출신의 여자가 산다고 해서 크랩이 사는 곳이 아일랜드라는 보장은 없다.

젊은 크랩은 방금 옛날에 자신이 녹음했던 테이프를 들었다고 이야기한다. 10-12년 전에 녹음된 테이프를 언급함으로써 크랩의 시간은 20대까지로 확장된다. 비앙카와 동거하던 시절로 기억하지만, 크랩은 비앙카와 헤어진 것에 아쉬움은 없다. 하지만 여전히 그녀의 눈을 기억하고 찬미하고 있다. 하지만 30대의 크랩은 20대의 자신을 "어린 개새끼young whelp"라고 부르며 비웃는다. 특히 20대의 자신이 가졌던 "그리고 그 갈망들!And the aspirations!", "그리고 그 결심들!And

the resolutions!", "특히나, 술을 덜 마시겠다는 것To drink less, in
particular"218을 비웃는다. 몰두해서 듣고 있던 60대의 크랩 또
한 따라 웃으며 동조한다. 20대의 크랩은 성생활에 덜 몰두
하겠다고 다짐하고, 행복을 맹렬히 좇고 있음을 고백하며, 젊
은 날(20대보다 더 젊었던 날)이 지나간 것을 다행으로 여기고 있
다. 젊은 날에 가졌던 대작을 쓰겠다는 간절한 갈망이 30대와
60대의 크랩에게는 조롱의 대상이다. 30대의 크랩은 10-12
년 전 자신이 "대작의 그림자들Shadows of the opus magnum"218을
꿈꾸었던 것을 비웃고 늙은 크랩 또한 이에 합세한다. 30대와
60대의 크랩은 특히 20대의 크랩이 대작에 대한 갈망을 신에
대한 간구로 마무리한 것을 비웃는다. 신에 대한 간구는 30대
의 크랩에게는 "신에게 짖어대며yelp to Providence"218로 비하된
다. 그 30대의 크랩은 모든 비참함에 있어서 남은 것이 무엇
인지를 생각해본다. 아마도 기차역에 서 있던 낡은 초록색 외
투를 입은 여자만이 남아 있을지도 모른다. 거기까지 들은 늙
은 크랩은 스위치를 끄고 어둠 속으로 달려가 술병을 따르더
니 떨리는 소리로 노래를 시작한다.

　③ 두 번째 크랩 대사: 짧은 3줄로 구성된 크랩의 노래는 낮

은 지나고 밤이 온다는 내용이다.

이제 낮은 지나가고,
밤이 가까이 오고 있네,
그림자가 ―.
Now the day is over,
Night is drawing nigh-igh,
Shadows ―.

_219

크랩이 반복해서 부르는 이 노래는 크랩의 생의 마지막이
다가오고 있음을 암시한다. 아무리 젊은 날을 조롱해도, 젊은
크랩은 살아 있었다. 그리고 성공에 대한 야망이 있었다. 늙
은 크랩에게는 시간이 남아 있지 않다. 이제 빛은 사라지고,
어둠만이 곧 남을 것이다. 크랩은 그것에 생각이 미쳐서인지
노래를 부르다 기침을 하고 노래는 중단된다. 크랩은 다시 녹
음기의 스위치를 누른다.

④ 테이프 2: 크랩이 다시 튼 녹음기 속에서 어머니의 죽

음에 대한 진술이 흘러나온다. 지난 늦은 가을 어머니는 운하 위의 집에서 죽어가고 있었다. 하지만 늙은 크랩의 관심을 끄는 것은 어머니의 죽음이 아니라 과부시절을 의미하는 "viduity"[219]라는 단어이다. 어머니는 오랜 과부 시절 끝에 죽어가고 있었던 것이다. 늙은 크랩은 녹음기의 스위치를 끄고 단어의 의미를 확인하고자 사전을 뒤적인다.

⑤ 세 번째 크랩 대사: 사전에서 "viduity"의 의미가 과부 상태라는 것을 확인하고도 크랩은 여전히 사전의 언어 표현 방식과 예문에 흥미를 보인다. 크랩이 노년에 이르렀음에도 작가로서 언어에 민감하게 반응한다는 것을 알게 된다. 한때 그에게 큰 영향을 주었을 어머니의 죽음이라는 사건이 30년이 지난 후에는 정서적 영향력을 상실하고, 낯선 단어의 의미에 그 우선순위가 밀려 있음을 확인할 수 있다. 사전에서 단어의 의미를 확인한 크랩은 다시 테이프를 듣기 시작한다.

⑥ 테이프 3: 세 번째 테이프는 어머니의 죽음과 문학적 비전의 성취, 그리고 너벅선 위에서의 데이트 등 주요내용을 담고 있다. 늙은 크랩은 간간이 녹음기를 멈추고 생각에 잠기거나, 내용이 역겹다는 듯 테이프를 앞으로 돌려서 다시 시작한

다. 특이한 것은 어머니가 사망하는 순간에도, 크랩의 의식은 분산된다는 것이다.

물론 오랜 과부 생활 끝에, 늦은 가을, 어머니가 죽어가고 있던 운하 위의 집 말이야. ⋯ 둑 옆의 벤치에 앉아서 창문을 올려다 보았다. 살을 에는 듯한 바람 속에서, 어머니가 돌아가시기를 바라면서, 거기 앉아 있었지. [휴지]

There is of course the house on the canal where mother lay a-dying, in the late autumn, after her long viduity. ⋯ bench by the weir from where I could see her window. There I sat, in the biting wind, wishing she were gone. [Pause.]

_219

한 인간에게 가장 큰 경험이라고 할 수 있는 순간, 크랩은 "비할 바 없는 가슴을 가진 까무잡잡한 미인One dark young beauty. ⋯ incomparable bosom"219 간호사에 대한 관심과 지나가던 개와의 놀이에 이끌린다. 방문하는 사람이 거의 없는 양로원에서 까무잡잡한 미인은 특히 크랩의 주목을 끈다. 그녀에게 먼저 말을 걸자 간호사는 경찰을 부르겠다며 과잉 대응을 했다고 한다. 어머니가 죽던 날을 복기하던 크랩은 죽어가고 있던 어머니는 잊어버리고 기록을 남기던 중간에 "웃어버린다 Laugh"220. 하지만 그 여성은 크랩에게 어떤 인격체보다는 "눈 eyes", "감람석chrysolite"220과 같은 눈으로 기억된다. 어머니의 죽음이 완성되자 크랩의 관심은 개와의 놀이에 쏠리게 된다.

블라인드, 그렇고 그런 더러운 갈색 롤러 블라인드가 내려갔을 때, 나는 공을 작은 하얀 개에게 던지고 있었지, 받을 테면 받으라 하고. 내가 올려다보니 그렇게 되어 있었어. 다 끝난 거야, 마침내. 나는 공을 손에 쥐고 몇 분간 앉아 있었어, 개는 나를 보고 짖고 발짓을 해대고 있었고. [휴지] 순간들. 어머니의 순간들, 나의 순간들. [휴지] 개의 순간들.

The blind went down, one of those dirty brown roller affairs, throwing a ball for a little white dog as chance would have it. I happened to look up and there it was. All over and done with, at last. I sat on for a few moments with the ball in my hand and the dog yelping and pawing at me. [Pause.] Moments. Her moments, my moments. [Pause.] The dog's moments.

_220

어머니가 죽은 후 달려드는 "작은 하얀 개a little white dog "220 를 보며 젊은 크랩은 "개의 순간들"과 방금 세상을 떠난 "어머니의 순간들" 그리고 자신의 순간들을 병치한다. 크랩에게 어머니의 삶은 그저 "개의 순간들"과 동일 선상에 있다. 어머니의 죽음 또한 절대적인 의미 없이 그저 하나의 사건일 뿐이다. 어머니의 죽음의 상실감을 그는 개와의 교감을 통해서 상쇄하려는지도 모른다. 달려드는 개에게 크랩은 "검은 … 공black … ball"220을 주고 개는 "부드럽게, 부드럽게gently, gently" 그것을 입에 문다. 그 순간의 무게는 "작고, 낡고, 검고, 딱딱하고, 강한 고무공A small, old, blakc, hard, solid rubber ball"220에 축약된다. 크랩은 고무공의 느낌을 "죽는 날까지 손아귀에서 느끼리라I shall feel it, in my hand, until my dying day"220 말한다. 하지만 그는 그 공을 개에게 주어버리고 만다. 결국 어머니가 죽던 날의 느낌은 크랩에게 남아 있지 않은 셈이다. 적어도 늙은 크랩에게는 그러하다.

어머니의 죽음에 대한 기록은 곧 문학적 비전의 성취로 이어진다. 테이프 속의 크랩은 3월의 어느 날, 부두의 끝에 서서 어떤 비전을 얻게 되었다고 토로한다.

3월의 그 잊히지 않는 밤이 되기 전까지는 정신적으로 깊은 우울과 궁핍의 해였지, 부두의 끝에서 울부짖는 바람 속에서, 잊을 수 없지, 내가 갑자기 모든 것을 보게 되었던 그때. 마침내 이 비전을 갖게 된 거지. 내가 생각하고 있는 이것이 오늘 저녁, 내가 녹음하려는 주된 내용이야. 내 할 일이 다 끝나고 기억 속에 남아 있지 않을 날을 대비하여. 뜨뜻하건, 차건 간에 어떤 기적에 대해 … 타오르게 하는 불에 대해. 내가 갑자기 보았던 것은 이것이야, 내 전 생애를 통해서 내가 계속해왔다는 믿음, 즉 …

[크랩은 성급하게 스위치를 끄고, 테이프를 앞으로 돌려서 다시 켠다.]

Spiritually a year of profound gloom and indigence until that memorable night in March, at the end of the jetty, in the howling wind, never to be forgotten, when suddenly I saw the whole thing. The vision at last. This I fancy is what I have chiefly to record this evening, against the day when my work will be done and perhaps no place left in my memory, warm or cold, for the miracle that ⋯ for the fire that set it alight. What I suddenly saw then was this, that the belief I had been going on all my life, namely ⋯ [Krapp switches off impatiently, winds tape forward, switches on again.]

_220

3월의 그날은 바로 밤과 낮의 길이가 같은 춘분 날이었다. 즉 어둠과 빛이 균형을 이루는 날이다. 비전에 대한 묘사는 "묻어두려고 늘 애썼던 어둠이 실은 내 가장the dark I have always struggled to keep under is in reality my most"220에서 중단된다. 젊은 크랩의 비전의 내용은 계속되었겠으나 늙은 크랩이 가장 중요한 순간에 테이프를 앞으로 돌려버린다. 놀슨은 "내 가장my most" 다음에 "소중한precious"220이란 말이 이어지리라 추정하고, 크랩이 꿈꾸는 "대작the opus magnum"218은 바로 어둠이 있기에 가능한 것이라고 해석한다319. 비전의 성취는 베케트 본인이 경험한 것이었다. 베케트에 의하면 장소는 부둣가가 아니라 어머니의 방이었다. 크랩이 중요하게 여기는 어둠이라는 것은 베케트가 스스로 밝혔던 "어리석음, 실패, 무능과 무지 folly and failure, impotence and ignorance"Knowlson 319와 통한다. 그 어둠은 "이해의 빛 그리고 불을 가지고 내가 폭풍우와 밤을 와해시킬 때까지 꺾일 수 없는 유대관계unshatterable association until my dissolution of storm and night with the light of the understanding and the fire"220를 가질 것으로 보인다. 중요한 것은 춘분처럼 어둠과 빛의 균형을 이루는 것이다.

테이프의 중단으로 관객은 그 경험의 전체 그림을 파악할 수 없다. 중요한 비전의 묘사는 결국 테이프 바깥으로 발현되지 못한다. 늙은 크랩은 왜 "욕설curse"을 퍼부으며 테이프를 앞으로 돌려버렸을까? 비전의 성취 이후 30년 동안 작품 활동을 해왔으나 문인으로서 성공하지 못한 늙은 크랩에게 비전의 자랑은 무의미할 뿐 아니라 짜증을 돋우는 것이기도 하다. 늙은 크랩에게 젊은 날의 비전이란 한갓 일장춘몽에 불과한 것이다. 그의 거처는 어둠이 빛을 둘러싸고 있다. 하지만 그는 어떤 문학적 업적도 내놓지 못하고 있다. 크랩은 욕설을 내뱉으며 또 다시 테이프를 앞으로 돌린다.

테이프는 젊은 크랩의 수상 데이트에서 크랩과 여인이 나란히 누워 있는 지점에서 발화된다. 크랩은 앞에서부터 듣기를 원하는지 테이프를 뒤로 돌리고 다시 듣기 시작한다. 수상 데이트는 다분히 서정적이며 여태까지의 냉소적인 기록과는 거리를 둔다. 너벅선을 탄 남녀는 흐르는 물에 몸을 맡긴 채 나란히 눕는다. 사실 수상 데이트는 이별의 데이트이기도 하다. 남자는 "희망도 없고, 계속하는 것이 무의미하다"고 말하고, 여자는 눈을 감은 채 동의한다. 남자는 여자에게 눈을 뜨고 나를 보라고 한다. 태양빛에 눈이 부셔 눈을 제대로 뜨지 못하는 여자를 위해서 남자는 몸을 숙여 그림자를 만들어준다. 남자는 여자의 가슴에 얼굴을 묻고 몸에 손을 얹는다. 배 위의 두 남녀는 움직이지 않는다. 그저 바람이 불고, 태양은 작열하고 누워 있는 그들 아래에서 물은 흔들릴 뿐이다.

하지만 늙은 크랩은 갑자기 녹음기를 중단시킨다. 어둠 속으로 들어가서 술병을 따고 술을 한 잔 들이켠 크랩은 다시 탁자 쪽으로 나와서 열쇠를 찾아 서랍장에서 릴 테이프를 꺼낸다. 69세 생일의 기록을 남기려는 것이다. 그는 목소리를 가다듬고 녹음을 시작한다.

⑦ 네 번째 크랩 대사: 늙은 크랩은 방금 자신이 들었던 30대의 기록을 비하하기 시작한다. 그의 마지막 테이프는 크게

두 부분, 과거를 폄하하는 부분과 현재 자신의 삶을 기록하는 부분으로 나눌 수 있다. 어둠 속으로 들어가 술을 한 잔 마시고 나온 크랩의 비판은 원색적이다.

30년 전에 나 자신이라고 여겼던 바보 같은 상놈 목소리를 듣고 있자니, 내가 그 정도로 나빴다는 게 믿어지지가 않는군. 전부 끝나서 정말 다행이야. [휴지] 그녀의 눈이라고! [생각에 잠긴다, 자신이 침묵하고 있는 것이 녹음되는 것을 깨닫고, 스위치를 끄더니, 생각에 잠긴다. 단호하게] 거기에 있는 모든 것, 이 오래된 소똥 위에 있는 모든 것, 모든 빛과 어둠 그리고 기근 그리고 신나게 먹기 … [망설인다] … 그 세월들! [외치면서] 맙소사! [휴지] 가버리라고 해! 이런! 여자에게서 마음을 떼라고 해! 하나님 맙소사! (정커의 주장에 따라117 이 문맥에서 "homework"를 여자로 번역하기로 한다.)

Just been listening to that stupid bastard I took myself for thirty years ago, hard to believe I was ever as bad as that. Thank God that's all done with anyway. [Pause.] The eyes she had! [Broods, realizes he is recording silence, switches off, broods. Finally.] Everything there, everything on this old muckball, all the light and the

dark and famine and feasting of ··· [hesitates.] ··· the ages! [In
a shout.] Yes! [Pause.] Let that go! Jesus! Take his mind off his
homework! Jesus!   _222

하지만 과거 세월 전체를 부인하며 소리를 질러대던 늙은
크랩은 비난을 멈추고 주춤한다. 그는 잠시 사이를 두고 "[휴
지. 지쳐서] 그래, 그가 옳았을지도 몰라. [휴지] 아마 그가 옳았을
지도 몰라"라며 젊은 크랩을 지지한다222. 30년 전 연애담은
그가 잃어버린 유일한 행복의 가능성일지도 모른다.

69세 크랩은 기록을 위해 현재 자신의 삶을 복기한다. 현재
의 삶은 초라하기 짝이 없다. 올해는 "시큼한 소의 되새김질
이며 딱딱한 대변The sour cud and the iron stool"222일 뿐이다. 그
저 릴 테이프를 뜻하는 "spool"이란 단어를 발음하는 것이 50
만 년 만에 가장 기쁜 순간이다. 단편적으로 묘사되는 그의 삶
에는 어떤 돌파구도 없다. 출판된 책은 단지 17부 팔렸을 뿐이
다. 그것도 11부는 외국의 도서관에 납품된 것이다. 여름이 지
나기 전에 한두 번 외출을 하기는 했으나 백일몽에 잠긴 채 공
원에 벌벌 떨면서 앉아 있었을 뿐이다. 소설 『에피』를 다시 읽

으며 옛날의 그녀와 함께였더라면 행복했을까 궁금해하기도 했다. 뼈만 남은 늙은 창녀 패니와 섹스를 했다. 패니는 "당신 나이에 어떻게 … 유지하세요?How do you manage it, … at your age?" 222라고 묻고 크랩은 "너를 위해서 내 모든 에너지를 비축해두었지I'd been saving up for her all my life"222라고 너스레를 떨었지만 이 관계가 크랩의 삶을 어떤 형태로든 고양시킨다는 증거는 없다. 종교적으로도 마찬가지다. 크랩은 "내가 반바지 입던 어린 시절처럼 저녁 예배를 한 번 갔다Went to Vespers once, like when I was in short trousers"고 기록한다. 이 시점에서 늙은 크랩은 앞에서 불렀던 저녁이 다가온다는 노래를 한 번 더 부른다.

이제 낮은 지나가고,

밤이 가까이 오고 있네,

저녁 … 그림자가 하늘을 슬며시 뒤덮고 있네.

Now the day is over,

Night is drawing nigh-igh

Shadows— … of the evening steal across the sky.

_222

크랩은 자신의 인생의 저녁이 다가오고 있음을 알고 교회를 찾았던 모양이다. 하지만 노래는 기침으로 중단되고, 크랩은 저녁 예배에 가서 "잠이 들어서 의자에서 떨어졌다"고 고백한다. 어디에도 위안은 없다. 녹음을 진행하던 크랩은 "술이나 마저 마시고 잠자리에 들어라. 허튼 소리는 내일 아침에 계속해라. 아니면 그냥 놔두든지"라고 스스로에게 면박을 준다. 크랩이 실내에만 갇혀 있었던 것은 아니다. "크리스마스 이브에는 호랑가시나무를 구하기 위해서 골짜기에 갔으며" "일요일 아침에 안개 속에서 암캐와 크로간에 올라서, 멈춰서 종소리를 들었다." 기록을 계속하던 크랩은 스스로의 삶을 "그 모든 오래된 비참함All that old misery"223이라고 부르며, 비참함이 한 번이 아니라 반복되고 있음을 토로한다. 더 이상 기록할 것이 없다. 문득 크랩은 30년 전 너벅선 테이프에서 여자와 나란히 누웠던 대목의 구절인 "그녀 몸 위에 눕다"를 내뱉는다. 그리고 스스로 녹음기의 스위치를 끄고 테이프를 잡아 뜯어 던져버리고는 다른 테이프를 걸고 자신이 원하는 부분을 찾아 스위치를 올린다.

⑧ 테이프 4: 그것은 바로 조금 전에 들었던 30년 전의 테이

프 속의 너벅선 데이트 에피소드이다. 너벅선에서 두 남녀가 누워서 이별을 이야기하는 장면이 반복된다. 그리고 앞에서는 크랩이 녹음기를 꺼버리는 바람에 듣지 못했던 후반부 이야기까지 흘러나온다. 39세의 크랩은 자정이 지나 지구에 아무도 살지 않는 듯 침묵만 흐르는 가운데 녹음을 하고 있다고 토로한다.

여기서 이 테이프를 마친다. 세 번째 [휴지] 상자, [휴지] 다섯 번째 테이프. [휴지] 아마도 나의 최고의 시절은 지나갔을 것이다. 행복의 가능성이 있던 때 말이다. 하지만 난 그 시절이 돌아오길 원하지 않는다. 불이 내 안에 있는 지금은 아니다. 그래, 난 그 시절이 돌아오길 원하지 않는다.

Here I end this reel. Box-[pause.]-three, spool-[Pause.]-five. [Pause.] Perhaps my best years are gone. When there was a chance of happiness. But I wouldn't want them back. Not with the fire in me now. No, I wouldn't want them back.

_223

테이프는 침묵 속에 돌아가고, 크랩은 꼼짝도 하지 않고 앞만 보고 앉아 있다. 비록 30대 때 남긴 삶의 기록을 비웃었지만 크랩에게 위안은 과거뿐이다. 아무도 곁에 없는 크랩에게, 뼈만 남은 늙은 창녀와의 관계가 유일한 인간관계인 크랩에게 너벅선 데이트는 단 한 번 경험했던 유의미한 관계이며 행복의 가능성이 있던 때인 것이다. 늙은 크랩은 살아 있는 한 그 과거를 포기할 수 없는 것이다.

5) 자전적 요소를 통한 작품 이해

『크랩』은 베케트가 쓴 작품 중에서 가장 자전적인 요소가 많은 작품이라고 할 수 있다. 베케트는 자전적인 요소를 많이 찾을 수 있는 이 작품에 대해서 "늙은 암탉이 막내 병아리를 대하듯이 이 소품에 대해서 암탉 같은 느낌을 갖고, 눈을 반짝이며, 편파적이 되어 발을 벗고 나서게 된다I feel as clucky and beady and one-legged and bare-footed about this little text as an old hen with her last chick"며 강한 애착을 드러낸 바 있다Knowlson 399 재인용. 베케트가 50대 초반에 쓴 이 작품은 자신의 과거와 미래를 동시에 반추하는 작품이라고 할 수 있다. 즉 39세의 크랩은 과

238

거의 베케트의 모습이며 69세의 크랩은 늙은 미래의 베케트의 모습일 수도 있다. 하지만 늙은 크랩이 젊은 크랩의 기록으로부터 거리감을 느끼듯이 베케트 또한 여러 가지 장치를 통해서 자신의 이야기로부터 작품을 유리시키고 있다.

크랩이 양로원 바깥에 나와 어머니의 죽음을 기다리던 경험은 베케트 자신의 경험과 밀접하게 관련을 지닌다O'Brien 195; Junker 111. 파킨슨병으로 고통받던 베케트의 어머니는 1950년 8월 25일, 허버트 스트리트에 위치한 메리온 양로원에서 숨졌다. 메리온 양로원 또한 운하를 내려다보고 있었다. 베케트는 어머니의 병상을 지키다가 답답해지면 대운하를 따라 산책을 하고, 양로원 앞 벤치에 앉아 있곤 했다. 크랩의 경험은 여러모로 베케트의 것과 유사하다. 벤치에 앉아 있던 베케트는 창을 올려다보다가 내려진 블라인드를 보고 어머니가 돌아가신 것을 깨닫게 된다Bair 405. 크랩 또한 그러했다. 하지만 베케트는 어머니의 죽음의 순간을 극화하면서, 아일랜드라는 구체적인 지역적 정보를 배제함으로써 자전적 요소를 희석시킨다. 그뿐만 아니라 어머니의 죽음을 목전에 둔 크랩의 의식을 분산시키고, 엉뚱하게도 간호사와 개의 에피소드를 삽입함으로써 일체의 감상성을 배제한다. 어머니는 이미 프랑스로 떠난 베케트를 아일랜드와 이어주는 유일한 끈이었으며 어머니의 죽음은 베케트와 아일랜드의 관계에 종지부를 찍는 큰 사건이었다. 그 경험을 희화화함으로써 인생의 의미를 무기력하게 만들고 있다.

39세의 크랩이 쟁취했다고 고백하는 문학적 비전 또한 베케트 자신이 경험한 것이다. 크랩은 바람이 휘몰아치는 춘분날 밤, 바다에 돌출된 "돌제"의 끝에 서 있다가 "모든 것을. 마침내 비전을" 쟁취했다고 고백한다. 베케트는 공식 전기 작가 놀슨에게 크랩의 배경이 된 곳은 더블린 시에서 7마일 떨어진 더블린 만의 남쪽에 위치한 둔 리어리 항만이지만 자신이 실제 깨달음을 얻은 곳은 어머니가 살던 집이었다고 토로한다. 베케트는 "전지전능omniscience and omnipotence"Knowlson 686 재인용을 추구하는 제임스 조이스와 달리 자신은 "무능과 무지impotence, ignorance"를 가지고 예술 활동을 하게 되었다고 말한다. 자신의 경험을 극화하면서 베케트는 바다와, 돌제 그리고 울부짖는 바람과 같이 매우 낭만적인 배경을 부여한다. 하지만 이 경험은 늙은 크랩에 의해서 테이프 바깥으로

부분적으로밖에는 발현되지 못하고 곧 터무니없는 이야기로 폄하된다.

평자들은 크랩의 너벅선 연애가 베케트가 과거에 사귀었던 여성들과의 관계에 근거를 둔다고 분석한다. 베어는 이 보트 신이 1929년 여름 독일에서 베케트와 사촌 동생 페기 싱클레어 사이에 있었던 일을 극화한 것으로 보고 있다Bair 86-88. 둘은 발트 호수에서 배를 타며 사랑을 나누었다. 페기는 아름다운 초록빛 눈을 가졌으며 초록색 옷을 자주 입은 것으로 알려져 있다. 초록빛 눈을 가진 페기의 그림자는 20대, 30대, 60대의 크랩에게 수시로 출몰한다. 하지만 페기는 시간적, 공간적인 구체적 맥락이 배제된 채 이미지로만 존재한다. 놀슨은 이 너벅선 연애 장면의 여성이 베케트가 트리니티 대학 신입생 때부터 연모했던 1년 선배 에스나 매카시라고 주장한다Knowlson 398. 이 장면이 육감적인 페기보다는 에스나의 부드러운 이미지에 근접한다는 것이다. 하지만 역시 확인할 수는 없다. 구체적 맥락을 배제함으로써 베케트는 자신의 경험을 유리시킨다.

늙은 크랩에게도 바깥세상이 존재한다. 늙은 크랩의 이야기에는 아일랜드에 대한 구체적 언급도 존재한다. 늙은 크랩은 "일요일 아침에 안개 속에서 암캐와 크로간에 올라서, 멈춰서 종소리를 들었지Be again on Croghan on a Sunday morning, in the haze, with the bitch"223라고 하는데 이 경험은 베케트의 자전적인 경험을 반영한다. 밤에 잠을 못 이룰 때면 베케트는 애견 케리 블루를 데리고 산행을 하면서 교회 종소리를 듣곤 했다Knowlson 399. 하지만 크로간으로의 산책이 늙은 크랩에게 유의미한 것 같지는 않다. 크랩의 말을 빌리면 그의 삶은 "그 모든 오래된 비참함All that old misery"223일 뿐이다. 베케트의 어떤 작품보다도 서정적인 요소를 지닌 이 극은 여러 방식의 거리 두기와 뒤집기를 통해서 원 경험과는 다른 인생의 이면을 보여주고 있다. 결국 이 극은 기억도 경험도 불확실할 뿐 아니라 의미를 신뢰할 수 없다는 것을 보여준다.

2
「유희」*

1) 연보

영어로 1962년에서 1963년 사이에 쓰였고 1963년 6월 14일 독일에서 초연되었다. 영국에서의 초연은 1964년 4월 7일 런던의 올드 빅 극장에서이다. 1966년 「유희」는 〈코미디Comédie〉란 이름으로 불어로 영화화되었고, 2000년 〈베케트를 영화로〉 프로젝트의 일환으로 영어로 영화화되기도 하였다.

2) 배경

도무지 어디인지 알 수 없는 공간이다. 무대 중앙 각광들 사이에서 비치는 스포트라이트를 제외하고는 어둠뿐인 공간

---

* 영어로 원제가 Play, 불어 영화 제목이 Comédie였던 이 극의 제목을 번역하는 것이 참 난감했다. 독어 제목 Spiel은 유희, 게임이란 뜻이다. Play에는 놀이라는 의미와 연극이란 의미가 다 포함되며, 베케트도 그것을 알면서 제목을 지었을 것이다. 번역의 한계를 절감한다. 스포트라이트가 인물들을 비추는 이 극에는 분명 '연극'이라는 기재를 희화화하는 요소가 있다. 하지만 M의 대사 중 "그 모든 것은 그저 … 유희였어(all that was just … play)"(313)라는 말을 참고하여 제목 번역을 '유희'로 하도록 한다.

이다. 무대 위에는 약 90cm 높이의 똑같이 생긴 회색 항아리 3개가 놓여 있고 그 안에는 왼쪽부터 W2, M, W1이 들어가 있다. 항아리 주둥이 위로 남녀의 머리가 올라와 있다. 스포트라이트는 동시에 세 남녀를 비추기도 하고, 스포트라이트가 3개로 분산되어 W2, M, W1를 따로따로 비추기도 한다.

무대가 있고 스포트라이트가 있는 것으로 보아서 이곳이 연극적인 공간인 것은 분명하다. 연극이란 의미를 갖고 있는 영어명 제목인 *Play* 또한 공간의 특성을 시사한다.

하지만 등장인물들이 유골항아리를 연상시키는 단지 속에 들어가 있다는 것과 이미 지상에서의 삶이 끝났다는 것을 암시하는 대사를 통해서 이곳이 사후세계임을 추정할 수 있다. 침묵과 어두움만을 원하는 등장인물들에게 빛을 비추고, 그들에게 말을 하게 만드는 스포트라이트는 '심문관'의 역할을 한다고 할 수 있다.

3) 등장인물

M: W1의 남편이며 W2의 정부. W1과 W2와 같이 유골항아리 속에 갇혀 있다. 얼마나 오랜 세월을 그런 상태로 있었는

지 얼굴이 항아리의 일부처럼 보인다. 경직된 채 앞만 바라보고 있다. 하지만 스포트라이트가 비추면 말을 한다. 그의 이야기는 생전의 삼각관계와 현재 자신의 상태에 대한 상념으로 이루어진다. 과거의 그는 아내인 W1 몰래 W2와의 관계를 지속하다 아내에게 들키게 된다. 아내에게는 청산했다고 거짓말을 하며 W2와 관계를 계속한다. 어느 날 두 여자 사이에 낀 관계가 지겨워지자 행선지를 알리지 않고 사라져버린다. 그 후 사후세계인 이곳에 온 것으로 추정된다. 침묵과 어둠만을 원하지만 스포트라이트가 비추면 말을 해야 하는 부조리한 상황에 환멸을 느낀다.

W1: M의 아내. 남편의 외도를 의심하고 W2를 찾아가 행패를 부린다. 남편이 W2와 헤어졌다는 말을 믿고 W2를 다시 찾아가 승리를 과시하나 어느 날 남편이 사라져버려 버림받은 신세가 된다. W2의 집을 찾아갔으나 문이 닫혀 있고 애쉬와 스노드랜드를 지나던 길에 무슨일이 생겨, 이곳에 오게 된다. 현재는 M과 W2와 같이 유골단지에 갇혀 스포트라이트가 비추면 말을 해야 하는 신세가 된다. 침묵과 어둠만을 원하지만

스포트라이트가 비추면 말을 해야 하는 부조리한 상황에 환멸을 느낀다.

W2: M의 정부. 사랑하지도 않으면서 성적으로 만족을 주는 유부남, M과의 관계를 계속한다. W1의 협박에도 불구하고 남자를 포기하지 못한다. 어느 날 남자의 발길이 끊어지자 그가 자기를 버렸다고 생각하고 그의 물건을 모두 불태워 버린다. 현재는 M과 W1과 같이 유골단지에 갇혀 스포트라이트가 비추면 말을 해야 하는 신세가 된다. 침묵과 어둠만을 원하지만 스포트라이트가 비추면 말을 해야 하는 부조리한 상황에 환멸을 느낀다.

스포트라이트: 무대를 비추는 스포트라이트이기에 연극의 한 부분으로 기능한다. 무대 위에 위치해 있으며 최대한 빨리 이동하며 인물들의 얼굴을 비춰야 한다. 스포트라이트는 M, W1과 2를 취조하는 역할을 한다. 스포트라이트이므로 당연히 의식도 시력도 없다. 스포트라이트가 취조하는 역할을 한다는 것은 빛이 비출 때마다 듣는 이도 없이 보는 이도 없이

의미 없는 말을 이어가야 하는 세 사람의 부조리감을 증폭시킨다.

4) 구성과 플롯

작품의 구조는 베케트 스스로 밝힌 바대로 코러스, 내레이션 그리고 메디테이션의 세 부분으로 나눌 수 있다Esslin, "Infinity" 116. 코러스는 작품의 도입부에 세 명의 등장인물이 동시에 얘기하는 부분을 칭한다. 내레이션은 M과 W1, W2가 번갈아가면서 현세에서의 삼각관계를 회상하는 부분이다. 세 남녀가 얽혀 있는 관계에 대한 각각의 시각을 볼 수 있다. 메디테이션은 M과 W1, W2가 번갈아가면서 스포트라이트에게 취조를 당해야 하는 현재의 상태를 숙고하는 부분이다. 세 명 모두 자신들이 무존재로 돌아갈 수 있는 '어둠 속의 평화만'을 갈망하고 있음이 드러난다.

등장인물들이 옆 사람의 말을 듣지 못하고 각자 자기의 이야기만을 늘어놓는 이 극에서 플롯을 추적하기는 쉽지 않다. 먼저 두 번째 파트인 내레이션에 나타나는 현세의 모습을 살펴보자. 현세는 육체적인 고통은 없으나 정서적으로 질투와 소외, 분노로 가득한 지옥에 비유할 수 있다. 현세에서 인물들은 사랑 없이 섹스를 나누고 사랑하지도 않는 사람의 외도에 질투와 분노를 느낀다. 그러면서 그들은 모두 외로워한다. 부부든 애인이든 서로에 대한 진지한 관심이나 존경은 찾아볼 수 없다. 조롱하고 희화화하는 것이 관계의 주조이다. 차라리 처음 사후세계에 왔을 때 신에게 감사했다는 M의 말처럼 진정성 있는 교류나 마음의 평화, 행복과는 거리가 먼 곳이다.

M, W1, W2는 부부와 연인으로 애정 없는 삼각관계에 휘말려 있다. 남편의 외도를 직감한 W1은 사설탐정을 고용하여 남편의 뒤를 쫓게 한다. 그렇게 남편에게 집착하지만 W1이 M을 깊이 사랑하는 것이나 존중하는 것은 아니다. W1은 남편이 "플라토닉한 면Platonic thing"308을 두려워한다고 단정한다. W2 또한 마찬가지다. 그녀는 M을 "영적인 면spiritual thing"309이 없는 동물적인 사람이라고 단정한다. M은 부인이 고용한 탐정에게 돈을 더 쥐어주며 자신의 외도를 눈감아 달라고 한다. 하지만 W1은 포기하지 않고 W2를 찾아내어 남자를 포기하라고 소동을 벌인다. W1은 W2와 헤어지라며 남자를 다그치지만 M은 일단 자신의 외도를 아내에게 부인한다. W2는

그녀대로 사랑하지도 않는 아내와 왜 사느냐고 남자를 다그친다. W2는 남자가 아마 돈 때문에 아내와 사는 모양이라고 추측한다309. 남편은 관계를 숨기고 정부를 달래며 이중생활을 계속한다.

그러던 어느 날 남자는 아내 앞에 무릎을 꿇고 자신의 간통을 고백한다. W1은 M이 다시 자기에게 돌아왔다고 의기양양해하지만 남편의 고백은 아내를 속이기 위한 수단일 뿐이다. M은 이중생활을 지속하다 어느 날 더 이상 견딜 수 없다며 잠적해버린다. W1과 W2는 각각 남자에게서 버림받았다고 생각한다. W2는 M의 물건들을 불태운다. W1은 몇 주 동안 괴로워하다가 W2를 만나러 운전하러 간다. W1은 애쉬와 스노드랜드Ash and Snodland를 지나다 무슨 일이 있었다고 설명한다311. 문맥상 교통사고가 났을 가능성이 가장 크다. W1은 사고를 당해 사후세계로 오게 된 것으로 추정할 수 있다. M과 W2가 어떻게 사후세계로 오게 되었는지는 밝혀지지 않는다. M, W1, W2의 삼각관계는 애정은 실종되고, 질투만 남은 지리멸렬한 관계이다.

인물들이 죽고 나서 오게 되는 내세는 인물들을 끊임없이 깨어 있게 하고, 끊임없이 과거와 현재에 대해서 말하게 함으로써 극단의 고통으로 몰아넣는 정서적, 육체적, 영적인 지옥과도 비교될 수 있다. 이들은 또한 완전한 소외 상태에 빠져 있다. 내레이션이 정서적 소외를 극화했다면 내세는 육체적 소외, 의식의 소외까지도 보여준다. M, W1, W2는 나란히 붙어 있음에도 불구하고 다른 사람의 존재를 알지 못한다. 육체적·정서적 교류가 없음은 말할 것도 없다.

비록 처음 내세로 왔을 때 세 인물은 고통스런 지상에서의 삶이 끝난 것에 안도를 느꼈으나 점차로 스포트라이트와 맞부딪치면서 절망감에 빠지게 된다. 그들은 인지능력도 없으면서 계속해서 빛을 쏘아대어 그들을 깨어 있게 하는 스포트라이트로 인해 충분히 고통스럽다. 스포트라이트는 그들에게 "지긋지긋한 흐릿한 빛Hellish half-light"312일 뿐이다. 아무리 생각해도 그들은 자신이 처한 상황을 이해할 수 없다. 스포트라이트와의 대결은 끝이 없이 반복된다. 하지만 현세에서의 기억 또한 그들을 괴롭힌다. 전혀 다른 공간에 왔으면서도 인물들은 앵무새처럼 과거의 기억을 반복한다. M은 W1이 W2를 만나서 차를 마시고 친구가 되었을 것이란 상상을 한다314.

W1은 W2가 남자를 데리고 따스한 남쪽나라로 가 둘만의 시간을 즐기고 있으리라는 상상을 한다315. 바로 옆에 다른 두 인물이 있는 것을 알지 못하는 이들의 현세에 대한 집착은 그들이 얼마나 소외되어 있는지를 뚜렷이 부각시킬 뿐이다. 스포트라이트의 대면도, 과거의 기억도 고통스럽기만 한 내세는 의미없이 반복되는 고통스러운 놀이일 뿐이다. 극의 마지막에 가면 똑같은 내용이 한 번 더 반복되고 같은 상황이 끝없이 반복되리라는 것이 암시된다320. 반복의 마지막에 가면 세 인물의 첫 대사가 다시 되풀이되면서 암전된다318. 『고도』와 『유희의 끝』이 순환구조를 보이며 쉽게 끝나지 않을 것을 시사하듯이 이 극에서도 암담한 현실은 쉽게 끝나지 않을 것이다.

5) 작품분석

「유희」는 『고도를 기다리며』와 『유희의 끝』과 같이 끝을 기다리는 극이다. 하지만 상황은 전작들보다 더 비사실주의적이며, 인물은 보다 더 인간의 모습을 상실했다. 『고도를 기다리며』에는 자연의 일부인 시골길이 있었으며 『유희의 끝』에는 인간의 흔적이 남아 있는 창고가 존재했다. 시골길에서 고도를 기다리던 디디와 고고와 달리, 창고에서 종말을 기다리던 햄과 클로브와 달리 세 명의 등장인물, M과 W1과 W2는 어딘지 알 수 없는 공간에서 이유를 알 수 없이 그들에게 불을 비추는 스포트라이트의 작동이 끝나기만을 갈망한다.

「유희」의 상황은 본질적으로 부조리하다. M과 W1 그리고 W2는 아무도 들어주는 이 없는 곳에서 같은 말을 끝없이 되풀이한다. 누군가가 그들을 바라보고 인지하기만 한다면 그들의 존재는 인정된다. 그들은 윌리가 옆에 있는 위니보다도 더 불행하다. 아무리 질문을 던지고 생각해봐도 그들은 자신의 존재를 확인해줄 어느 누구의 시선도 찾을 수 없다. W2는 "의미가 없을 텐데도 의미를 찾는 태양이 비치던 때와 똑같은 실수를 하는 게 틀림없어No doubt I make the same mistake as when it was the sun that shone, of looking for sense where possibly there is none"314 하면서 의미 없는 상황임을 받아들인다. W1은 "내가 언젠가 어쩌다가 마침내 진실을 말한다면 빛이 더 이상 비추지 않을까? 진실 때문에?Someday somehow I may tell the truth at last and then no more light at last, for the truth?"313 아니면 "말이 아니라 얼굴로 뭘

해야 하는 걸까? 울어볼까?Is it something I should do with my face, other than utter? Weep?"314 하고 고민하지만 결론은 자신들이 하는 짓에는 의미가 없다는 것이다. W2는 "누군가 나의 말을 듣고 있나요? 누군가 나를 쳐다보고 있나요? 누군가 나를 상관이나 하고 있나요?Are you listening to me? Is anyone listening to me? Is anyone looking at me? Is anyone bothering about me at all?"314 하고 외친다. 하지만 그녀의 결론은 "아마 내가 정신이 약간 돌았나 보다Am I not perhaps a little unhinged already?"316 하는 것이다. M은 "내가 무엇을 숨겼나요? 내가 당신이 원하는 것을 … 잃어버렸나요?Am I hiding something? Have I lost … the thing you want?"315라고 묻지만 대답은 없다. M은 결국 자신을 쳐다보는 것은 "그저 눈일 뿐. 마음은 없는. 나를 향해 열렸다 다쳤다 하는Mere eye. No mind. Opening and shutting on me"317라고 말하며 자신들의 상황은 "놀이" 혹은 "연극", 즉 "play"일 뿐이라고 결론을 내린다. 그들이 원하는 것은 W1의 말처럼 "침묵과 어두움silence and darkness"316뿐이지 결코 말을 하고 싶지는 않다. 하지만 스포트라이트가 비추면 그들은 말을 하지 않을 수가 없다.

「유희」는 근본적으로 부조리한 상황을 연출하지만 무대 배경과 극의 맥락을 통해 이들이 사후세계에 와 있음을 짐작할 수 있다(2000년에 〈베케트를 영화로〉 프로젝트의 일환으로 만들어진 영화에서는 배경이 지옥으로 설정된다[*]). 연옥은 가톨릭 교리에서 죽은 사람의 영혼이 살아 있는 동안 지은 죄를 씻고 천국으로 가기 위해 일시적으로 머무른다고 믿는 곳이다. 먼저 세 명의 인물이 들어가 있는 항아리는 다분히 유골단지처럼 보인다. 등장인물들이 이미 죽은 상태라는 것은 그들의 외모를 통해서 짐작할 수 있다. 단지 안에 갇힌 인물들의 얼굴은 세월이 너무나 흘러 얼굴이 단지의 일부분처럼 보인다고 명시된다[307].

이 극이 연옥이라면 스포트라이트는 세 인물을 취조한다고 할 수 있다. 하지만 스포트라이트는 의식이 없는 기계에 불과하기 때문에 세 남녀가 어떤 대답을 하든지 상황이 변할 수는 없다. 따라서 스포트라이트는 세 인물의 죄를 사하여줄 수 있는 어떤 능력도 없다. M은 "참회penitence"와 "속죄atonement"를 들먹이며 구원의 가능성을 생각하지만 곧 "그것도 요점은 아닌 것 같아that does not seem to be the point either"[316] 하고 철회한다.

[*] http://en.wikipedia.org/wiki/Play_(play)

인물들의 죄는 사해질 수 없으며 천국은 결코 오지 않을 것이다. 그러니 이 연옥은 근본적으로 부조리한 공간이다.

그 취조하는 역할을 무대 위에 놓인 스포트라이트가 수행하고 있다는 것은 이 극이 단순한 연옥이 아님을 시사한다. 이곳은 그 어느 곳도 아니고 스포트라이트가 속해 있는 극장일 뿐일지도 모른다. 스포트라이트가 비추면 대사를 해야 하는 연극의 기본적인 상황을 극화한 것으로 볼 수 있다. 스포트라이트의 위치는 무대 위 각광들 한가운데이다. 세 인물을 동시에 비출 때는 세 개의 조명을 사용하는 대신 하나의 스포트라이트의 빛이 3개로 갈라져야 한다는 주문이 특이할 뿐 평범한 조명기구일 뿐이다318. 스포트라이트가 비추면 대사를 하는 등장인물들은 연극을 하는 배우의 상황을 보여준다고도 할 수 있다. 하지만 세 인물들은 배우라기보다는 의식 없이 스포트라이트에 의해 원격 조정되는 자동인형에 더 가깝다. 배우라면 자신들이 어떤 작품을 하고 있는지, 대사의 의미는 무엇인지, 관객은 어떤 사람들인지, 자신들의 언행이 어떤 효과를 주는지를 인지하고 있을 것이다. 하지만 M, W1, W2는 자신들의 상황에 대해 제대로 인식하지도, 설명하지도 못한다. 그들은 바로 자기 옆에 누가 있는지도 알지 못하며, 자신들이 왜 말을 해야 하는지, 누구를 위해 말하는지도 알지 못한다.

그들은 또한 자신의 의지와 상관없이 언행을 철저하게 스포트라이트에게 조절당한다. 스포트라이트는 등장인물의 목소리의 높낮이와 내용까지도 조절한다. 빛이 희미할 때면 M, W1, W2는 메디테이션 부분을 말하고, 빛이 강해지면 내레이션 부분을 말할 수밖에 없다. 인물들에게 선택권은 없다. 문장 중간에라도 스포트라이트가 다른 인물에게 옮겨 가면 그들은 대사를 멈출 수밖에 없다. 그들은 또한 스포트라이트에 의해 켜지고 꺼지는 녹음기와도 비교될 수도 있다. 인물들은 스위치가 켜지면 의무적으로 녹음된 소리를 내야 하는, 그 소리 외에 다른 소리를 만들어낼 수 없는 녹음기와도 같은 처지이다. 그런 면에서 볼 때 「유희」의 인물들은 『고도』와 『유희의 끝』, 「크랩의 마지막 테이프」나 『행복한 나날들』의 인물들보다 훨씬 더 인간의 모습을 갖추고 있지 못하다.* 「유희」를 통해서 베케트는 인간이란 무엇인가 하는 존재의 조건을 탐

---

* 「유희」 부분은 필자의 저서 『사무엘 베케트』의 87-92쪽을 참고하였음을 밝힌다.

색한다. 베케트의 후기작으로 갈수록 인간 조건의 탐색과 실험은 더욱 심화된다.

3
「나는 아니야」

1) 연보

1972년 봄에 완성되고 같은 해 11월 뉴욕시의 링컨 센터에서 제시카 탠디Jessica Tandy 주연으로 공연된다. 영국 초연은 다음 해 1월 런던의 로열 코트 극장에서 빌리 화이트로 주연으로 공연된다. 베케트는 「유희」에서 같이 공연을 했던 빌리 화이트로에게 이 작품의 초연을 부탁하고 싶었으나 앨런 슈나이더가 뉴욕에서 먼저 공연하기를 원했기 때문에 제시카 탠디가 첫 테이프를 끊게 된다. 제시카 탠디는 대사를 잊어버릴까봐 극도의 스트레스를 받아 프롬프터를 사용하기도 했다고 한다. 빌리 화이트로 또한 제시카 탠디와 마찬가지로 검정

옷으로 온 몸을 감싸고, 움직이지도 못하게 고정된 채, 높은 단상 위에서 고립되어 연기를 한다는 것이 매우 두려웠다고 토로한다. 이 극은 1977년 4월 BBC 2에 의해서 방송되었는데 이것은 1975년 2월 빌리 화이트로가 연기한 것을 녹화한 것이다. 청자Auditor는 사라지고, 화면에는 입이 움직이는 것만 클로즈업되어 나타난다. 화면을 압도하는 거대한 입술은 여성의 성기를 연상시키기도 하는데, 이런 주장에 대해서 베케트는 반박을 하지 않았다. 2006년 4월에는 BBC 라디오 3에서 베케트 탄생 100주년을 기념해서 줄리엣 스티븐슨Juliet Stevenson 주연으로 라디오 방송 되기도 하였다.*

2) 배경

이 극은 여러모로 「유희」와 유사하다. 어둠 속에 스포트라이트가 비추면 원하지 않아도 말을 해야만 하는 M과 W1, W2처럼 입Mouth 또한 어둠 속에서 하고 싶지 않고 자신이 이해할 수도 없는 말을 끊임없이 반복해서 내뱉고 있다. 무대는 입과

* http://en.wikipedia.org/wiki/Not_I

청자를 비추는 희미한 불빛을 제외하고는 어둡다. 입은 무대에서 8피트 위에 위치한 곳에 자리하고 청자는 관객 왼편, 무대 앞쪽에 4피트 높이 단 위에 서 있다. 이곳이 어디인지를 시사하는 어떤 소품도 없이 무대는 텅 비어 있다.

이곳은 「유희」에서와 같이 사후세계이고, 입은 M, W1, W2처럼 과거의 이야기를 반복하면서, 전생의 죄를 끝이 없이 따라서 무의미하게 대속하고 있는지도 모른다. 또는 이곳은 논리적인 생각도, 과거에 대한 명료한 기억도 담지 못한 입의 정신세계를 보여주고 있는 것일 수도 있다. 입은 희미한 "불빛 ray or beam"378을 여러 차례 언급하는데 그녀의 입을 비추는 조명이 바로 그 빛일 수도 있는 것이다.

3) 인물

입: 어둠 속에서 쉬지 않고 자신의 과거사로 추정되는 이야기를 속사포같이 빠른 속도로 쏟아내고 있다. 말하는 내용은 다음과 같다. 어떤 여자가 태어나기도 전에 아버지에게 버림받고, 미숙아로 태어나자마자 어머니에게도 버림받고 사랑이라곤 받지 못하고 살아오다가 70세가 될 무렵 4월 어떤 끔찍

한 일을 당하게 되고, 어둠 속에 갇혀 자신이 서 있는지 앉아 있는지도 모르지만 소리는 계속 들려오는 상태에 처해 있다는 것이다. 계속해서 그녀의 이야기이지 자신의 이야기가 아니라고 부인한다.

청자: 온 몸을 어두운 색의 두건이 달린 가운으로 감싼 성별을 알 수 없는 사람. 입의 말에 집중하고 있다가 안타까운 연민의 동작으로 팔을 양쪽으로 올렸다가 내려놓는다. 점점 동작이 약해지다가 세 번째 때에는 거의 움직임이 나타나지 않는다. 베케트는 공연에서 자신이 원하는 위치에 청자를 세우기가 힘들다는 것을 깨닫고 1978년 이후 공연에서는 배제한다. 베케트는 튀니지란 나라에서 머리부터 발끝까지 검은 옷을 뒤집어쓰고 대화에 집중하고 있는 어떤 여인을 본 적이 있는데 그녀로부터 청자의 이미지를 가져왔다는 주장이 있다 Knowlson 589.

4) 구성과 플롯

12분 동안 이어지는 입의 이야기는 4개의 '부분movement'으로 구성되는데 부분 1 앞에 나오는 도입부까지 포함하면 5개 부분으로 나뉜다고 할 수 있다. 각 부분은 "뭐라고? … 누구라고? … 아니! … 그 여자라고!What? … who? … no! … she!"377로 마무리된다. 즉 입이 자신을 1인칭으로 부르지 못하고 3인칭으로 고집하는 외침 다음에 새로운 부분이 시작되는 것이다.

내용은 크게 두 개로 나눌 수 있다. 하나는 그녀가 어떻게 태어나서 어떻게 힘들게 살아왔느냐에 대한 단편적인 정보이다. 두 번째는 평생 반벙어리로 살아온 노파의 입에서 말이 터져 나와 주체를 할 수 없다는 것이다. 시제는 과거형이다. 입의 이야기는 관객이나 독자가 파악하기 힘들 정도로 논리성이나 사건의 연결고리가 미흡하다. 독자의 이해를 돕고자 입이 말하는 내용을 상세히 추적해보도록 한다.

도입부는 부모에게 버림받고 사랑도 받지 못하고 살아온 70세가 다 된 노파가 4월의 어느 날 아침에 노란 구륜 앵초 꽃을 찾아 들판을 걷다가 어떤 일을 당하게 되었음을 설명한다. 두세 개의 단어마다 말줄임표가 이어지고 문장도 파편화되어 있어서 화자의 정신 상태가 온전하지 않음을 보여주고 정확하게 어떤 일이 벌어졌는지도 알 수 없다. 말하는 맥락에서 그녀가 그때 사망한 것으로 추정할 수 있다. 부분 1에서는 그 일이 있은 후 어둠 속에 갇히게 되고, 자비로운 하나님을 믿어 왔기 때문에 자신이 지은 죄로 인해서 벌을 받는다고 생각하게 되었다고 토로한다. 하나님에게 벌을 받는다는 말을 바보 같은 소리라고 무시해버렸는데 "윙 소리the buzzing"381가 들려오기 시작한다. 스스로 고장 난 기계같이 느낀다고 토로하다가, 무엇인가를 깨닫게 되었다고 말을 이어간다. 입은 곧 마치 타인이 말을 걸은 것처럼 "뭐라고? 누구라고?"라고 두 번 물은 후 자신이 말하고 있는 이야기의 주인공은 3인칭인 그녀이지 자신이 아니라고 강력하게 부인한다.

두 번째 부분에서는 어디선가 들려오던 윙 소리가 자신의 입에서 나오는 말들인 것을 깨닫게 되었다는 것을 밝힌다. 평생 거의 말을 해본 적이 없던 그녀가 일 년에 한두 번 꼭 겨울에만 폭포수처럼 말을 쏟아내곤 했었던 경험에 대해서 이야기한다. 어떤 때는 사람이 많은 쇼핑센터에서 말이 터져 나온적도 있었다고 한다. 말은 자신의 입에서 나오지만 무슨 내용인지는 전혀 알아들을 수 없다. 하지만 자신의 입과 혀가 움직이는 것으로 보아서 자신의 입에서 나온 말인 것은 분명하다. 뇌에서는 제발 입을 멈추라고 빌고 있지만 입은 멈추지 않는다. 이야기는 갑자기 크로커스 에이커Croker's Acre라고 하는 아일랜드에 있는 실제 지역의 언덕에 앉아 있다가 눈물을 흘린 이야기로 넘어간다. 계속해서 들려오는 윙 소리를 언급하다가 4월의 어느 날 잔디에 얼굴을 묻고 지푸라기를 잡았는데 갑자기 몸은 사라지고 입만 살아서 미친 듯이 움직이고 멈출 수 없게 되었다는 것을 언급한다. 도입부에 언급한 사건이 보다 구체적으로 묘사된 것이다.

세 번째 부분에서는 머릿속에서 나는 윙 소리와 4월의 어느 아침의 경험, 신의 자비와 용서의 문제가 다시 반복되고 어린 시절부터 거의 말을 하지 못해서 법정에 서서 심문당했을 때에도 말을 하지 못했던 경험을 토로한다. 입은 자신이 말하는 내용을 바꾼다면, 자신이 다른 생각을 한다면 혹시 이 현상이 끝나고 평화가 찾아오지 않을까 하는 생각을 하지만 곧 그것과는 상관이 없다는 결론을 내린다.

네 번째 부분에서도 앞에서 나왔던 내용들이 조금씩 변형되면서 반복된다. 평생 반벙어리로 지내온 여자가 갑자기 말하고 싶은 충동이 생겨서 모음 절반은 틀리게 발음하며 말을 쏟아내기 시작했다는 것과 뇌에서는 말을 그쳐달라고 빌지만, 결코 받아들여지지 않는다는 얘기가 반복된다. 다시 한번 4월의 어느 아침에 벌어진 일이 언급되면서 작품은 마무리된다.

5) 작품 분석

베케트는 초연을 담당했던 제시카 탠디에게 이 작품은 "관객의 지성이 아니고 신경을 자극해야 한다"*고 주문했다. 입은 "지성이 없는 그냥 배출의 기관"일 뿐이라는 것이다Bair 665. 작가는 아일랜드에서 시골길을 헤매고 다니는 할머니들을 많이 보았다고 하지만 연출자 슈나이더가 이 작품에 대해서 당혹해하며 질문을 쏟아내자 "나도 그녀가 어디에 있는지 왜 그러는지 모른다. 내가 아는 것은 대본 안에 있는 게 전부다"라고 하면서 현실과의 연결 고리를 일축했다.**

이 작품은 앞에서도 언급한 바와 같이 데카르트의 정신과 육체가 분리되었을 때에 나타날 수 있는 극단적인 상황을 극

* http://en.wikipedia.org/wiki/Not_I 재인용.
** http://en.wikipedia.org/wiki/Not_I

화한 것이다. 입은 자신의 이야기를 하고 있는 것이 분명하지만, 반복적으로 단호하게 자신의 이야기가 아니라 3인칭인 그녀의 이야기라고 주장하고 있다. 입의 이야기 중 몸은 사라지고 입만 남아서 움직인다든지, 제어할 수 없이 말이 쏟아져 나오는 경험이 있었다든지, 계속해서 윙 소리가 들린다든지 하는 정황으로 보아서 분명 이야기의 주체는 화자일 것임에도 불구하고 말이다. 화자는 자신의 기억과 진술로부터 분리되어 있는 것이다. 그녀의 육체는 정신과 분리되어 통제 불가능하다. 아무리 뇌가 멈춰달라고 애걸해도 입은 멈추지 않는다. 화자는 자신이 하는 말의 내용을 단지 "윙 소리"로 파악하고 있다. 즉 이야기는 그 의미를 상실한 채 그저 소리로만 존재할 뿐이다. 존재와 인식, 존재와 기억, 정신과 육체가 분리되어 있을 뿐 아니라 남아 있는 정신은 인식의 기능마저 박탈되어 있다. 이런 상황에서 확실한 것은 없다. 과연 입이 말하고 있는 것이 자신에 관한 것인지도 불확실하며, 내용의 진위 여부도 불확실하다. 관객에게도 입의 이야기는 잘 들리지 않는다. 입이 쉴 틈 없이 쏟아내는 파편화된 정보들은 언어의 정보 전달 기능을 배반한다. 빈번한 말줄임표와 함께, 논리 없는 이야기의 전개는 언어의 기능을 마비시킨다.

이와 같은 분리와 인식 저하와 불확실성은 극단적인 이미지로 극화된다. 「나는 아니야」는 베케트의 작품 중에서 가장 파격적인 시각적 이미지를 선보인다. 초기작부터 베케트의 인물들은 남루한 의상을 입고, 육체적 병에 시달리거나, 휠체어나 쓰레기통, 단지 속에 갇혀 있는 모습을 보여주었다. 『행복한 나날들』이나 「유희」에서는 인물들이 모래더미와 유골 항아리에 갇혀 있어서 몸의 일부만을 볼 수 있었다. 하지만 「나는 아니야」에서 보여주는 이미지는 가히 충격적이다. 입만 남겨두고 배우의 몸은 사라진다. 검은 천으로 감싼 몸은 검은 배경과 어울려 보이지 않고, 조명도 희미하다. 이 작품은 여러 가지 단절을 신체 단절이라는 극단적인 형태로 표현한다. 인간은 사라지고 입만 남아 있다. 입은 기능을 하고 있으나 두뇌는 입이 내뱉는 말을 이해하지 못한다. 따라서 입은 언어전달의 기능을 하지 못하고 단지 말의 배설의 기능만을 할 뿐이다. 입은 자신이 "신에게 버림받은 구멍godforsaken hole"376에서 태어났다고 말하는데 입 자신이 "신에게 버림받은 구멍"의 모습 그 자체인 것이다.

이 작품에서 단테의 『신곡』을 떠올리는 비평가도 있다. 단테의 『신곡』은 베케트가 죽기 전까지 침상에서 읽었던 책이다. 분리되어 있는 신체의 일부, 계속해서 자신의 정체를 숨기려고 하는 것 등이 단테의 작품에 나오는 죄인, 보카Bocca의 이미지와 유사하다는 것이다Elam 153. 단테의 지옥이 연옥을 거쳐서 천국으로 갈 희망을 품은 공간이라면 베케트의 공간은 그렇지 않다. 어떤 회개도, 반성도 입을 현재의 상황에서 벗어나게 할 수는 없다. 자비로운 신은 농담일 뿐이다. 입은 신을 언급할 때마다 가벼운 웃음을 터뜨린다. 어떤 말을 하든, 생각을 하든지 이 상황은 끝나지 않는다. 반복되는 내용은 입의 말하기가 끝없이 계속될 것임을 시사한다. 「나는 아니야」는 여러모로 극단적인 연극이다.

여성이 혼자 등장하는 「나는 아니야」를 페미니즘적 관점에서 분석하는 평자들도 있다. 입은 가부장적 사회에서 변방에 속해 있던 떠돌이였다. 그 여인이 쏟아내는 말은 논리와 이성을 중시하는 남성적 말하기/글쓰기와는 판이하게 다르다. 감정을 섞고 논리를 뛰어넘으며 때로 비명을 지르며 말하는 입의 이야기는 남성중심주의적 사회의 억압에 대한 항거이며 여성적 말하기의 한 예라고 할 수 있다. 권혜경은 이 극이 "신체로부터 해체된 파편화된 몸의 이미지와 기존의 언어 체계에서 벗어난 말과 소리, 웃음 등의 요소로써 침묵과 소외의 상태에 있는 주변화된 한 여성에게 실재적인 현존성과 목소리를 부여"한다고 분석한다권혜경 204. 성별을 불문하고 변방에 있는 인물과 언어의 비논리성과 비언어적 의사전달방식에 주목해왔던 베케트의 전략은 페미니즘과 맞닿아 있다.

4
「자장가」

1) 연보

이 극은 1980년 뉴욕 주립 대학 버펄로 캠퍼스에서 개최된 베케트 탄생 75주년 기념 페스티벌에서의 공연을 위해서 영어로 집필되었으며 초연은 1981년 4월 8일이다. 초연 배우는 「나는 아니야」에서 입 역할을 했던 빌리 화이트로이며 연출은 앨런 슈나이더였다. 이 작품의 리허설 과정과 초연에 대한 다큐멘터리 영화가 만들어지기도 하였다. D.A. 펜베이커D. A. Pennebaker와 크리스 헤게더스Chris Hegedus가 제작한 이 작품은 1982년 런던의 왕립 국립 극장에서 상연되었다.

2) 배경

무대는 어둠에 잠겨 있다. 무대에는 움직일 때마다 반짝이는 발걸이가 달린 흔들의자가 하나 놓여 있을 뿐이다. 흔들의자의 팔걸이는 부드럽게 구부러져 앉아 있는 사람을 감싸 안는 듯하다. 희미한 조명이 의자에 앉은 여인에게 집중되어 있다. 극이 시작되면 조명은 여인의 얼굴에 비춰지고 난 후 의자에까지 확장된다. 극이 진행되면서 조명은 점점 희미해지지만 여인의 얼굴에는 지속적으로 조명이 비친다. 작품의 끝, 의자에 비친 조명은 사라지지만 여인의 얼굴에 빛은 남아 있다. 여인이 고개를 숙이고 조명은 꺼진다.

3) 인물

W: 긴 소매의 목이 높은 검은색 외출복을 입고 흔들의자에

앉아 있는 노파. 백발의 머리는 헝클어져 있고, 표정이 없는 하얀 얼굴에 눈만 커다랗다. 나이보다 늙어 보인다. 극이 점차 진행되면서 눈을 감고 있는 시간이 점점 늘어난다. 흔들의자가 흔들릴 때마다 옷에 붙어 있는 스팽글이 반짝인다. 집중해서 V의 녹음된 목소리를 듣고, 소리가 끊기면 "더 해more"라고 외친다. 극이 진행되면서 흔들의자의 흔들림이 점점 줄어들고 그녀의 목소리도 잦아들며, 눈도 점점 더 감겨 간다.

V: 그녀가 예전에 녹음한 목소리

4) 구성과 플롯

251행, 공연시간 15분의 이 작품은 검은 정장을 차려입고 흔들의자에 앉아서 죽음을 향한 여행을 가는 여성의 이미지를 강렬하게 보여준다. 브레이터는 이 극을 "연극의 형태를 띤 공연 시"Brater, "Light" 345라고 지칭했다. 이 극은 베케트의 희곡 중 가장 시와 유사한 작품이다. 한 줄에 3-4단어로 시의 행을 닮았으며 운율을 지닌다.

이 극은 죽어가는 한 여인이 자신과 어머니의 삶에 대해서 녹음해 놓은 자신의 목소리를 듣는 형태를 하고 있다. W와 V가 그 둘이다. 「자장가」라는 제목의 이 소품은 아이를 재우는 자장가이면서 한 여인이 죽음을 준비하는 노래이기도 하다. 여인은 죽어가면서 V의 자장가에 포함된 회상을 통해 이미 세상을 떠난 어머니와 다시 만난다. 그녀가 듣고 있는 목소리는 자신의 의식의 일부이다. 즉 그녀의 의식세계가 V를 빌려서 세상에 전달되고 있는 것이다. 그녀의 의식 세계에서 여인은 어머니와 만나고, 어머니와 동일시된다. 따라서 V는 어머니가 불러주는 잠의 노래, 죽음의 노래이기도 하다. 아이를 재울 때도 그러하듯이 이 소품은 최면을 거는 것처럼 반복적이다.

이 짧은 극의 내용은 삶을 포기하고 죽음을 받아들이는 과정을 그리고 있다. 극은 한 여인이 "자신과 닮은 존재another like herself"435를 찾아다니기를 포기하고, 블라인드를 내리고 계단을 내려와 흔들의자에 앉아서 스스로가 "그녀의 다른 영혼her own other, own other living soul"441이 되어 가다가, "그것마저 포기하고done with that"442 "삶을 포기하는fuck life"442 과정을 그리고 있다.

이 짧은 극은 여인의 "더 해more"라는 말을 기점으로 4부분으로 나뉠 수 있다. 4부분이 지속되면서 여인은 V의 "그만두었던 때time she stopped", "살아 있는 영혼living soul" 그리고 "그만 멈춰rock her off"라는 말에는 따라하며 반복한다. 여인은 녹음한 목소리가 끝날 때마다 "더 해"라고 말함으로써 죽음과 멈춤을 연기하지만 결국 마지막에 가서는 스스로 계속하기를 포기한다.

첫 번째 부분은 한 여인이 마침내 "자신과 닮은 존재"를 찾으러 여기저기 다니며 사방팔방으로 눈이 뚫어지게 찾던 것을 포기했다고 말하게 되는 날이 왔음을 고백한다.

앞으로 뒤로
뚫어지게 보면서
사방을 보면서
위로 아래로
그녀와 같은 또 다른 사람을 찾아다니던 것을 그만둔 때
time she stopped
going to and fro
all eyes

all sides

high and low

for another like herself

_435

　위와 같은 고백의 대상은 그 누구도 아닌 "자기 자신to
herself"436이다. 이것을 통해서 이 여인의 삶이 극도로 고립되
어 있음을 알 수 있다. 1부분은 51개의 행 중 19개가 반복되
는데 가장 많이 반복되는 단어는 "그만두었던 때"라는 것으로
무려 7번이 반복된다. "그만두었던 때"는 2, 3 부분에서는 4번
마지막에서는 한 번 반복되는데 반복되는 만큼 이 극의 중심
은 "포기"하는 것에 있음을 알 수 있다.

　두 번째 부분은 한 여인이 자신을 닮은 존재를 찾아다니는
것을 포기하고 창문 앞에 조용히 앉아서 블라인드를 올리고
다른 창들을 바라보게 된 것을 묘사한다. 즉 자신과 닮은 존재
를 찾으러 걸어 돌아다니는 대신 창문 앞에 앉아서 올려져 있
는 다른 창문만 만나게 되어도 만족한다는 결정인 것이다. 여
인은 아래와 같이 다른 쪽 창문을 바라보고 앉아 있을 뿐이다.

블라인드를 올리고 앉아서

조용히 창가에서

그저 창가에서

다른 창문들을 마주하고

그저 다른 창문들을 마주하고

let up the blind and sat

quiet at her window

only window

facing other windows

other only windows

_437

이 부분의 마지막은 "다른 살아 있는 한 영혼one other living soul"438인데 여인은 "살아 있는 영혼" 부분을 따라함으로써 강조한다. 즉 그녀가 다른 존재를 찾는 것이 매우 중요한 작업임을 알 수 있다. 물론 그 행위를 통해서 그녀는 다른 존재를 만나지 못한다.

세 번째 부분에서 여인은 창가에 앉아서 "올려져 있는 블라인드for a blind up"439를 찾기로 한다. 여인의 얼굴이 어떻든 눈이 어떻게 생겼든지 간에 그저 블라인드만 올려져 있으면 그것으로 다른 존재가 있는 것으로 간주하기로 한다. 하지만 마지막에 가서는 결국 그 기대와 행위도 멈추게 된다. 그녀가 찾는 것은 아래와 같은 영혼이다.

더도 아닌 블라인드 하나를 올리고

저기 다른 사람

저기 어딘가에

판유리 뒤에

다른 살아 있는 영혼

또 다른 살아 있는 영혼

one blind up no more

another creature there

somewhere there

behind the pane

another living soul

one other living soul   _439

마지막 부분에서 여인은 블라인드를 내리고 가파른 계단을 내려와서 어머니가 앉던 흔들의자에 앉는다. 어머니가 여인이 입고 있는 것과 같은 최고로 멋진 검정 옷을 입고 앉아 있다가 돌아가신 그 의자에 앉는다. 그리고 계단을 내려와 의자에 앉은 존재가 "그녀의 다른 살아 있는 영혼her own other, own other living soul"441이라고 고백한다. 결국 외부에서 자신의 분신을 찾는 것을 포기하고 여인은 스스로가 자신의 분신이 된 것이다. W와 V의 분리, 여인과 의식의 분리가 바로 이와 같은 결정의 결과이다. 하지만 극의 끝에 가면 그런 생각도 집어치우고, 그녀는 "그만 멈춰", "눈을 멈춰라stop her eyes"442, "삶은 꺼져버려fuck life", "눈을 멈춰라", "그만 멈춰rock her off"442라고 읊조린다. 여인은 마지막 "그녀를 데려가라"를 반복해서 따라하고 조명은 꺼지고 극은 끝난다.

5) 작품 분석

「자장가」는 『고도를 기다리며』, 『유희의 끝』 이후 확인되는 끝을 향한 행보, 「크랩의 마지막 테이프」 이후 확인되는 화자와 의식의 분리를 극화한 작품이다. 여인은 V의 자장가를 반복해서 들어왔을 것으로 추정된다. V는 여인의 머릿속을 맴도는 생각이다. V는 분명 여인의 의식 세계를 드러내지만 녹음된 목소리로 표현됨으로써 여인으로부터 시간적으로나 공간적으로 분리되어 있다. V는 여인의 또 다른 자아로 추정된다. 즉 여인이 외부에서 자신과 닮은 자를 찾는 것을 포기하고 스스로가 "또 다른 영혼"이 되기로 결심했던 것의 표현이라고 할 수 있다. 여인은 자신과 의식을 분리시킴으로써 고립으로부터 탈피를 시도한다. 하지만 그것도 잠시 여인은 결국 자신에게 말을 하는 것을 포기한다. 그리고 마지막으로 흔들의자에게 여인을 끝장내어버리라고 말한다. 그리고 그 말을 듣고 있던 여인은 눈을 감는다. V는 끝이 나고 V의 지시와 여인의 행동이 일치하게 된다. 작품의 끝은 분리되어 있던 의식의 주체와 의식이 일치됨을 보여준다. 의식이 묘사하던 여인의 행보와 여인의 모습이 일치하면서 끝난다. 의식과 의식의 주체는 살아 있는 동안 분리되어 있다가 죽어서야 비로소 일치되는 모습을 보인다. 비록 여인의 모습과 V의 내레이션의 마지막이 일치하지만 여인과 V의 관계는 확실한 것은 아니다. 그 의식이 현재 여인의 의식인지를 확인할 수 없다. 과거의 것이라면 언제 형성된 의식인지도 확인할 수 없다. 따라서 「자장가」는 인간의 정체성, 의식의 불확실성을 극화한다. 『고도를 기다리며』 이후 무수히 반복되는 자아와 기억의 불확실성이 이 짧은 극에서도 압축되어 표현된다.

「유희」와 「나는 아니야」가 연옥과도 같은 사후세계를 극화한 것이라면, 「자장가」는 죽음 이후의 세계가 아니라 죽음을 향해가는 과정을 보여준다. 극 안에는 삶에 대한 포기와 의지가 충돌한다. 극은 이생에서 자신과 닮은 또 다른 존재를 찾으려는 시도와 이를 포기해가는 과정을 그리고 있지만 여인이 내뱉는 "더 해"는 포기를 뒤로 미루고, 삶을 연장한다. 또한 여인은 스스로 V의 자장가를 멈추고 사작하기를 조절하는 통제 능력과, 스스로 마지막을 택하는 능력을 보여준다. 「유희」나 「나는 아니야」에서와 같이 목소리가 본인의 통제 바깥에 있는 것이 아니라 이 극은 본인의 의지에 따라 듣고 마는 것을 결정한다.

극의 마지막 부분에서 V는 블라인드를 내리고 계단을 내려가는 이미지를 구현한다. "아래로down"란 말이 반복되고 여인은 서서히 외부 세계로부터 단절되어간다. 여인은 베케트의 많은 인물들이 갈망했던 끝을 성취한다. 디디와 고고와 햄과 클로브도 끝을 갈망했지만 그들의 끝은 또 다른 시작임을 암시했다. 「유희」와 「나는 아니야」는 무한 반복을 암시한다. 반면에 이 극의 여인은 또 다른 자아를 역동적으로 찾다가 점차로 포기하고, 결국 스스로의 삶을 역동적으로 끝내는 능력을 보여준다. 이 극의 여인은 자신의 삶을 통제한다는 점에서 다른 베케트 극의 인물들과 구별된다.

이 극은 또한 어머니의 행보를 여인이 답습하는 것으로 설정하여, 어머니와 딸의 떼려야 뗄 수 없는 관계를 보여준다. 딸은 어머니가 되고 어머니가 앉았던 의자에 앉아서 어머니가 간 길을 간다. 세월의 흐름은 흔들의자의 흔들거림으로 축약된다. 「발소리」에서는 두 여인이 무대에 함께 등장했다면 「자장가」에서는 V 속의 이미지와 더불어 무대 위 여인의 모습에서 어머니와 딸이 중첩된다. 여인이 찾던 또 다른 자아는 어머니이기도 하고, 자기 자신이기도 하다.

이 극은 또한 시각적 이미지와 내레이션이 구축하는 또 다른 이미지와 충돌하면서 긴장을 만들어낸다. 이 극이 구축하는 시각적 이미지는 단순하다. 흔들의자와 그 위에 앉아 있는 검은 옷을 입은 여인이 그것이다. 하지만 내레이션을 통해서 여인의 움직임이 묘사된다. 관객은 내레이션을 들으면서 머릿속에서 이미지를 형상화한다. 무대 위의 이미지와 내레이션 안의 이미지는 충돌하고 중첩되면서 새로운 이미지를 만들어낸다. 이 극은 연극이라고 하는 것이 눈으로 보이는 것과 소리로 듣는 것으로 구성되며, 그 두 개의 정보가 서로 다른 정보를 제공하면서 보다 복합적인 경험을 창조할 수 있음을 확인시킨다.

1
「숨소리」

1) 연보

120자로 구성되고 35초 동안의 공연 시간을 보여주는 「숨소리」은 베케트의 작품 중 가장 짧은 작품으로 기록된다. 이 극은 1969년 케네스 타이런Kenneth Tyran의 「오 캘커터!*Oh! Calcutta!*」공연의 일부로 집필되어 뉴욕 오프 브로드웨이에서 「오 캘커터!」와 함께 초연되었다. 영국에서는 같은 해 10월 글래스고에서 초연되었다. 작품은 1970년 「갬비트*Gambit*」4.16호에 게재되었다Beckett 370.

「숨소리」의 공연은 베케트에게 불쾌한 기억으로 남게 된다. 타이런은 성적인 모티브를 노골적으로 활용하는 「오 캘커터!」에 어울리도록, 베케트의 원작을 변형시켰다. 보다 구체적으로 말하면 쓰레기더미만이 쌓여 있어야 할 무대에 벌거벗은 사람들을 함께 누워 있도록 하였다Bair 602-603. 공연은 이 작품이 성행위를 상징한다는 뉘앙스를 풍겼다.* 그뿐만 아니라 알몸으로 누워 있는 사람들의 사진 옆에 텍스트를 인쇄 배포해 베케트를 더욱 화나게 만들었다. 베케트는 법적으로 어쩔 도리가 없는 미국을 제외한 다른 나라에서의 변형된 공연을 금지시켰다Bair 602-603.

2) 배경과 등장인물

이 극의 배경은 쓰레기가 널려 있는 텅 빈 무대가 전부이다. 쓰레기는 위로 세워져 있지 않고 전부 다 흩어져서 널려져 있다. 극은 시각적인 요소와 청각적인 요소로 구성된다. 시각적으로는 밝기가 3에서 6 사이를 오가는 조명만이 작용할 뿐이

---

* http://en.wikipedia.org/wiki/Breath_(play)

다. 청각적으로는 아이의 탄생을 알리는 울음소리, 그리고 숨을 들이마셨다 내뱉는 소리와 또 한 번의 울음소리와 침묵으로 구성된다. 첫 울음 소리와 함께 인생은 시작되고 숨을 쉬고 내뱉는 것은 짧은 삶의 여정을 나타내며 마지막 울음소리와 침묵은 죽음을 나타낸다.

3) 구성과 작품 분석

이 짧은 무인극은 탄생과 죽음이 맞닿아 있는 짧은 인간의 삶을 극화하고 있다. 베케트는 지인인 존 코블러John Kobler에게 보낸 편지에서 작품에 대해서 다음과 같이 설명한다. 이 극은 "한 사람이 들어와서 운다 / 그것이 인생이다./ 한 사람이 울면서 나간다 / 그것이 죽음이다One enters and cries/And that's life./ One cries and exists/ And that's death"Knowlson 501 재인용라는 말과 연관을 갖는다. 베케트는 "만약 이 극이 자극을 주지 못한다면 나는 잘된 것이라고 인정을 할 것이다"Knowlson 501라고 덧붙인다. 즉 노골적으로 성을 내세우는 공연을 기대한 사람들이 실망을 하게 되는 것이 이 극의 역할이라고 생각한 것이다. 이런 베케트의 의도와 달리 타이런과 그의 동료들이 벌거벗은 사람

들을 무대 위에 눕혔을 때 작가의 분노가 얼마나 컸을지는 짐
작할 수 있다.

2
「독백 한마디」

1) 연보

1977년 10월에서 1979년 4월 사이에 집필된 「독백 한마디」
는 두 가지 요청에 대한 베케트의 응답이라고 할 수 있다. 먼
저 요청한 사람은 배우 데이비드 워릴로였다. 1977년 베케트
의 소설 「잃어버린 자들The Lost Ones」의 무대 공연을 성공리에
마친 워릴로는 베케트에게 "죽음에 관한 극"을 써달라고 요청
하였다. 베케트는 "내 탄생은 죽음이었소. 하지만 내가 그 오
래된 열매를 두고 40분을 메꿀 수 있을지 모르겠소. 그게 지
금 가능할 것 같지 않소"라고 응답한다. 하지만 다음 날 그는
책상에 앉아서 "내 탄생은 죽음이었다"라는 말로 작품을 시작

한다. 중도에 포기했던 베케트는 1978년 마틴 에슬린이 「케년 리뷰*Kenyon Review*」에 실을 작품을 부탁하자, 이 작품으로 다시 돌아가 되살려낸다.* 워릴로와 에슬린 두 사람의 요청에 대한 응답으로 「독백 한마디」는 탄생하였다Lyons 169. 영어로 쓰인 작품의 초연은 1979년 12월 14일 데이비드 워릴로 주연으로 뉴욕에서 이루어졌다. 원제목이 "사라졌다Gone"였던 이 극은 죽음에 대한 깊은 상념을 다루고 있다.

2) 배경

이 극은 침대와 램프, 해골 크기의 지구본 등 최소한의 소품을 배치함으로써 인간이 살고 있는 방이라는 맥락을 제공한다. 유일한 등장인물인 노인은 무대 앞쪽 관객의 좌측에 서 있고 그가 서 있는 곳에서 좌측으로 2미터 떨어진 곳에 같은 높이의 램프와 약하게 불이 켜져 있는 해골 크기의 지구본이 서 있다. 맨 오른쪽에는 하얀 다리를 가진 침대가 놓여 있다.

조명은 희미하고 분산되어 내려쪼이고, 점점 더 어두워진

---

* http://en.wikipedia.org/wiki/A_Piece_of_Monologue

다. 대사를 마치기 30초 전 램프는 꺼지기 시작하고, 결국 완전히 꺼져버린다. 침묵 속에서 막은 내리게 된다.

3) 인물

등장인물은 백발 머리에 하얀 나이트가운을 입고 하얀 양말을 신은 노인이다. 그는 화자Speaker라고 불린다. 무대 앞쪽 관객 좌측에 서 있는 화자는 공연 내내 미동도 하지 않는다. 따라서 연극의 정보는 화자의 내레이션에 집중되어 있다. 그는 삼인칭을 사용해서 내레이션을 이어가지만, 그것은 자신의 이야기일 것이 분명하다. 화자는 아버지가 불을 켜는 방법을 자신에게 가르쳐 주었던 것을 회고한다. 곧 가족사진이 걸려 있던 텅 빈 벽을 묘사하다가 가족들의 장례식 장면을 묘사한다.

아버지가 불을 켜는 방법을 가르쳐 주는 내용은 다분히 자전적이다. 베케트의 부친은 베케트에게 엉덩이에 성냥을 비벼서 불을 켜는 법을 가르쳐 주었다고 한다. 낡은 기름 램프를 켜는 여러 방법 또한 어린 시절의 추억에서부터 온 것이다 Knowlson 572. 이야기 속 인물은 "낙엽송 뒤로 해가 질 무렵. 새로 난 가시잎이 초록으로 변하는Sun long sunk behind the larches. New needles turning green"425 때 태어났다고 하는데 이 또한 자전적이다. 베케트의 어머니가 말해준 탄생 무렵의 이야기와 같다Knowlson 572. (베케트는 초고에서 인물의 나이를 계산할 때 집필 시 자신의 나이인 25,550새벽이라고 적었다고 한다.*)

4) 구성과 플롯

이 극은 "탄생이 죽음"이었던 남자의 과거와 현재에 대한 이야기이다. 독자의 이해를 돕기 위해서 구체적으로 어떤 일이 묘사되고 언급되는지를 쫓아가 보도록 한다. 도입부에 화자는 자신의 "탄생이 죽음"이었음을 인정하며 삶에 대해서 이야기하기 시작한다. 그 사람은 이제 노인이 되었다. 한때 가족이 있었던 그는 모든 가족을 잃고 텅 비어 있는 어두운 방에서 램프에 불붙이기를 실시하고, 사라진 가족사진에 대해 반추하며, 가족들의 장례식에 대해서 회고하고, 어두운 방의 상태에 대해서 묘사한다.

* http://en.wikipedia.org/wiki/A_Piece_of_Monologue

그의 일생은 25억 초였으며, 삼만 번의 밤으로 이루어졌다. 이 시간은 각각 79년과 82년을 가리키지만 대충 80년에 근접한다. 죽음은 그의 어린 시절부터 그에게 다가왔다. 그의 삶은 "장례식에서 장례식으로From funeral to funeral"425 이어지는 것이었다고 정의된다. 화자는 그 남자가 어린 시절부터 엄마와 유모가 안아서 옮길 때 "귀신같이 웃었다Ghastly grinning ever since"425고 말한다.

이야기는 3개의 에피소드로 구성된다고 할 수 있다. 시제는 과거와 현재가 혼재되어 있다. 첫 번째는 어두운 방에서 램프에 불을 붙이는 과정이다. 두 번째는 텅 비어 있는 벽에 한때 붙어 있던 가족사진에 대한 반추다. 세 번째는 가족들의 장례식에 대한 회고다. 회고는 모두 3인칭으로 전개되며 화자는 사진과 장례식이 사랑했던 가족들과 관련되어 있다는 것을 단호하게 거부한다. 「나는 아니야」에서 화자가 "나"란 말을 거부하고 "그녀"를 고집했듯이 이 극의 화자는 "사랑했던 사람들loved ones"이란 단어를 단호하게 거부한다. 하지만 "사랑했던 사람들"을 반복해서 부인할수록 그가 기억하고, 언급하는 것은 "사랑했던 사람들"이란 것이 더욱 확연히 부각된다.

이 이야기들이 죽음과도 같은 현재 그의 삶의 모습과 그가 거주하는 어두운 방에 대한 반추 사이에 자리 잡고 있다.

탄생이 곧 죽음이었다는 성찰이 지나가면, 화자는 저녁 무렵의 어두운 방과 어두워진 바깥을 묘사한다. 방 안에는 어디서 들어왔는지 모르는 희미한 불빛이 비친다. 하지만 남자는 꺼져 있는 램프에 불을 붙이기 위해 다가간다. 남자는 아버지가 가르쳐 준 대로 성냥을 자신의 엉덩이에다 비벼 켜서 지구본과 남포의 등피chimney에도 불을 붙인다. 램프의 심지에 불이 붙자 그는 심지를 낮추고 동쪽을 쳐다본다. 램프에 불을 켜는 것은 밤마다 거행하는 제의와도 같은 것이다.

그다음에는 텅 빈 벽에 대한 묘사가 이어진다. 화자가 묘사하는 사람은 화자처럼 나이트가운과 양말을 신은 상태다. 동일한 의상은 화자와 내레이션 안의 남자가 동일인임을, 즉 화자가 자신에 대해서 이야기하고 있음을 추정하게 한다. 한때 사진들이 잔뜩 걸려 있었던 벽은 이제 흔적만 남아 있을 뿐이다. 화자는 또 다시 벽에 걸려 있던 사진들이 "사랑했던 사람들"의 사진이 아니라고 부인한다. 액자도 없이 압정으로 꽂혀 있던 사진들은 세월과 함께 하나둘 씩 뜯겨져 나가고 벽에는 압정만이 남아 있을 뿐이다. 아버지와 어머니의 사진이 있던 곳도 이제는 회색빛 빈 공간이 되었다. 아버지, 어머니와 함께 세 식구가 찍은 사진도 이제는 사라지고 회색빛 점으로 남아 있다. 작품의 원제였던 "사라졌다Gone"라는 단어가 반복해서 등장한다. 사진은 뜯겨서 산산조각이 나서 침대 밑으로 떨어져 먼지와 거미와 함께 구른다.

화자는 아무것도 움직이지 않는, 아무 소리도 들리지 않는 방을 묘사하기 시작한다. 한때 그 방에는 소리가 가득했었다. 하지만 세월과 함께 소리의 빈도수와 크기는 점점 작아졌다. 심지를 줄였음에도 램프에서는 연기가 나오고, 방의 불빛은 말로 표현할 수 없을 만큼 희미하다. 모든 것이 희미하게 보일 뿐이다. 희미한 빛을 나타내는 하얀색 옷을 입고 그는 동쪽을 향해 벽을 보고 서 있다. 언제나 똑같은 첫마디 "탄생 birth"427을 내뱉으며 밤마다 똑같은 일이 벌어진다. 밖은 이미 해가 지고 어둡다. 어두운 창밖에는 빛이라고는 존재하지 않는다. 달도 별도 없는 어두운 밤뿐이다. 실내에서는 희미하게 새어나오는 빛 속에서 두 손이 나타났다 사라진다. 몸체로부터 분리된 손의 묘사는 인물이 파편화된 상태임을 상징한다고 할 수 있다. 그 외에는 지구본, 등피와 램프 그리고 놋쇠 침대에서 반사되는 희미한 빛이 보일 뿐이다.

그 어두운 방에서 방과 인물과 장례식과 죽음에 대한 파편화된 묘사와 회상과 성찰이 얽히면서 반복된다. 방은 완전히 어둡다. 창문도 사라지고 손들도 사라지고, 빛도 사라졌다. 어둠 속에서 회색빛이 비치고 빗소리가 들리면서 장례식에 대한 묘사가 이어진다. 장례식은 아마도 "사랑했던 사람들"의 것으로 추정된다. 우산이 묘지를 둘러싸고 있는 것이 위에서 보인다. 이어지는 관 덮개들이 보이고 아래에는 검은 도랑이 보인다. 장례식에 대한 회상은 고작 30초 만에 끝난다. 화자가 여태까지 묘사해왔던 그 사람의 상태와 방의 상태에 대한 묘사가 다시 한 번 이어진다. 하얀색 가운을 입고 어둠 속에서 창밖을 내다보고 있는 자기 자신에 대한 묘사가 반복된다. 입을 벌리고 혀를 내밀고 첫 단어를 내뱉는다. 그 첫 단어는 "탄생"이라는 말이다. 장례식에 대한 회상이 두 번에 걸쳐서 파편처럼 삽입된다. 장례식의 주인공이 여자라는 것은 장례식에 대한 세 번째 묘사 부분에서야 밝혀진다.

어두운 방 안의 부지깽이, 사람의 손, 램프와 놋쇠에서 나오는 빛, 어둠 속의 창백한 지구본에 대한 묘사가 이어진다. 하염없이 바깥을 내다보는 그 사람에 대한 묘사가 이어진다. 결국 그 사람이 관심을 갖는 것은 둘도 아니고 하나뿐이다. 그하나는 "죽은 자들과 사라진 자들The dead and gone"429, "죽어가는 것과 사라져가는 것들The dying and the going"429뿐이다. 말로 표현할 수 없을 만큼 어두운 방 안에 지구본 하나 남아 있더니 그것마저 사라진다. 결국 그 사람의 관심은 탄생보다는 "죽음"이었음이 드러난다.

5) 작품 분석

이 극은 극도로 정적인 극이다. 정적인 이미지는 고착되어 있지만 그 이미지에 대한 해석을 제공하는 산문시와 더불어 의미가 창출된다. 마틴 에슬린은 베케트의 후기작을 "정체의 극"으로, 가장 나중에 집필된 극들은 "시각적으로 고착된 시"라고 규정하였는데Hale 114 재인용 이는 「독백 한마디」를 잘 설명하고 있다. 흑백의 정적인 이미지와 과거와 현재, 안과 밖을 넘나들며 의식의 흐름을 좇아가는 정교하게 꾸며진 텍스트는 상호 보완하면서 "탄생이 죽음"이었던 한 남자의 삶과 의식세계를 보여준다.

이 작품의 또 다른 특징은 화자로부터 분열된 "한 사람의 의식 세계가 작동하는 것"Hale 114을 보여준다는 것이다. 「나는 아니야」와 마찬가지로 이 극은 자신의 이야기를 자신의 것이라 하지 못하는 분열된 자아의 모습을 극화한다. 「나는 아니야」의 화자가 자신의 이야기를 하면서도 계속해서 자신의 이야기임을 부인하는 것처럼 이 작품의 화자 또한 자신에 관한 이야기임이 분명한데도 3인칭을 사용한다. 3인칭을 사용함으로써 이 극의 화자는 과거의 기억과 현재의 상황에 대한 인식으로부터 스스로를 분리시킨다.

하지만 이 극은 「나는 아니야」나 「크랩의 마지막 테이프」, 「자장가」 등 의식의 분리를 드러낸 다른 작품들과 몇 가지 차이점을 보인다. 우선 이 극은 녹음된 목소리를 통해 분리된 자아를 설정하지 않고도 분리된 화자의 정신세계를 담담하게 표출한다. 그리고 화자는 육체와 정신의 분열을 담담하게 받아들인다. 「나는 아니야」의 화자는 뚜렷하게 육체와 정신세계가 분리되어 있고, 분리는 화자에게 고통으로 다가온다. 「나는 아니야」의 화자는 자신의 육체를 제어할 수 없다는 것

때문에 고통스러워하기도 한다. 화자는 또한 자신의 이야기가 아니고 "그녀의" 이야기임을 강하게 강조하는 반면 「독백한마디」의 화자는 자신의 과거와 현재에 대한 반감도 없이 그저 담담하게 자신의 의식 세계에 남아 있는 과거와 현재에 대한 의식의 파편을 삼인칭을 사용해서 털어놓을 뿐이다. 라이언스는 「독백 한마디」의 화자의 단조로운 목소리가 화자의 현 상황과 묘사되고 있는 사건 간에 정서적인 거리가 있음을 반영하고 있다고 지적한다Lyons 176.

자신의 이야기를 "그의" 이야기로 풀어가는 것으로 보아 인지적 거리 또한 있음이 분명하다. 자아가 분리된 화자가 자신이 하는 이야기의 내용을 얼마나 인지하고 있는지는 미지수이다. 그리고 그가 자신의 주변을 얼마나 인지하고 있는지도 불확실하다. 어두운 방과 어두운 방 밖이라는 시각적 이미지는 화자의 인지 능력의 저하를 상징한다고 볼 수 있다.

작품의 도입부에 나타나는 불 켜기는 바로 화자의 정신세계의 불을 붙이는 것과 같다. 방 안에 불을 켬으로써 과거의 추억이 담긴 방 안을 응시하고, 그 방에 대해서 이야기할 수 있게 되는 것이다. 이 극은 현재 상황에 대한 인식을 다루고 있으면서 동시에 기억에 대한 것이기도 하다. 화자가 보여주는 의식의 세계는 과거와 현재의 혼합이다.

그가 기억하는 과거는 극히 제한적인 정보만을 보유하고 있다. 벽에 붙어 있던 사진들이 세월이 감에 따라 뜯겨 나가고 찢어져 바닥에 흩어졌으나 왜 어떤 상황에서 그렇게 되었는지에 대한 정보는 제공되지 않는다. 한때 "그들 모두 이름을 댈 수 있었지Could once name them all"426만, 이제 사진은 사라지고 "잊혀졌다Forgotten"426. 기억은 세부적인 정보는 사라지고 큰 틀만이 남아 있을 뿐이다. 화자는 기억을 되살리려고 노력하는 것 같지도 않다. 화자는 의식 속에 남아 있는 기억의 파편과 단어들을 반복해서 사용하면서 죽을 때까지의 시간을 메꾸는 것일지도 모른다Lyons 176. 장례식에 대한 정보 또한 마찬가지이다. 언제 누가 죽었는지 등 기본적인 정보는 사라지고 비가 내리는 가운데, 어떤 남자가 추도사로 추정되는 말을 했다는 것만이 전달될 뿐이다. 죽은 사람이 여자라는 것은 두 번째 장례식 묘사에서 "그의 길"을 "그녀의 길Her way"429로 정정함으로써 추정할 수 있을 뿐이다. 또한 장례식에 대한 첫 번째 회상 이후, 장례식에 대한 묘사는 창문과 램프, 침대, 그리고 어두운 바깥 등에 대한 묘사와 뒤엉켜서 전개된다. 화자의 의식 세계에서 과거와 현재는 구분 없이 혼재한다. 그리고 과거와 현재에 대한 그의 기억과 인식의 정확성은 확인할 수 없다.

이 극은 삶과 죽음에 대한 성찰을 다루고 있다. 화자는 탄생이 죽음이었다고 단언한다. 그의 탄생이 죽음과 등가를 이루는 것은 그의 삶 자체가 박탈되어 있었기 때문이다. 현재는 어둠과 "아무것도 없음nothing"으로만 묘사된다. "거기에는 아무것도 없지. 아무것도 움직이지 않지. 어디에서도 아무것도 움직이지 않지. 어디에도 아무것도 보이지 않지. 어디서도 아무것도 들리지 않지. 한때 방에는 소리가 가득했었지. 희미한 소리들. 어디서 온 것인지는 모르지. 시간이 지날수록 소리는 점점 없어지고 작아졌지Nothing there either. Nothing stirring there either. Nothing stirring anywhere. Nothing to be seen anywhere. Nothing to be heard anywhere. Room full of sounds. Faint Sounds. Whence unknown. Fewer and fainter as time wore on"426는 화자의 세계가, 내레이션 속 남자의 세계가 얼마나 박탈되어 있는지를 드러낸다. 한때 있었던 사진들과 소리들은 사라져버렸다. 이 어둠과 "아무것도 없음"에 대한 숙고는 반복되는 일상이다. 화자는 "밤마다 똑같다Night after night the same"427고 말한다. 해가 질 무렵에 일어나서 불을 붙이고 창밖을 내다보며 상념에 잠기는 것은 혼자 남은 그가 수년간 반복해온 일이다. 언제 이 박탈이 시작되었을까? 한때 있었던 사랑했던 사람들을 잃고, 그들을 사랑했던 사람들이라고 부르지 못하면서 그의 고립은 시작되었다고 할 수 있다. 하지만 그는 사랑했던 사람들에 대한 집착을 거둘 수 없다. 이름은 잊었지만 그는 그들의 사진 자리를 되짚어 보고 상실을 확인한다. 상실의 확인은 "탄생이 죽음"이었다는 명제로 이어진다. 즉 죽음은 고독과 박탈과 맞닿아 있다. '죽음 같은 삶'을 그리고 있는 이 극은 아이러니컬하게도 삶을 위한 조건을 보여준다. 즉 그가 부인하는 사랑했던 사람들의 존재가 그것이다.

내레이션의 끝은 죽음이 다가오고 있음을 보여준다. 죽음과 어둠의 이미지가 반복된다. 백발이 성성한 화자도, 80년 가까이 산 이야기 속의 남자도 죽음에 근접해 있다. 화자는 "다른 일들을 다루려고Trying to treat of other matters"429 하지만 결국 "두 개는 절대 안 된다Never two matters"429. 결국 다루게 되는 하나는 "죽어가는 것과 사라져가는 것들the dying and the going" 429이라고 토로한다. 결국 탄생과 죽음은 하나로 합쳐져 죽음이 되어버린다. 죽음과 어둠이 승리하면서 극은 끝이 난다.

정치극인가?

1
「파국」

1) 연보

베케트의 작품 중 드물게 정치적인 메시지를 내세우는 「파국」은 1982년 국제 예술가 보호 연맹(AIDA)의 요청으로 체코의 양심수 극작가인 바츨라프 하벨Václav Havel을 위해 불어로 집필된다. 1982년 7월 아비뇽 페스티벌에서 초연되었지만, 베케트는 TV를 통해 주인공Protagonist의 어깨가 무릎까지 구부려져 있는 공연영상을 보고 "대실패massacred"라고 평한 바 있다 Knowlson 598. 작가 자신은 공연이 실패였다고 생각했을지 모르지만, 아비뇽 페스티벌에 베케트의 작품이 상연되었다는 것만으로도 큰 반향을 불러일으켰다. 특히 수감 중이던 하벨은 큰 감동을 받았다. 1983년 출옥 후 하벨은 베케트에게 편지를 보낸다. 하벨은 문화가 단절되었던 체코에서 베케트의 『고도를 기다리며』를 읽고 얼마나 큰 감동을 받았으며, 아비뇽 페스티벌에서 베케트가 자신을 위해 집필한 「파국」이 공연되었다는 것을 듣고 얼마나 큰 위로를 받았는지를 토로한다. 하벨은 『실수*The Mistake*』라는 희곡을 써서 베케트에게 헌정하기도 하는데 하벨과의 교류가 베케트에게 큰 감동과 기쁨을 주었던 것은 자명하다.

이 극은 영어로 번역되어 1983년 6월 뉴욕에서 슈나이더의 연출로 「오하이오 즉흥극」과 「무엇을 어디서」와 함께 공연된다.

2) 배경

무대는 텅 비어 있다. 무대 중앙에는 주인공이 서 있게 되는 18인치 높이의 검은색 받침 블록과 관객 좌측으로 "감독 Director"이 앉게 되는 안락의자가 있을 뿐이다. 안락의자와 검은색 받침돌은 감독과 주인공의 처지를 상징한다. 독재자인 감독은 앉을 권리가 있다. 하지만 감독에게 철저하게 종속되어 있는 주인공은 감독의 주문에 따라 움직이는 살아 있는 조각상 신세가 되어 단 위에 서 있게 된다. 마지막 리허설 과정을 위해 조명이 세팅된 상태이다.

3) 인물

무대에 등장하는 등장인물로는 감독과 여자 보조원famale assistant, 그리고 주인공이 있으며 무대 밖에서 목소리만 들리는 조명담당 루크Luke가 있다. 감독은 털 코트에 털모자를 쓰고 있는데 나이와 외모는 중요하지 않다고 명시된다. 감독은 철두철미한 독재자이며, 주인공의 안녕에는 추호의 관심도 없다. 그저 철저하게 인권이 박탈된 비참한 종속의 상태를 보여주는 것에만 몰두한다. 감독은 자신이 "정당 집회caucus"458에 참여해야 한다고 밝힘으로써 정치 집단과 관련이 있음을 암시한다. 여성 보조원은 하얀색 작업복을 입고, 모자는 쓰고 있지 않으며 연필을 귀에 꽂고 있으며 역시 나이와 외모는 중요하지 않다고 명시된다. 여성 보조원은 감독의 지시를 충실하게 따르기는 하지만 헐벗고 있는 주인공이 몸을 떨고 있다는 것을 지적함으로써 감독과 차별화한다. 주인공은 맨발에 발목까지 내려오는 검은색 가운을 입고 있으며 검은색 챙이 넓은 모자를 쓰고 손은 주머니에 넣고, 머리는 숙인 채 서 있다. 가운이 극 중간에 벗겨지면서 낡은 회색 잠옷만 입게 되지만 그 옷마저도 단추가 풀어지고 바지를 올림으로써 맨살을 들어내게 된다.

4) 플롯과 작품 분석

극은 주인공의 자세와 의상을 어떻게 교정할 것인지에 대해 감독이 주문하고 보조원이 이것을 따르는 과정으로 이루어져 있다. 극은 보조원이 감독에게 주인공의 모습이 마음에 드느냐고 묻는 것으로 시작된다. "그저 그래So so"457라고 응답한 감독은 보조원에게 주인공의 의상과 몸 상태에 대해서 구체적인 질문을 던진다. 보조원은 모자를 씌운 것은 얼굴을 가리기 위해서이며 가운을 입힌 것은 온 몸을 검은색으로 덮기 위한 것이었다고 대답한다. 주인공의 머리통은 털갈이한 것처럼 털이 듬성듬성 남아 있을 뿐이고 머리카락색은 잿빛이라고 묘사된다. 손은 섬유종으로 인해 퇴행되어 주인공은 결국 장애인이라는 것이 감독과 보조원 사이의 문답을 통해서 드러난다. 극의 삼분의 일 지점, 감독은 주인공의 가운과 모자를 벗긴다. 보조원은 2회에 걸쳐서 주인공이 추워서 떨고 있음을 지적하지만 감독은 아랑곳하지 않는다. 감독의 관심은 자신의 비전을 구현해야 하는 것에 있다. 그는 주인공의 머리통을 더 하얗게 만들어야 하고 손도 더 하얗게 만들어야 한다고 주문한다. 보조원은 감독의 지시사항을 받아 적기 바쁘다. 삼분의 이 지점에 감독이 무대 바깥으로 나가서 돌아오지 않지만 무대 밖에서 주인공의 상태에 대해서 주문을 계속하기 때문에 무대에 있거나 퇴장하거나가 극의 의미에 큰 영향을 주지 않는다. 무대 밖으로 나간 감독은 주인공의 머리를 수그리게 하라고 주문하고 이어서 옷을 벗기라고 지시한다. 목을 드러내고 바지를 올리고 살을 하얗게 만들라는 것이다. 보조원은 받아 적고, 주인공은 그저 순응할 뿐이다. 감독은 만족한 듯 조명담당 루크를 불러 무대 전체를 암전시키고 주인공의 수그러진 머리에만 조명을 비추라고 지시한다. 만족한 감독은 "우리의 파국이 여기 있네. 확실하군There's our catastrophe. In the bag"460 하면서 마지막으로 한 번만 더 리허설을 하겠다고 밝힌다.

이때 극의 반전이 온다. 감독과 보조원의 지시에 순응하던 주인공이 감독의 지시를 어기고 고개를 들어서 관객을 응시하는 마지막 순간이 그것이다. 감독은 주인공의 머리를 들게 하는 것이 어떠냐는 보조원의 제안을 일언지하에 묵살한 바 있다. 하지만 모든 것이 감독의 뜻대로 이뤄졌다고 믿게 되는 마지막 순간, 관객의 박수 소리가 들리는 가운데 주인공은 수그렸던 고개를 들어 관객을 응시하고, 일순 박수 소리는 사라지게 된다. 순종하던 시민의 모습을 환영하던 관객들은 저항의 모습에 박수를 멈춘다.

5) 파국의 의미

이 극의 제목인 "파국"은 감독에 의해서 한 번 언급된다. 파국은 그리스 시대 아리스토텔레스의 『시학』에서 비극의 마지막에 나타나는 "운명의 전환"이란 의미로 사용되었다. 비극의 경우 운명의 전환은 부정적인 것이기에, 결국 주인공이 몰락하면서 겪게 되는 고통스러운 마지막을 지칭하는 말로 사용되었다. 이 극에서는 "파국"이 여러 가지 의미로 사용된다고 볼 수 있다. 감독은 주인공을 최대한 고통스럽고 수치스럽게 만듦으로써 한 인간의 '파국'을 보여주려고 시도한다. 하지만 마지막 순간 주인공의 반란으로 감독의 공연은 그야말로 '파국'을 맞게 된다. 감독이 원했던 관람석의 박수는 사라지고, 긴 침묵만이 흐른다. 마침내 조명은 꺼진다. 감독의 예술은 파국을 맞았지만, 한 인간의 꺼지지 않는 정신은 일순간 빛난다. 공연이 끝난 후, 주인공의 삶에서 어떤 '파국'이 일어났을지를 짐작해볼 수도 있다. 공연이 끝난 후 감독의 지시에 따르지 않은 배우, 독재자의 지시를 거역한 인민에게 어떤 응징이 다가올 것인지를 가늠함으로써 또 다른 파국을 생각해볼 수 있다.

짧은 이 극을 통해서 작가는 전제주의 체제하에서 인권을 박탈하고 국민을 물화시키는 독재적 지도자와 그에 순응하는 하급 간부, 그리고 고통당하는 민중의 모습을 극화하였다. 물론 정치적인 은유가 있는 것이 분명하지만 정치성을 배제하고 보다 넓은 맥락에서 보자면, 이 극은 강압적인 리더십은 결코 어느 순간에 무너질지 모른다는 것을 보여준다. 예술 분야,

연극 작업에서의 리더십 또한 마찬가지이다. 예술의 완성도를 위해서라도 감독과 배우를 비롯한 모든 참여자의 목소리가 수용되는 환경을 구축하는 것이 바람직한 것이다. 정치건예술이건 간에 겉으로는 완벽한 순종의 표면을 가지고 있을지 모르지만 표면 아래에는 저항의 물길이 흐르고 있으며, 언제 표면을 뚫고 노출될지 모르는 것이다. 비록 그것이 독재적감독의 비전에 길들여진 관객을 놀라게 하고, 박수를 멈추게할지라도 말이다.

2
「무엇을 어디서」

1) 연보

이 극은 1983년 오스트리아 그라츠Graz에서 열리는 가을 축제에 초대작으로 공연되기 위하여 집필되었다. 몇 달의 산고끝에 불어로 탄생한 이 작품은 1983년 미국에서 영어로 번역되어 슈나이더의 연출로 「파국」, 「오하이오 즉흥극」과 함께 초연되었다Knowlson 601-04. 1986년에는 독일에서 독일어로 번역되어 텔레비전극으로 방송되었다. 공연에 만족하지 못했던 베케트가 적극적으로 참여한 텔레비전극에서는 등장인물의 등퇴장을 공중에 떠 있는 얼굴에 조명을 비추었다 껐다 하는 것으로 대신하였다. 1986년 프랑스에서 「무엇을 어디서 II」란 제목으로 수정되어 공연되었다. 1988년에는 미국 샌프란시스코에서 텔레비전극으로도 만들어져 〈구멍으로 보는 예술: 텔레비전으로 보는 베케트*Peephole Art: Beckett for Television*〉란 제목으로 출시되었다.*

2) 배경

이 작품의 배경은 텅 빈 무대 우측에 희미하게 조명이 들어오는 3m×2m 넓이의 직사각형의 "연기 공간playing area"뿐이다. 연기 공간의 바깥은 온통 어둠이며, 무대 앞쪽 좌측에는 역시 어둠에 둘러싸인 마이크 V가 놓여 있다. "연기 공간"

---

* http://en.wikipedia.org/wiki/What_Where

은 문자 그대로 연기가 진행되는 공간이면서 V의 명령에 의해서 존폐가 결정된다는 점에서 상징적 의미를 지닌다. 물론 이 공간은 독단적인 연출가가 관장하는 연극 무대를 패러디하는 것일 수도 있다. 하지만 공간과 인물의 존폐를 좌우하는 V의 의지에 주목한다면, 유일하게 불이 켜져 있는 "연기 공간"은 V의 의식의 세계, 즉 "회상"이나 "상상"의 공간일 수도 있다 Gontarski, "Revision" 121. 다시 말하면 V는 의식의 주체이며 V의 의식 세계가 "연기 공간"일 수도 있다는 것이다.

3) 인물

등장인물은 뱀Bam, 뱀Bem, 봄Bom, 빔Bim과 뱀의 목소리인 V이다. 지문은 등장인물은 "가능한 한 유사하게 보여야 하며 Players as alike as possible"469 "똑같은 긴 회색 가운과 긴 회색 머리카락Same long grey gown. Same long grey hair"469을 지니고 있어야 한다고 명시하고 있다. 목소리는 사람 머리 높이에 있는 작은 메가폰에서 나온다.

가장 권위를 지닌 인물은 뱀의 목소리인 V이다. V는 「유희」의 스포트라이트와 마찬가지로 연극의 진행을 주관한다. V는 뱀, 벰, 봄, 빔의 존재를 관장한다고 해도 과언이 아니다. V는 조명을 주관해서 등장인물을 시야에서 보이거나 사라지게 하며, 액션의 시작과 중단을 명한다. 즉 뱀이 심문을 시작하도록 명령하고 마음에 들지 않으면 중단하는 권리를 지닌다. 또한 내레이터로서 이 극의 시간적 맥락, 즉 계절이 봄에서 겨울로 지나가고 있음을 고지한다. 어떤 인물이 무대에 등장해서 심문을 받게 되는지도 미리 고지한다.

V는 또한 등장인물들과 이들이 살고 있는 세상에 대한 최소한의 정보를 제공한다. V의 "우리가 마지막으로 남은 5명We are the last five"470이라는 주장을 통해서 우리는 이들이 알 수 없는 재난의 생존자임을 추정할 수 있다. 하지만 실제로 등장하는 인물은 4명뿐이다. 나타나지 않는 1명은 아마도 무대 바깥에서 봄에게 심문과 고문을 당하는 인물일 것으로 추정된다. 하지만 V의 정보는 극히 제한된다. V는 작품의 끝, 조명을 끄기 전에 "할 수 있으면 의미를 찾아봐Make sense who may"476라면서 이 극의 모호함을 강조한다.

그 외의 인물들 중 뱀은 V를 제외하고는 가장 큰 권한을 지닌 인물이다. 뱀은 V의 분신이라고 할 수 있다. 뱀은 처음부터

끝까지 무대 위에 등장하며, 봄, 빔, 뱀이 무대 바깥에서 고문을 제대로 수행하고 있는지를 확인하기 위해 그들을 심문하는 역할을 수행한다.

봄, 빔, 뱀은 구별이 불가능한 인물들이다. 이들은 각각 봄, 빔, 뱀의 순으로 무대에 등장해서 뱀에게 함께 심문당한다. 심문의 내용은 미리 퇴장한 이름을 알 수 없는 인물과 봄, 빔을 제대로 고문해서 "무엇을, 어디서"에 대해서 정보를 알아냈는지에 대한 것이다. 그들은 결국 뱀에게서 제대로 업무를 수행하지 못했다고 판정을 받고 마지막 남았던 빔까지도 고문당하기 위해 끌려가는 것으로 작품은 끝난다.

4) 구성과 플롯

작품은 V의 내레이션을 기점으로 해서 구분해볼 수 있다. 도입부는 내레이션과 4명의 인물의 마임으로 구성된다.

두 번째 부분은 지금은 봄(계절)이라는 V의 내레이션과 등장인물 봄의 등장으로 시작된다. 뱀은 봄이 제대로 임무를 수행했는지 심문하고 봄이 누군지를 모르는 제5의 인물로부터 확보한 정보에 대해서 고백할 때까지 일을 해야 한다고 판결을 내린다. 빔은 "무엇을"에 대한 봄의 고백을 끌어내야 하는 임무를 맡게 되고, 봄은 조사를 받기 위해서 빔의 뒤를 따라 나간다.

세 번째 부분은 여름이라는 V의 내레이션과 빔의 등장으로 구성된다. 뱀은 빔이 정보를 제대로 확보했는지 심문하고, 뱀은 빔이 "어디서"에 대한 정보를 알아내었음에도 모른다고 거짓을 말하고 있다고 판단한다. 뱀이 등장하자 뱀은 빔을 끌고 나가 고문해서 "어디서"에 대한 정보를 확보하라고 명령한다. 빔은 조사를 받기 위해서 뱀의 뒤를 따라 나간다.

네 번째 부분은 가을이라는 V의 내레이션과 뱀의 등장으로 구성된다. 뱀은 빔이 "어디서"에 대해서 자백하지 않았다고 하지만, 뱀은 뱀의 말이 거짓이라고 판단하고 뱀을 추궁하기 위해서 끌고 나간다.

다섯 번째 부분은 자신은 혼자 남았으며 겨울이 되었고 시간이 흘렀다는 V의 내레이션으로 구성된다. 조명을 끈다는 V의 말과 함께 조명은 꺼지고 극은 끝나게 된다.

5) 작품 분석

  베케트의 공식 전기 학자 놀슨은 이 극이 여러 음악가의 작품에서 모티브를 받아서 쓰였다고 주장한다. 베케트는 슈베르트의 〈겨울 나그네〉를 무척이나 좋아했었는데 성악가 디트리히 피셔 디스카우Dietrich Fischer-Dieskau가 독창하고, 피아니스트 제럴드 무어Gerald Moore가 연주한 음반을 특히 좋아했다. 그 가곡집의 가사는 봄에서 겨울로 가는 계절의 흐름을 언급하고 있으며, 이 계절의 흐름이 「무엇을 어디서」에 나타난 사계의 틀을 제공했다고 주장한다.

  평자들은 이 극의 정치적인 측면에 관심을 가졌다. 연출을 맡았던 슈나이더는 베케트에게 쓴 편지에서 이 작품이 「파국」 바로 다음에 쓰였다는 것 때문에 사람들이 문자 그대로 정치적인 차원에서만 이 작품을 해석하려는 것 같다며 지나친 정치적 해석을 경계한다. 분명 이 극에 나타난 압제자가 만들어내는 억압적인 분위기, "무엇"과 "어디"에 대한 정보를 캐내기 위한 폭력적 방법의 사용, 피조사자가 보이는 압도된 듯한 태도는 다분히 정치적인 메시지를 지닌다고 할 수 있다. 하지만 이 극은 단순한 정치극을 넘어서는 풍요로운 상징들을 지니고 있다.

이 극은 베케트의 초기극에서부터 반복되어 나타나는 인간의 의식과 기억의 문제를 다루고 있다. 베케트 스스로 이 극이 기억과 관련이 있음을 인정한다. 베케트는 "연기 공간"은 "실험적인 기억의 영역"Gontarski, "Revision" 120-121이라고 부르며 "모든 것이 오래전에 일어났다"Brater, *Minimalism* 162고 말한다. 즉 모든 것은 먼 과거로부터 기억되는 것이며, 뱀의 목소리인 V와 뱀을 포함한 다른 인물들은 차별화되어야 한다는 것이다Gontarski, "Revision" 120-121. 이 극이 기억을 다루고 있음은 독일에서 상영된 텔레비전극에서 분명히 드러난다. 텔레비전극에서는 기억을 영상화하기 위해서 V는 나이 먹은 뱀의 거대한 얼굴로 대체되고 어둡게 처리된다. 가운을 입었던 실제 인물들 대신에 공중에 떠 있는 얼굴의 이미지들이 등장한다. 젊은 뱀의 모습은 늙은 뱀과 차별화되기 위해서 밝은 조명으로 처리된다Fehsenfeld, "Everything" 234. 상황은 실제 취조하는 것이 아니라 다분히 기억 속에서 벌어지는 강박과 집착, "이야기를 해야만 하는 끈질긴 필요성"Brater, *Minimalism* 159을 드러내는 뱀의 정신세계를 보여준다.

작가는 「무엇을 어디서」가 토마스 무어Thomas Moore의 시 「다른 날들의 빛The Light of Other Days」에서 영향을 받았음을 인정하면서 이 극이 지나간 과거, 지나가버린 사람들에 대한 극임을 밝힌다. 「다른 날들의 빛」은 "슬픈 기억은 나를 감쌌던 다른 날들의 빛을 가져온다Sad Memory brings the light / Of other days around me"Knowlson 602는 구절을 포함하고 있다. 이 작품을 집필할 무렵, 베케트의 동료들이 하나둘 씩 세상을 떠나고 있었다. 베케트는 종종 동료들은 사라진 세계에서 혼자 남아 있는 쓸쓸함을 토로하였다Knowlson 601. 「무엇을 어디서」는 현실에서는 사라져버렸을지 모르지만 의식에는 남아 있는 마지막 존재들에 대한 회상이며, 상상이다. 뱀, 벰, 빔, 봄이 굳이 개별적인 존재일 필요는 없다. 외모가 구별이 되지 않는 그들은 뱀의 분신들일 수 있으며, 그들이 만들어내는 폭압적인 분위기는 자기 스스로 내적인 세계에서 만들어내는 것일 수도 있다. 이 극은 녹음된 목소리를 사용했다는 점에서 「크랩의 마지막 테이프」와 「자장가」와 유사하다. 이 두 극에서 녹음된 목소리는 등장인물의 또 다른 자아였다. 뱀 등이 V의 또 다른 자아를 나타낸다면, 이 극은 베케트 극에서 자주 볼 수 있는

자아 분열과 회상의 문제를 시각적으로 극화한 극이라고 할
수 있다.

작품의 마지막 "할 수 있으면 의미를 찾아봐Make sense who
may"476라는 V의 말처럼 이 작품은 제공되는 정보보다는 제공
되지 않은 정보가 더 많다. 뱀의 "무엇이"와 "어디서"에 대한
집착에도 불구하고 우리는 "무엇이"에 대해서도, "어디서"에
대해서도 결코 알지 못한다. 따라서 이들이 "어디서" "무엇"에
대해서 말하고 행동하고 있는지를 알지 못한다. 이 극은 정치
적인 어젠다를 가지고 유희하면서 동시에 그 내용을 철저하
게 배제함으로써 내용보다는 회상과 자아의 양식을 보여주는
극이라고 할 수 있다.

베케트 연보

1906 4월 13일 아일랜드 폭스록크에서 윌리엄과 메리 베케트 사이의 둘째 아들로 출생.

1920 미스 아이다 얼스너 아카데미, 얼스포트 학교를 거쳐 포토라 왕립 기숙학교에 입학.

1923 더블린의 트리니티 대학 입학. 불어와 이탈리아어를 전공.

1926 처음으로 프랑스 방문, 한 달간 자전거 여행.

1928 북아일랜드 벨파스트의 캠벌 대학에서 불어와 영어 강의.
      10월, 파리의 고등사범학교에서 2년간의 교환 교수 생활 시작. 전임자인 토마스 맥그리비의 소개로 제임스 조이스를 만남.

1929 첫 번째 단편 소설 「가정」과 첫 번째 비평, 「단테… 브루노 . 비코… 조이스」를 잡지, 〈변천〉 6월호에 개재.

1930 시 「호로스코프」를 파리에서 출판.
      9월, 더블린에 돌아가 트리니티 대학의 불어 강사로 취임.

1931 2월 19-21일, 코르네유Corneille의 『르 시드Le Cid』를 패러디한 희곡, 「르 키드Le Kid」를 동료 강사인 조지 펠러슨Georges Pelerson과 공동 집필, 상연.
      유일한 본격 비평서, 『프루스트』 출판.
      12월, 트리니티 대학에서 석사 학위 취득. 강사 사표 제출.

1932	6개월간의 유럽 여행 후 더블린으로 돌아옴. 여행의 추억을 단서로 첫 소설, 『예쁘거나 중간 정도의 여자들에 대한 꿈』 집필 시작.
1933	6월, 부친 사망. 베케트에게 연간 200파운드의 연금 상속.
1934	1월, 런던으로 이주. 부친 사망 후의 우울증 치료를 위해 정신과 상담. 5월, 단편집 『발길질을 하느니 찔러버려라』 출판.
1935	11월, 시집 『메아리의 유골과 다른 침전물들』 출판. 여름, 소설 『머피』 집필 시작.
1937	닥터 사무엘 존슨Dr. Samuel Johnson과 트레일 부인Mrs. Thrale 간의 로망스를 다룬 희곡, 『인간의 소망들Human Wishes』 집필 시작. 10월의 마지막 주, 파리에 영주시작. 12월, 루틀리지 출판사와 『머피』 계약.
1938	1월 7일, 파리 거리에서 어떤 포주에게 심장 위를 칼로 찔림. 입원 중 훗날 아내가 된 피아니스트, 쉬잔 데슈보-뒤메닐과 만나게 됨.
1939	9월 3일, 영국, 독일에게 선전 포고하며 2차 세계대전 참여. 프랑스, 독일에게 함락됨.
1940	레지스탕스 운동에 가담.
1942	비밀 결사 조직이 게슈타포에게 발각됨. 쉬잔과 함께 프랑스 남부로 피신. 마지막 영어 소설, 『와트』 집필 시작.
1945	레지스탕스 운동에 참여한 공로로 '전쟁의 십자가' 메달과 '레지스탕스 메달' 받음. 『와트』 완성.
1946	가장 창조력이 왕성한 시기가 시작됨. 불어로 작품 활동 시작. 7월과 12월 사이, 불어로 쓴 첫 소설, 『메르시에와 카미에』 집필. 8월과 겨울 사이, 『중편 소설들』 집필.

1947 『머피』의 불어판 출판. 희곡 『엘루세리아』와 소설 『몰로이』 완성.

1948 소설 『말론 죽다』 완성.

1949 1월, 희곡 『고도를 기다리며』 완성.

1950 1월, 소설 『이름을 붙일 수 없는 것』 완성.

8월 25일, 어머니 메리 베케트 사망.

1951 3월, 『몰로이』, 10월, 『말론 죽다』를 파리에서 출판.

1952 10월, 『고도를 기다리며』 출판.

1953 1월 5일, 바빌론 극장에서 로제 블랭 연출로 『고도를 기다리며』 세계 초연.

8월, 『와트』 출판.

1954 『고도를 기다리며』(영어판) 뉴욕에서 출판.

형, 프랭크 사망.

1955 3월, 『몰로이』(영어판) 파리에서 출판.

여름, 희곡 『유희의 끝』의 불어 첫판 완성.

8월 3일, 런던에서 『고도를 기다리며』(영어판) 세계 초연.

11월, 소설 『아무것도 아닌 것을 위한 소설과 텍스트들Nouvelles et Textes pour rien』 파리에서 출판.

1956 마이애미에서 앨런 슈나이더 연출로 『고도를 기다리며』의 미국 초연. 뉴욕에서도 공연.

뉴욕에서 『말론 죽다』(영어판) 출판.

6월, 『유희의 끝』 완결.

1957 1월 13일, 라디오 극 「쓰러지는 모든 것」이 BBC 제3방송을 통해 방송됨.

4월 3일, 런던의 로열 코트 극장에서 『유희의 끝』과 「무언극 I」 초연. 연출, 로제 블랭.

런던에서 『쓰러지는 모든 것』 출판됨.

5월-8월, 『유희의 끝』 영어로 번역.

1958   2월, 「크랩의 마지막 테이프」 집필 시작.

뉴욕의 체리 레인 극장에서 『유희의 끝』의 영어판 초연.

10월 28일, 런던의 에버그린 리뷰에서 「크랩의 마지막 테이프」 초연.

뉴욕에서 『유희의 끝』와 『이름을 붙일 수 없는 것』(영어판) 출판.

1959   6월, 더블린의 트리니티 대학에서 명예 박사학위 받음.

6월 24일, 라디오 극 「타다남은 장작」 BBC 제3방송에서 방송.

라디오 극 「타다남은 장작」으로 '프릭스 이탈리아Prix Italia'를 수상.

1960   1월, 뉴욕 프로빈스타운 극장에서 「크랩의 마지막 테이프」 미국 초연.

1961   3월, 동거해온 쉬잔과 결혼.

파리에서 소설 『그것이 어떻다고』 출판.

9월 17일, 뉴욕의 체리 레인 극장에서 『행복한 나날들』의 세계 초연. 연출, 앨런 슈나이더.

뉴욕에서 위의 작품 출판.

국제 출판인상 수상.

12월, 최초의 불어 라디오 극 「카스캉도」 집필.

1962   7월, 희곡, 「유희」 집필 시작.

11월 13일, 라디오 극 「말과 음악」 BBC 제3방송을 통해서 방송.

1963   6월 14일, 「유희」(독일어판), 독일에서 세계 초연. 연출, 데릭 멘델Deryk Mendel.

베케트, 독일어 공연에 깊이 관여. 이후로는 자신의 작품 공연에 긴밀하게 관여하기 시작함.

10월 13일, 「카스칸도」 프랑스, ORTF를 통해 방송. 연출, 로제 블랭.

1964   체리 레인 극장에서 「유희」의 최초의 영어 공연.

여름, 앨런 슈나이더 감독과 영화, 「필름」을 찍기 위해 처음이자 마지막으로 미국 방문.

10월 6일, 「카스칸도」(영어판)가 BBC 제3방송을 통해서 방송.

1965   최초의 텔레비전극, 「에이 조」 집필.

1966   1월, 「왔다 갔다」(독일어판)의 베를린 공연. 연출, 데릭 멘델.

7월 4일, 「에이 조」, BBC를 통해 방송. 앨런 깁슨과 사무엘 베케트 공동 연출.

1968   「왔다 갔다」(영어판)를 더블린의 피코크 극장에서 초연.

1969   10월 23일, 노벨상 수상. 수상을 거부하지는 않았으나 스톡홀름에 가지는 않고 튀니지에서 기자들을 만남.

실러 극장에서 「크랩의 마지막 테이프」(독일어판) 연출.

소설 『없이Lessness』를 불어로 쓴 후 영어로 번역.

산울림극단이 『고도를 기다리며』 대한민국 초연. 연출, 임영웅.

1970   10월, 눈 수술(2번째 눈 수술은 1971년 2월).

「크랩의 마지막 테이프」를 불어로 연출. 「무언극 1과 2」를 연출.

『사무엘 베케트 작품집』 뉴욕에서 출판.

1972   산문, 『잃어버린 자들』 뉴욕에서 출판.

11월 22일, 뉴욕 링컨 센터의 포럼극장에서 「나는 아니야」의 세계 초연.

1973 1월, 「나는 아니야」의 런던 공연. 「나는 아니야」 불어로 번역.

「나는 아니야」와 소설 『첫사랑First Love』, 작품집 『숨결과 다른 짧은 글들Breath and Other Shorts』 런던에서 출판.

1974 『메르시에와 카미에』(영어판)와 작품집 『첫사랑과 다른 짧은 글들First Love and Other Shorts』 뉴욕에서 출간.

1975 『고도를 기다리며』(독일어판)를 실러 극장에서 공연, 베케트 연출. 「나는 아니야」(불어판)를 파리, 프티오르세Petit d'Orsay에서 공연, 베케트 연출.

1976 로열 코트 극장에서 베케트의 70회 생일 기념 공연. 「그때」, 「발소리」의 초연. 「발소리」는 베케트가 연출. 「라디오를 위한 초고」 BBC 제3방송을 통해서 방송. 산문집 「혓소리Fizzles」와 작품집 「잡동사니Ends and Odds」 뉴욕에서 출판.

1977 4월 17일, 텔레비전극 「유령 트리오」와 「… 하지만 구름들 …」을 BBC 방송을 통해서 방송. 연출, 도널드 맥휘니.

런던에서 『영어와 불어로 된 시 모음집Collected Poems in English and French』 출판.

1979 12월 14일, 「독백 한마디」, 뉴욕의 라마마 극장에서 공연.

1981 베케트의 75회 생일 기념으로 4월 8일, 뉴욕 주립 대학 버팔로 캠퍼스에서 개최된 사무엘 베케트 페스티벌에서 「자장가」 세계 초연.

5월 9일, 역시 생일 기념으로 미국 오하이오 주 베케트 심포지엄에서 「오하이오 즉흥극」 초연.

10월 8일, 텔레비전극 「쿼드」를 본인 연출로 독일의 SDR에서 방송.

1982 7월 21일, 아비뇽 페스티벌에서 「파국」 세계 초연.

「오하이오 즉흥극」, 「파국」과 「무엇을 어디서」 뉴욕에서 공연, 출판.

| 1983 | 5월 19일, 텔레비전극, 「낮과 밤」을 본인 연출로 SDR을 통해 방송. 「무엇을 어디서」 세계 초연. |

1983   5월 19일, 텔레비전극, 「낮과 밤」을 본인 연출로 SDR을 통해 방송. 「무엇을 어디서」 세계 초연.

1984   『사무엘 베케트의 짧은 극 모음』, 런던에서 출판.

1989   7월, 아내 쉬잔 별세.

12월 22일, 사무엘 베케트 별세. 몽파르나스 묘지에 안장.

1996   제임스 놀슨이 쓴 베케트의 공식 전기 『명성이란 저주: 사무엘 베케트의 생애』가 출판됨.

2000   〈베케트를 영화로〉 프로젝트의 일환으로 『고도를 기다리며』를 비롯한 베케트의 작품 19개가 영화로 만들어짐.

2006   전 세계적으로 탄생 100주년 기념 학술대회, 연극 공연, 페스티벌 개최.

2009   더블린에 리피 강을 지나는 신축 다리를 사무엘 베케트 다리로 명명함.

참고문헌

김소임, 『사무엘 베케트: 고뇌와 실험의 현장』, 서울: 건국대출판부, 1995.

_____, "사무엘 베케트: 아일랜드를 떠난 아일랜드인," 『아일랜드, 아일랜드: 아일랜드로 가는 연극 여행』, 서울: 이화여대출판부, 2009. 261-305.

_____, "*Krapp's Last Tape*, 베케트 그리고 아일랜드," 『현대영미드라마』 21.1(2008): 5-30.

김혜란, 『사무엘 베케트 극 연구』, 서울: 한국학술정보, 2007.

권혜경, 『침묵과 소리의 극작가: 사무엘 베케트』, 서울: 도서출판동인, 2004.

에슬린, 마틴, 『부조리극』, 김미혜 옮김, 서울: 한길사, 2005.

이근삼, 『연극 개론』, 서울: 범서출판사, 1980.

조명원, 『베케트 텍스트의 이해』, 서울: 한국문학사, 2012.

카뮈, 알베르, 『시지프의 신화』, 이가림 옮김, 서울: 문예출판사, 1993.

쿠츠, 스티브, 『30분에 읽는 사무엘 베케트』, 이영아 옮김,. 서울: 랜덤하우스중앙, 2005.

황훈성, "서구 죽음학에서 베케트 작품 자리 매기기," 『영어영문학』 58.4(2012): 611-32.

Abrams, M.H., *A Glossary of Literary Terms,* Worth: Harcourt Brace Jovanovich College, 1985.

Armstrong, Gordon, "Symbols, Signs, and Language: the Brothers Yeats and Samuel Beckett's Art of the Theater," *Comparative Drama* 20(1986): 38-53.

Bair, Deirdre, *Samuel Beckett,* New York: Summit Books, 1990.

Barfield, Steven, Matthew Feldman, and Philip Tew. eds., *Beckett and Death,* New York: Continuum, 2009.

Barge, Laura, "Out of Ireland: Revisionist Strategies in Beckett's Drama," *Comparative Drama 34* (2000): 175-209.

Beckett, Samuel, *The Complete Dramatic Works,* London: Faber and Faber, 1986.

_____, and George Duthuit. "Three Dialogues," Ed. Martin Esslin, *SB: A Collection of Critical Essays*. 16-22.

Bentley, Eric, *The Life of the Drama,* New York: Atheneum, 1979.

Ben-Zvi, Linda, *Samuel Beckett,* Boston: Twayne, 1986.

Boulter, Jonathan, *Beckett: A Guide for the Perplexed,* New York: Continuum International, 2008.

Brater, Enoch, "Light, Sound, Movement and Action in Beckett's *Rockaby*," *Modern Drama* 25 (1982): 342-48.

_____, ed., *Beckett at 80 / Beckett in Context,* New York: Oxford UP, 1986.

_____, *Beyond Minimalism: Beckett's Late Style in the Theater,* New York: Oxford UP, 1987.

Butcher, S. H., trans. *Aristotle's Poetics,* By Aristotle, New York: Hill and Wang, 1961.

Carlson, Marvin, *Theories of the Theatre: A Historical and Critical Survey, from the Greeks to the Present,* Ithaca: Cornell UP, 1993.

Cohn, Ruby, *Back to Beckett,* Princeton: Princeton UP, 1973.

_____, *Just Play: Beckett Theater,* Princeton: Princeton UP, 1980.

Davies, Paul, "Three Novels and Four *Nouvelles*: Giving up the Ghost be Born at Last," Pilling 43-66.

Elam, Keir, "Dead Heads: Damnation-narration in the 'Dramaticules,'" Pilling, 145-66.

Esslin, Martin, *The Theatre of the Absurd,* New York: Penguin, 1980.

_____, "A Poetry of Moving Images," *Beckett Translating / Translating Beckett,* Ed. Alan Warren Friedman, Charles Rossman, and Dana Sherzer, University Park: Pennysylvania State UP, 1987, 65-76.

_____, "Samuel Beckett-Infinity, Eternity," *Beckett at 80 / Beckett in Context,* Ed. Enoch Brater, New York: Oxford UP, 1986, 110-23.

_____, "Towards the Zero of Language," *Beckett's Later Fiction and Drama,* Ed. James Acheson and Katheryna Arthur, New York: St. Martin's, 1987, 98-114.

Fehsenfeld, Martha, "'Everything out but the Faces' Beckett's Reshaping of *What Where* for Television," *Modern Drama* 29(1986): 229-40.

Fletcher, Beryl S., and John Fletcher, eds., *A Student's Guide to the Plays of Samuel Beckett,* London: Faber and Faber. 1985.

Frieman, Alan Warren, Charles Rossman, and Dina Sherzer, eds., *Beckett Translating / Translating Beckett,* University Park: Pennsylvania State

UP, 1987.

Gontarski, S.E. Introduction, *A Companion to Samuel Beckett,* Chichester: Wiley-Blackwell, 2010.

_____, "Reinventing Beckett," *Modern Drama* 49:4(2006): 428-450.

_____, "*What Where II*: Revision as Re-creation," *Reviews of Contemporary Fiction* 7(1987): 120-23.

Hale, Jane Alison, *The Broken Window,* West Lafayette: Purdue UP, 1987.

Junker, Mary, *Beckett: the Irish Dimension,* Dublin: Woolfhound P, 1995.

Kiberd, Declan, *Inventing Ireland: the Literature of the Modern Nation,* London: Random House, 1996.

Knowlson, James, *Damed to Fame: the Life of Samuel Beckett,* New York: Simon & Schuster, 1996.

Lyons, Charles R., *Samuel Beckett*, New York: Grove, 1983.

McMillan, Douglad and Martha Fehsenfeld, *Beckett in the Theatre,* London: John Calder, 1988.

McMullan, Anna, *Theatre on Trial: Samuel Beckett's Later Drama,* New York: Routledge, 1993.

Mercier, Vivian, *Beckett / Beckett,* New York: Oxford UP, 1977.

Mobley, Jonnie Patricia, *NTC's Dictionary of Theatre and Drama Terms,* Lincolnwood: National Textbook Company, 1992.

Pilling, John, ed., *The Cambridge Companion to Beckett,* Cambridge: Cambridge UP, 1994.

Schlueter, June, and Enoch Brater, eds., *Approaches to Teaching Beckett's 'Waiting* for *Godot*', New York: Modern Language Association of America, 1991.

Tennyson, G.B., *An Introduction to Drama,* New York: Holt, Rinehart and Winston, 1967.

Webb, Eugene, *The Plays of Samuel Beckett,* Seattle: U of Washington P, 1974.

Worton, Michael, "*Waiting for Godot* and *Endgame*: Theatre as Text," Pilling 67-87.

http://en.wikipedia.org/wiki/Billie_Whitelaw

http://en.wikipedia.org/wiki/Breath_(play)

http://en.wikipedia.org/wiki/Dadaism

http://en.wikipedia.org/wiki/Endgame

http://en.wikipedia.org/wiki/Happy_Days_(play)

http://en.wikipedia.org/wiki/Jack_MacGowran

http://en.wikipedia.org/wiki/Vivian_Mercier

http://en.wikipedia.org/wiki/What_Where

http://preview.britannica.co.kr/bol/topic.asp?article_id=b06r1153

http://terms.naver.com/entry.nhn?docId=1053059&cid=673&categoryId=673

http://www.poemhunter.com/quotations/famous.asp?people= samuel%20 beckett

http://www.samuel-beckett.net/Penelope/influences_resonances.html

찾아보기

인명

용어

작품

세창사상가산책 **4** | 베케트